忠孝为经　奇事为纬

与世道人心总有裨益

徐哲身

武侠小说

# 鸳鸯女侠传

徐哲身 著

中国文史出版社

# 目　录

# 自　序

　　这部《鸳鸯女侠传》，就是《峨眉飞侠传》的续集，也是《昆仑剑侠》的三续，至于四续，书名叫作《鸳鸯女侠续传》（《恐怖鬼侠》）。这四集武侠书，不佞虽不敢自诩为武侠书中的全璧，但以《昆仑剑侠》论，不数年里头，已经十版了，这便是读者赏识于牝牡骊黄之外的证据。《峨眉飞侠传》是紧接《昆仑剑侠》的第一续，虽然是客岁春季出版的，现在也为读者所赞许，所以在本书《鸳鸯女侠传》未曾出版以前，凡是读过《昆仑剑侠》和《峨眉飞侠传》两集的读者，没有一个不到春明书店去问的。一则因为凡有读书癖的，大概读了上集，不作兴不看下集的；二则不佞的笔墨已在小说界中混过了三四十年了，所作的小说，好好歹歹，长长短短，不论大部头、小部头，一共已有一百零六种之多了，就因熟极而流、熟能生巧的缘故，颇能猜测读者的心理。老实说，当然在一部书完结的时候，不无费一点儿关子，引人入胜的话，也不敢讲，不过总也费了一些脑汁，必要使读者去看下集，这点儿本事是有的。

　　现在这部《鸳鸯女侠传》自然以女侠为经，别种事迹为纬，其中奇奇怪怪的人事和剑术，的确捏在一起，犹之乎将白糖调在粉里一样，或者不至于逊于以上两集。还有一桩顶大的奇怪事情，就是鸳鸯女侠也会被人强奸，究竟强奸与否，这要请读者，只破费几元钱，便可一目了然了。并且再给读者个好消息，第四集因是全集的大结构，似乎更精彩，读者去买不佞的书籍，还可以照码打一个七折，这也算春明书店卖我的交情，我也对于读者破费了买书钱，也好略略减一些罪过。本书急于出版了，不佞也不另外再作迂腐腾腾文言的序文了，就将这个敬告读者的微意，作为本书《鸳鸯女侠传》的自序。

徐哲身序于申寓养花轩小说编辑处

中华民国二十七年七月

# 第一回

## 秋水神潜逃八卦炉
## 李峨眉险死千丝索

这部《鸳鸯女侠传》，也可以说是《峨眉飞侠传》的续集，是书中的主角鸳鸯女侠，务请读者切莫性急，看到后来自会明白。

现在先叙太上老君对玉鼎真人说："可将此人带回宫去，由我亲自查明办理。"

那时昆仑老人和徐碧霞、李峨眉等人都在外面候信，待一听到这个消息，都替秋水神着急得只是一把一把地挥着冷汗。因为秋水神又无业师，更没根基，前回的事，竟致闹到老君的宫中，事至如今，尚觉近在目前，结果总算承蒙老君例外宽恩，未曾见责。此次秋水神被老君带入八景宫中，前去审问，总是觉得凶多吉少，只要老君万一动怒，秋水神便无性命的了。

昆仑老人和徐、李等人正在那儿急得手足无措的时候，只见玉鼎真人带秋水神往八景宫中去了，急得碧霞和峨眉二人禁不住地掉下泪来。

老人也只是摇着头，微微地在那儿叹息道："这如何是好？这如何是好呢？"

峨眉含着泪水对老人道："这岂不是我们害了她吗？怎么办呢？"

老人道："祖师若是动怒，我们哪能救她？你们哭泣，也是徒然。现在倒不如前去探听为妙。"说着，三人便来到八景宫门之外，即屏息静气地悄悄地走了进去。抬头一看，只见老君很庄严地坐在蒲团上，而且满脸的怒形于色。秋水神却跪在地上，直挺挺地哪敢略一动弹？

峨眉见了这种情形，心知大事不妙："今日秋水神的性命，一定休矣！可怜她一生修道，费了几许岁月，如今为了我们，以致送了性命。我们怎能对得起她呢？"

峨眉才想到这里，忽听得老君厉声问道："你乃是个无师的壁虎之精，胆敢持着宝扇，滥以施用，闯入天庭，你知罪吗？"

秋水神答道："弟子知罪，唯求祖师从宽发落。不过弟子虽是一个无师的壁虎精，但是一生抱定除暴安良为宗旨，至今数十百年，从未做过一件有逆天理的事情。"

老君听了，不觉点头冷笑道："哼！你这无师教训的逆畜，胆敢欺骗于我，你说扶助良善，胸前怎有日月神针之伤？可见口是心非，适得其反。现今我不除你，更待何时？"

老君说罢，回头呼道："来！"

只见两个童子走上前去，但不知老君对他们说些什么，没有听见。

再说那昆仑老人和徐、李二人一听老君大发其怒，不觉吓得目定口呆，脸容失色。尤其是李峨眉，她不顾三七二十一地大叫道："哎哟，完了，完了！"说着，便奔将进去，要想证明秋水神确是良善之辈，恳求老君开恩。

哪知老君斥道："谁敢前来求情，快快与我退立在旁。"

吓得峨眉仍旧缩了回去，心中暗自悲伤："唉！秋水神姊姊，为着我们竟致害了她了。"

偷眼去看秋水神，还是跪在中央。很可奇怪的，倒说她一点儿都不害怕。

老君又骂道："你这畜生，我看你满怀思春，决不恕你，免得下凡，少害世人。"

这话徐碧霞和李峨眉一听，觉得十分奇怪，心中暗想道："老君祖师，太觉可怪了，秋水神姊姊现在思春，如何倒能知道？而她确是好人，怎么竟会不知道呢？这未免太冤枉煞人了。"

原来老君并未留心细看，所以并没看出秋水神良善的心田。至于她在思春，却显形于色，因此一望而知。

这时的秋水神也不申辩，好像一只可怜的羔羊，只是在那里待屠而已。

一时宫中鸦雀无声，只见方才的那两个童子，从里面扛出一只金鼎，放在庭前。不久，下面烧起熊熊的炭火，金鼎上便发出万道寒光，好不令人可怕。老人和徐、李等三人一见，便知道这就是秋水神葬身的所在，也不禁老泪横弹。要想代为申诉，却又不敢。眼见秋水神不久就要死于非命，颇觉于心不忍，真觉得进退维谷，也只有徒呼负负而已。

正在此时，两个黄巾力士不由分说地，将秋水神推入金鼎。

老君不住地说道："与我快快多加烈火燃烧！"说着，回头又对老人等三人道，"你等在此何干？我严办此逆畜，与你等何涉，还不快快回去！"

老人和徐、李二人一听，知道老君尚在动怒，没奈何，只得惨然地步出八景宫门，三人默然无语。一路走来，只见些神鹤仙禽，无数的异草奇花。拂拂清风，迎面而来，唯觉阵阵花香，好不令人爽快。在他们三人，因为秋水神被老君用金鼎燃煮，性命即在呼吸之间，所以虽看到如此美景，倒觉得分外伤悲。

三人出了南天门，腾空而下，仍回蒋府。

现在不叙老人等三人仍回蒋府而去，转头再说秋水神被两黄巾力士推入金鼎之中，她在鼎中，闻到一阵奇香，扑鼻而来，可是太觉气闷了，只觉满体炎热，神志昏迷，她早已失却了知觉。以后的一切，都不知道。

老君之将秋水神推入金鼎，用烈火燃煮，一则他以为可以为世

3

除一大害；二则因为秋水神是一只壁虎精，以此毒物炼成丹丸，便可以救许多为毒所害的世人，这便叫作以毒攻毒，对症下药，无有不验，他觉十分得意。

两个童子，手执芭蕉扇，将炭火扇得绯红，因此两童满头大汗。

正在此时，金鼎中突然透出一朵五色的美丽彩云。老君一见，不觉哈哈大笑，吩咐童子道："可住手，不需再扇。现在丹丸业已炼成，可以开而视之矣！"

老君说罢，就从蒲团上站立起身，下了玉阶，走近金鼎，将金鼎用手打开。往鼎中一看，不觉倒退三步，连叫："奇怪，奇怪！这事弄得我都有些莫名其妙起来了！"

原来老君以为丹丸势必炼成，谁知一看，哪里有什么治毒的丹丸？倒说秋水神沉沉地睡着在金鼎中。老君见了，怎不奇怪呢？于是擦了擦眼睛："难道我的老眼也竟会昏花了不成？"

老君一面自言自语地说着，一面再走近金鼎一看，仍见她睡意正浓，尚未醒来。可见老眼并没昏花，心知有异，即将秋水神唤醒。只见她睡眼迷迷地打了几个哈欠，伸了一个懒腰，立起身来说道："闷死我也。"说着，便跳出金鼎，顿觉精神焕发，满体舒适。

老君一见，更觉奇怪，心想："其中定有缘故，否则此区区壁虎，必成丹丸，且尸骨无存，哪里还能清醒转来？"不免掐指一算，方始大悟道，"哦！对了，对了！哪知她修道多年，确然从未害人，致有一身正气，炉火一时不能烧她。好险呀！要怪我是太大意了，险乎害一良善。好在她还没有死，否则我于心何忍呀？"

老君重新走上玉阶，坐上蒲团，将秋水神唤至跟前道："我几乎错责你了，你有此正气，如再好自修道，将来必得佳果，也可位入群仙，毫不烦难。"

老君对秋水神着实大大地夸奖了一番，回头取了宝扇递与秋水神说道："你把这扇带回去，仍还李峨眉。"

老君又在两只袍袖中东摸摸、西摸摸地摸了一阵，摸出了一颗珍珠，和桂圆那么大小相仿。尤其是圆而且亮，不容说这定是稀世之宝。也递给秋水神道："这是三光珠，乃由日光、月光、星光中锻炼而成，故以三光名之。我今赠你，奖尔一生苦修，颇觉不易。今后尚须自爱，勿负我意。"

秋水神接了三光珠，纳入怀中，倒身下拜道："承蒙祖师恕罪勿责，恩同再造，又蒙垂爱，颁赐宝珠，实感受宠若惊。祖师的良言教导，敢不遵命！"说着，深深地叩了一个头。

老君又道："今可快快下凡，替天行道，以安良民，速速去吧！"

秋水神又叩了一个头，拜谢了老君，转头向外就走。她出了八景门，满心快乐得好像漏网之鱼，路旁的天堂美景，也无暇赏览，只听得枝头上的好鸟幽鸣，非常悦耳动听。她匆匆地奔出南天门，亦回蒋府而去。

秋水神因为身怀至宝，居然也能腾云驾雾，毫不费力，心中好不乐意。秋水神虽然能够腾云，转瞬万里，但是从天上到蒋府，至少也需几分钟才能到达目的地。现在让她半空中腾云而下，这几分钟的时间，岂可荒废？

趁此机会，就要说昆仑老人和徐碧霞、李峨眉等三人，从天上回到家中，只见自奇公子因为他们三人和秋水神未回，心中急得仿佛像热锅里的蚂蚁，只是坐立不安地在堂上踱来踱去，常常还要唉声叹气，而且打着自己的脑袋道："害人的东西，害人的东西，都是你，非但是害了许多人上天落地地来往奔波，恐怕又要害了秋水神姊姊的性命！你如何对得起人家呢？你这害人的东西，还是你去代了人家吧！"

这种态度令人见了可怜也复可笑，那么自奇公子怎么会知道秋水神的处境十分危急呢？读者不是要以为很奇怪吗？

自奇公子既不会未卜先知，又无先见之明，如何能够知道秋水神的处境危急呢？

原来人龙、含春、佳果、孤女、汤杰和带发和尚等先自回到蒋

5

府，那时自奇一看他们业已安然回来，唯有昆仑老人和徐碧霞、李峨眉及秋水神未回，心中不觉一跳，急忙问道："怎么他们四人未回，难道他们都没有性命了吗？"

含春、孤女等不约而同地答道："碧霞师姊等倒也罢了，只有秋水神姊姊的性命恐怕不保。现在被太上老君带回八景宫去审问，你说危险不危险呢？他们三人前去打听消息，虽不和我们同来，却无性命之虞，你尽可放心。"

自奇听了，虽觉安慰，又觉忧愁。安慰的是，老人和两个爱妻都能安然回来；忧愁的是，秋水神为着自己的婚姻之事，反而累了她了，真所谓热心人招惹是非多。当然要于心不安，所以在堂上踱来踱去，一筹莫展。

自奇正在大发其呆气的时候，昆仑老人和徐碧霞、李峨眉三人从空中飞下。自奇一见，立刻迎了上去，忙不迭地问碧霞和峨眉道："秋水神姊姊的性命怎样？"

徐碧霞答道："她已被老君带去审问。"

自奇顿着双脚道："我早已知道被这个骑牛的老头儿带去了，我问是她的性命保不保呀？"

李峨眉道："含春、孤女等可曾回来？怎么没有看见？"

自奇恨恨地说道："回来了，早已回来了，这种有要没紧的，说它什么？你怎么一点不知道急其所急、缓其所缓呢？问你们秋水神姊姊现在的处境如何，你们总是慢吞吞地说不出来，真把我要急死了，真把我要急死了！"

自奇公子一面说着，一面乱顿其脚。

老人深深地叹了口气，插嘴道："唉！秋水神的性命恐怕难保。"

自奇一听，不觉惨然于色，着急道："怎么怎么，天呀！你怎么不生眼睛的，如何遭老君所杀，岂不是没有天理了吗？那么她怎会触怒老君呢？"

徐碧霞将秋水神持着小掌扇，向二郎神拼命滥扇起，从头至尾说了一遍，一直说到老君用金鼎将秋水神焚烧。自奇听了，吓得他几乎失声痛哭，连连叹道："死得太可怜了，死得太可怜了，连尸骨都成灰烬！"

此时人龙、佳果两对儿夫妇，以及汤杰、带发和尚，都从里面走出，闻知此事，都为秋水神深深可惜，都说老君也有冤枉人的时候。

掌珠、丽华、梅花、娟仙等人来到堂前，听到了这个消息，因为平日和秋水神的感情十分要好，得此噩耗，谁不为之心酸，个个都哭得像泪人儿似的。

大家聚议："秋水神既死，就是万分伤心哭泣，也是徒然，绝不会就此还阳转来。但是我们总要想一个善后的办法才对。"

掌珠说道："秋水神姊姊完全是为我们蒋家而死，这样说来，她是我们蒋家的大忠臣，本当将她从丰收殓。而今尸骨无存，如何是好？然而我们也应该留个纪念。"

自奇公子连连点头道："到底是你想得周到，否则我几乎忘了。不错，我们理应留个纪念，我们不如造个神主，以做永远的纪念，不知好否？"

众人都很赞成，除此之外，更无他法。

大家正在纷纷讨论，谁知一个丫鬟满脸惊慌之颜地从里面飞奔而出地大呼道："哎哟，大事不好，大事不好！"

众人听了，为之一愕。

自奇急忙问道："什么事情，如此大惊小怪？"

丫鬟上气不接下气地答道："三……三……三少奶奶吊死在房里了，三少奶奶吊死在房里了！"

众人一看，果然不见峨眉，莫不大惊，尤其是自奇公子，急得脸无人色。大家忙不迭地奔到房中一看，但见李峨眉高高地吊在绳上，大家都弄得丈二和尚摸不着头脑。李峨眉为什么上吊缢死呢？这岂非成为疑问？

徐碧霞急忙将峨眉抱了下来，轻轻地将她睡在床上，用手在她胸前一摸，虽不完全气绝，但是也只剩一息游丝，性命就在瞬霎之间。

老人道："不需慌忙，还有办法，只要用追魂丹，无不奏效。"

徐碧霞急忙取了一颗小小的金色丹丸，化在开水之中，灌在峨眉的口中。不到两三分钟，李峨眉的腹中一阵雷鸣，响了一阵，又是一阵，如此有四五回之多，才见峨眉渐渐苏醒。众人见了，就知她业已脱离险境。

自奇公子见了，方始胸中一块石头落地，大大地吐了一口气，挥了一把冷汗，说道："好了，好了，真的几乎把我吓死。"

这时，峨眉非但清醒，而且已经回复原状。众人问："为何溜入房中，自寻短见？"

要知李峨眉因何自杀，请看下回分解。

# 第二回

## 花烛夜新郎教授风流学
## 大罗天老子演讲《道德经》

却说李峨眉服了追魂丹，苏醒之后，众人问她，因何上吊自缢。峨眉只是哭泣，总不肯说出要自寻短见的道理。

掌珠道："三妹，我们一家，公婆慈祥，夫妻恩爱，姊妹和睦，如此美满家庭，而你竟突然出此下策，其中必有缘故。三妹，你要说明，如若有不满意的地方，只要我们能力所能办得到的，无不照办。"

自奇公子大加赞成地说道："不错，你总要说出理由，无缘无故，哪会自杀？"

大家也以为然。

李峨眉被逼不过，先微微地叹了一口气道："我的要死，与家庭和你们都毫没关系。"

徐碧霞不待李峨眉说完，忙不迭地追问道："那么你究为何事呢？"

峨眉禁不住一阵心酸，掉下了几颗热泪，微喟道："我虽不杀伯仁，伯仁由我而死。我虽不杀秋水神，秋水神却也由我而死。"

众人听了她的话，等于白说，不说果然不明白，说了尤其莫名其妙。

掌珠、孤女姊妹忙又问道："这话怎讲？"

李峨眉道："秋水神姊姊不是曾被日月神针所伤，至今伤痕尚未痊愈。不知怎被老君所知，以此为凭，一口咬定说不是善类。这岂不是我间接害了秋水神姊姊吗？"

众人听见，方才恍然大悟。

自奇公子道："秋水神姊姊的死，完全是我害她的，与你无干，就是说你间接害了她，那么你认为间接害了她的性命，故而自杀。试问你如果真的死了之后，秋水神姊姊她是否因你死了，她就会活转来的吗？当然是不能够的。这样说来，你死得是全无价值的了。这般聪明的人，怎会做出这等呆笨的事呢？"

李峨眉被他们一说，自己想想，真的死得太无理由了。

正在这个时候，忽隐隐地听得一阵仙乐，非常美妙悠扬，十分悦耳动听至极。众人听见这种音乐，心知必有神仙下临，立刻走出庭前，那叮咚仙乐渐渐由远而近。

老人率着大众，跪在庭前迎接天仙。谁知来者，哪里是什么天上神仙，原来是秋水神回来了。她从云端落下来，看见昆仑老人率领着众人跪在地上，她不懂是何意思，笑盈盈地说道："诸位，你们为何跪着？是何缘故？"

众人听这声音，却是秋水神，不觉一怔，都疑心她是人是鬼。

到底老人深有道力，抬头一看，喜形于色地道："你居然能够生回，真真出人意料之外。"

这时，众人才知道秋水神并没有死，自然不是她的灵魂。这一喜还当了得？

别人倒也罢了，独喜得李峨眉直跳起来，一把将她抱住，乱叫道："我的好姊姊呀，你把我要急死了，你怎么会回来的呢？是逃出来的呢，还是那个老头儿放你出来的呀？"

秋水神微笑道："祖师放我出来的，而且他还赠我一颗三光珠呢！还有，峨眉姊姊，你的小掌扇，现在我已带回来了。"说着，随手将宝扇递与李峨眉。他们一面讲话，一面走进厅堂。

老人和人龙、佳果、汤杰、带发和尚等人都暂时告辞，到自己的房内休息。唯有孤女和含春几人，仍旧围着秋水神问长问短地问个不了。秋水神便将前前后后的事，详详细细地说了一遍。众人都觉十分奇怪，可见皇天并不负人，不然也无天理的了。

徐碧霞忽然想着："秋水神回来的时候，怎么会有阵阵清脆的音乐，难道是老君派了一队仙乐送你下来的吗？"

秋水神道："并未有仙乐送我。"

刚刚说到这里，已是上灯时分，下人点上许多灯光，亮得如同白昼一般，一面又开上晚饭。因为今天大家惊吓了一天，现在居然个个安然而返，是件很可庆贺的事，所以掌珠早已暗暗吩咐厨房，办一桌特别丰盛的酒席，并且买了许多鲜美水果，一则庆祝秋水神死里逃生；二则为大家压惊。这桌酒席，实在是万不能少，这样看来，掌珠的为人，的确是个又贤又惠的少奶奶，真亏她想得如此周到。

自奇公子看看这席酒菜，既丰且富，十分欢喜，着实大大地夸赞了掌珠一番，即将老人等统统请出，十五人团团坐了一桌。昆仑老人本来久已不吃烟火食，所以掌珠特意办了不少各色美果，故而老人虽不吃酒菜，却尽可吃些水果。其余之人，边吃边谈，非常快乐。

徐碧霞继续刚才话，又问秋水神道："老君既未派人送你，这仙乐究竟从何来的呢？"

秋水神道："连我自己都不明白。"

害得大家都觉奇怪，就是老人都会莫知所以。

秋水神忽向大家说道："刚刚我回来的时候，你们一字儿地跪着，是何缘故？是否迎送天神？"

李峨眉接嘴道："你还在说呢，我们就因为听见这阵仙乐，以为必有天神下降，所以跪着迎接，倒恭恭敬敬地，谁知是你，白白地跪了许多时候，什么人都不会想到是你的。"

众人回想到刚才一字儿地跪着，忍不住都哈哈大笑个不止。

孤女对秋水神道："为了姊姊，几乎害了人家的性命。"

秋水神显出诧异的颜色，问道："怎么为了我几乎要害了人家的性命？这句话令人莫解。"

孤女便将李峨眉因何偷偷上吊，从头至尾细说了一遍。

徐碧霞还要像演戏般地形容出自奇公子在堂前的那股呆头呆脑的呆气，大家听了，也觉可笑得很。

自奇公子被说得有点儿难为情，连连说："已过之事，等于明日黄花，无再谈之必要。"

李峨眉也搭讪着说道："秋水神姊姊，你不是说老君赠你一颗三光珠吗？这定是异珍，我们倒要见识见识。"

秋水神因为既逃了性命，又得了宝珠，正自在高兴，听说要看她的宝贝，哪有秘而不宣的道理？忙不迭地答应道："可以可以。"

秋水神便伸手探入怀中，这边一摸，那边一摸，上下摸个周到，未曾将宝珠摸着，不觉神色大变地说道："哎哟，我的宝珠哪里去了？"

众人无不为之大惊，失此宝物，岂非可惜？

秋水神再细细一摸，立即喜形于色地说道："找到了，找到了，险些把我吓死。"便将宝珠摸出。

众人一看，却是一颗又大又圆又亮的宝珠。

老人一看，就知可贵，大赞道："这颗珠，是日月星光的精华炼成，非但是稀世之宝，就是天上群仙之中，亦少有此物。你须珍而藏之，不可大意失落。"

众人在静听此珠的难得可贵，故而未曾注意其他。待老人说毕，但觉厅中雪亮，再看数十盏灯烛，黯然无光，幽似绿豆，哪知已被此珠之光罩住。

老人随手将珠放入盆中，倒说竟会自行滚动，而且发出一阵美妙仙乐，叮叮咚咚，十分好听。众人直到此时，方始明白，秋水神来时空中的音乐，原是此珠发出。众人看罢，当然仍还秋水神，不必细说。

是晚欢宴，就此尽兴而散。各人自回房中休息不提。

今夜本应李峨眉值宿，愿与丽华暂时对换，自然不成问题。这夜不回自己的卧室，去到秋水神的房中，又要替她吮被日月神针所伤的创痕。秋水神解开衣衫，待要吸吮，只见一身羊脂般细腻的白肉，又滑又嫩，哪里还有什么伤痕？早已痊愈的了。二人都很可怪，而且从秋水神的身上，还发出阵阵幽香，这事非但李峨眉不懂，连秋水神也莫知所以，此事唯有作者一人明白，读者不要性急，待在下慢慢说来。

老君的八卦炉，原是专炼丹丸而用，所有精华尚在炉中，秋水神在里面既没有死，底下烈火一烧，各种剩余精华就成气体，都被她呼吸进去，岂止伤口立时痊愈，连身体都被熏得会发出阵阵幽香。

这夜，二人倍觉亲爱，李峨眉就睡在秋水神的房中，二人有要没紧地直谈到金鸡三唱，旭日东升的时候，二人才起身梳洗。

这天，昆仑老人和带发和尚、汤杰，以及人龙、佳果夫妇等人，都要告别，到杭州去游山玩水，因为那时正在春天，桃红柳绿，的确有趣。再三苦留不住，只得放行。

一日容易过去，到了晚上，自奇公子便到李峨眉房中，第一句开口就问道："你们昨夜讲了个通宵，你现在觉疲倦吗？"

李峨眉因为心中有事，哪里会有什么睡意呢？精神正好得很哩。

李峨眉道："蒋郎，秋水神姊姊虽然没有死，但是总受了许多惊吓，她不是完全为着你的婚姻吗？因此吃了不少苦头。"

自奇公子点头道："对了，对了，为了我的事，倒害了她了，我实在有些对不起她，要如何报答她才好呢？"

李峨眉脸现得色地说道："你如果真意要想报答她，我倒有一个很好的办法，恐怕你口是心非，没有这个诚意。"

自奇公子发急地道："冤者枉也，真真天晓得。要是我口是心

13

非，没有诚意报答秋水神姊姊，我今生不得好报。"

李峨眉连忙将自奇公子的嘴按住道："放狗屁，放狗屁！以后不准再这样说，既有诚意，何必发此血咒？"

自奇公子又问道："我的好少奶奶，你既有很好的法子去报答秋水神姊姊，何不快说呢？"

李峨眉嫣然一笑道："说出来恐怕你不答应。"

自奇公子顿足道："无不答应。"

李峨眉料知自奇公子确有诚意，便要求自奇公子答应娶秋水神为妻，以补公主之缺。

自奇公子起初尚摇着头，似乎不很赞成，以为报答恩人，何必定要谈到婚姻？这种报法，实在是俗不堪耐，其他方法尽多着呢。

李峨眉的要求又遭自奇公子的拒绝，就笑着骂自奇公子，说他是一个无情无义的郎君，人家好意作伐，谁知竟如此迂腐？定要他答应，而且把昨夜和秋水神在谈话之间探知她也有意要嫁自奇公子的话，统统说给他听。要是厌她是异类，太觉不情了。自奇公子被逼不过，只得答应。

李峨眉看见自奇公子已经答应，十分满意，两人就解衣就寝。一宿无话。

第二天李峨眉一早起身梳洗，精神觉得格外兴奋，一脚就奔到秋水神的房中，就将昨夜自奇公子已答应娶她为妻，告诉了秋水神。她听了，羞得满脸绯红，嫣然一笑。她的一笑，格外显得标致，动人怜爱，她虽不答应，也不反对，可见得已经默认了。

李峨眉看见双方都已不成问题，公婆方面更不必说，和众姊妹一说，也都非常赞成。翻开历本一看，明天就是黄道吉日，决定来日花灯。有钱本能通神，哪消一日，早已把应用之物备得端端整整，一切齐办。

待到翌日清晨，蒋府之中，业已满目灯彩。掌珠、徐碧霞、李峨眉等众位姊妹，都在秋水神房中替她梳洗打扮，预备去做新娘。

秋水神略施脂粉之后，愈显得妩媚艳丽，一张像剥光鸡蛋般的脸，红里泛白，白里泛红，仿佛秋海棠般粉嫩，配着一张樱桃小口，两道柳叶细眉，挺直的鼻梁，活泼的美目，谁都疑心她是仙女下凡。

等到良辰一至，自奇公子便和秋水神交拜天地，成为夫妻，就此送入洞房，诸亲好友因知各人连日辛苦，闹房之举，一律免除。待至更深夜静，新郎将新娘面红挑开一看，只见她低着头，满面含羞，这种羞态，令人愈看愈爱，便请新娘宽衣上床就寝。自奇公子要叫秋水神解去小衫，她不觉为之吃惊，因她本非人类，认为绝无如此羞人答答的事，一生闻所未闻，见所未见，这也不能怪她。

自奇公子不得不温柔教导。秋水神似乎还不深信，以为他是在欺骗异类。又想到自奇公子是个诚实忠厚的人，不至撒谎，真是信否两难。而且这种羞人答答的事，如何可以去向众姊妹请教？后来总算因自奇公子说得唇枯舌烂，而后相信，才知道成为夫妇，一定要有这么一套玩意儿，始能生男育女。一度春风之后，夫妻十分恩爱。

一觉醒来，已是日高三丈，双双慌忙起身，吃了参汤，便到七对老夫妻处前去请安。回到房中，六位姊妹都来替他们道喜。自奇公子是经验丰富，不以为奇。唯有秋水神，想到昨夜的事，羞得她绯红着靥，低垂着头，连一句话都说不出来。

转瞬之间，已过了八九天，一家团聚，十分快乐。

一天的上午，自奇公子和七位妻子正在花园中赏花取乐，满树的桃花，间着绿柳，景色非常美丽，阵阵香风徐徐迎面而来，精神为之一快，枝头好鸟齐鸣，完全是一幅美艳的春景。夫妻八人正在园中玩得高兴的时候，忽然苍空中飞来一朵白云，众人抬头细看，那白云上站着的却是昆仑老人，说时迟，那时快，老人已步下云端，向着众人微笑道："你们好不快乐！"

李峨眉道："秋水神姊姊已嫁给我们蒋郎了！"

老人笑道："我们的蒋郎，叫得不肉麻呀！难道我要来夺你们的蒋郎吗？"说得大家禁不住大笑起来。

老人又对李峨眉道："自奇公子和秋水神结成夫妻，我已算到，不是你牵的丝吗？可喜可贺。"

徐碧霞问道："你不是在杭州游春吗？"

老人道："不错，我知今日老君在八景宫演讲《道德经》，此是千载难逢的机会，哪可交臂失之，岂不可惜？故而特约你等同往一听。"

秋水神大喜道："我们立刻去吧！"

于是老人、徐碧霞、李峨眉、秋水神等四人，驾起祥云，不消片刻，已到南天门外。老人和徐、李进了南天门，回头一看，却不见秋水神其人。

欲知秋水神何往，请看下回分解。

# 第三回

## 和尚行凶推拿孕妇
## 道人作法欺侮劳工

却说昆仑老人和徐碧霞、李峨眉等三人进了南天门，却不见秋水神，未知哪儿去了。四面一看，哪里有她的影踪？

李峨眉道："莫非她在门外被天神挡住，不放她进来，亦未可知。"

老人和徐碧霞都认为有理，前去一看，秋水神却在走来。三人同声问她："何故走得如此之慢，是否为天神所阻？"

秋水神点首称是，后来取出三光珠，天神一看，便知是老君所赐，始得放行。

四人一路走去，只看见些绿茵细草，铁树银花，清风徐来，带着阵阵铿锵仙乐，人在其中，飘然欲仙。

不到片刻之久，已到了八景宫前，老人忽觉一阵心血来潮，掐指一算，不觉"哎呀"一声道："大事不妙！"

徐碧霞、李峨眉、秋水神三人一听，被老人吓了一跳，忙问何事。

老人便说道："你们三人出来之后，就有三个妖精化成你们的模样，要将自奇公子摄到她们的洞中平分春色。现在快快前去援救，还来得及。"

三人听了，顿时脸容失色，急不待缓地道："速即前去援救，免

17

出意外之事。"

四人立即奔出南天门，立上彩云，赶回家去。才到半途，但见三朵乌云向西疾飞而去。老人一见，便知这三朵乌云是妖无疑，老人不及通知三人，只得以目示意。三人急忙随了老人，前去追赶。哪知他愈追，前面的三朵乌云逃得愈快；逃得愈快，他们四人追得愈紧，心中暗想道："这三个妖精倒也厉害！"赶了许久，又费尽九牛二虎之力，总算将三个妖精追到。但见她们三人，一个变成徐碧霞，还有两个变得和李峨眉、秋水神一式无二，挟着自奇公子。

老人等四人急忙赶上，将三人四面团团包围，大骂道："不知羞耻的淫妇，盗人丈夫！"便把自奇公子夺了回来，转背向后就走。

哪知三个不知高低的妖精被他们骂得恼羞成怒，又因一块美味好肉已经到了嘴边，如今又被他们拿回去，倒觉于心不甘，回头便追。追了多时，总是忽近忽远，一时万难赶上，不觉大怒，不达目的，誓不罢休。

再说老人和徐碧霞、李峨眉、秋水神等带着自奇公子，用出平生绝技，飞回家去。早知那三个妖精在后追赶，预备将自奇公子放在家中，再和此三个妖精对敌，所以拼命飞奔。不及几分钟工夫，已到家门，连忙奔进去，将自奇公子藏好，各人带了武器，来至后园。

三个妖精也已赶到，不由分说，就杀了起来。七个人杀作一团，你来我往地杀了三个回合。

老人突然跳出圈外，对着徐、李、秋水神道："我不能帮助你们了！"

三人大叫道："快来援助！"

老人摇头说道："我不能相助你们！"

三人还在求助。原来徐、李和秋水神与这三个妖精战了数个回合，便知不是平凡之辈，不可小视，倒是非常厉害。

那么老人之不能够相助，内中有个缘故，因为这三妖变得实在太像了，她们打了三四个回合，连老人都辨不明白，哪三个是徐碧霞、李峨眉、秋水神，哪三个是妖精，要是相助，恐怕杀错，所以只弄得他摇头叹气，也毫无办法。眼看着她们六人杀得刀光闪闪，寒气逼人。

秋水神向李峨眉使个眼色，峨眉会意，便抛了自己对敌的妖精，去杀秋水神所敌的妖怪。秋水神趁此机会，随手将三光珠由怀中取出，祭在空中，只见三道金光，三个妖精的眼前只觉得金光万道，头昏眼花，禁不住只得化为原形。一只是老鼠，一只是兔子，一只是黄狼，都抱头鼠窜而逃。李峨眉等也不穷追。

哪知三个妖精虽逃了性命，然而已经受了微伤，回到洞府，各自养伤不提。

再说老人等四人尚在园中，空中忽又飞来一朵彩云。徐碧霞等以为此朵彩云之来，必是三个妖精惨败之后，请人前来报仇，待再细细一看，哪里是复仇的人？而是老人的师弟菁华真人，当即按下云头，颔首笑道："师兄，你在这儿倒很清暇自在！"

昆仑老人也点头道："师弟，你一向在何处？今到哪里？"

菁华真人道："我在各处云游天下，今日预备回山。"

回头望着徐碧霞等又问老人道："这三位是什么人？"

老人一一代为介绍，彼此招呼了，老人道："师弟，你倒快乐，有此闲情逸致漫游四海。"

真人微笑道："师兄，为弟要回山了，我出山已有三月之久，小徒定必盼望，且有些微小事，就此告辞了。"说着，向老人拱了拱手，驾起祥云，腾空而去。

不说徐、李和秋水神等度着美满的生活，要说菁华真人驾着彩云，来至大公山，早见徒儿吕帼英遥空迎接，师徒二人因有将近十旬未见，倍觉亲爱。这位吕帼英小姐，便是本书中的主角鸳鸯女侠，从此以后，就再不称吕帼英小姐了。废话少说。

菁华真人和鸳鸯女侠师徒二人进了洞府，真人问起鸳鸯女侠近来的剑术练得如何程度，鸳鸯女侠一一对答。

真人听了，十分满意，说着，便紧闭双目，在蒲团上静坐了约有一刻之久，忽然睁开双眸道："徒儿过来。"

鸳鸯女侠恭恭敬敬地站在身旁问道："师父有何吩咐?"

真人道："徒儿，你的剑术已有八九成功，今可下山矣!"

鸳鸯女侠问道："徒儿学术自知尚未完成，今日师父叫徒儿下山，不知何故，尚求明白告知。"

真人道："你七岁上山，至今已将有一十二稔，平日又专心好学，所以进步甚速。为师决不无故令你下山。今有许多恶徒，专事害人，故令你下山前去铲除。"

鸳鸯女侠不知倒也罢了，一知之下，急不待缓地要前去为世除害。

真人道："你莫性急。"说时，便走了过去，在壁上取下宝剑道，"此剑赠你。"

鸳鸯女侠急忙双手接下，一看此剑是一雌一雄，两把合而为一，故名鸳鸯剑，钢锋锐利万分，寒光闪闪，令人一见生畏，鸳鸯女侠之名也由此而起。真人叫她下山，因为师徒相共多年，彼此慈爱孝敬，一时依依难舍。

真人道："我本不忍令你下山，奈何许多良善均遭灾难，袖手旁观，于心不忍。为师不开杀戒已久，故你不能不去。"

鸳鸯女侠没法，只得挥泪而别。下得山来，一直行了四五十里，天已将晚，来到一个小镇，找着招商客店，小二含笑着迎了进去，招待得非常周到，忙着泡茶打水。

鸳鸯女侠看了，心中暗自好笑："这种小人，如此殷勤招待于我，无非是要想多得几个赏钱，定必是势利小人罢了。"

用过晚膳之后，即将房门闩上，左手按着鸳鸯剑，右手托着烛台，向四面照了又照，看看并无可疑之处，方才安心就寝。哪知睡到床上，翻来覆去地只是睡不着。

正在这时，隐隐听得一阵哭声，十分凄惨。鸳鸯女侠听了非常诧异，不知这哭声从何而来，好奇之心因此大动，很想一探究竟。跳起身来，将上下衣服重新结束定当，背了鸳鸯剑，从窗中纵身上屋，抬头四顾，月色明亮如画，除此哭声之外，万籁俱寂。她循着哭声，向西而去，纵跳过几家屋顶，看见一所小屋之中射出一线灯光。鸳鸯女侠便知哭声定是这家小屋之中发出来的，立刻纵上那屋，想探个究竟，轻轻推开一片瓦片，往下一看。

鸳鸯女侠不看倒也罢了，一看之下，不觉勃然大怒。你道鸳鸯女侠因何如此大怒？她看见了些什么？待我说来。

她蹲身往下一看，只见一个少妇，赤裸裸的，一丝不挂，躺在床上，掩脸痛哭。床上站着一个大腹头陀，旁边一只朱红大盆，盆中炖着半盆热水。那个贼秃在这少妇的大肚子上，正在推拿，预备将胞儿打下，必有用途。

鸳鸯女侠一见，又羞又怒："我不除此秃驴，必害世人。今日我不杀他，誓不为人！如此残忍的贼秃，死不足惜，这个少妇也太觉可怜了！"

想到这里，禁不住怒气冲天，随手轻轻推开数块瓦片，将鸳鸯剑握在手中，飞下屋去，望准那个和尚的脑袋，双手舞动鸳鸯剑，劈将过去。和尚将头一偏，避过剑锋，反身纵上屋面就逃。

鸳鸯女侠哪里肯轻易放他逃去？也即飞身上屋，不见和尚。往下一看，却在门前。女侠也蹲下屋面，就与和尚战将起来。几个回合一打，和尚便知鸳鸯女侠不是平凡女子，鸳鸯女侠也知和尚大有来历，不可小视。二人打了几个回合，一个是剑光闪闪，一个是黑影一团，真所谓将遇良才，棋逢敌手，彼此一时都不能取胜。

和尚便用一个泰山压顶式，要取鸳鸯女侠的性命。鸳鸯女侠一看来势凶猛，竟至如此可恶。好在鸳鸯女侠眼明手快，非但玲珑活泼，而且身轻如燕，便轻轻避过。鸳鸯女侠将双剑舞一个蜻蜓点水式，直取和尚。和尚一看，这个小娘子倒也厉害，非得留意不可。

他边想边急忙避过，回身用一个黑虎偷心的式子，望着鸳鸯女侠努力进攻，只见拳头像雨点一般向鸳鸯女侠的胸前送去，想要抓取她的五脏心肝，好不狠毒。鸳鸯女侠一见，不觉大惊，自己只有招架之功，没有还拳之力，看看和尚拳头愈逼愈紧，战得鸳鸯女侠香汗霏霏，心慌意乱，几乎剑路都要舞错。和尚一看她的剑路将要错乱，便改变使一个叶底偷桃，向鸳鸯女侠的下部打来。鸳鸯女侠一见和尚在改变拳路之际，略有一些破绽，她就趁此机会，急忙使了一个双龙抢珠，飞起鸳鸯剑，直向和尚刺去。和尚一个措手不及，大叫一声"不好"，如山崩地裂地倒了下去，原来和尚的双目业已失明。

鸳鸯女侠紧上一步，手起剑落，将和尚斗大的脑袋砍了下来。鸳鸯女侠看见杀了和尚，不觉盈盈一笑，心中十分得意。转头一看，门前一个很大的木鱼，拿在手中，非常沉重，仔细看看，却是生铁铸成，随手抛入河中，反身进屋。那个小妇仍旧睡在床上哭泣。

鸳鸯女侠道："你这位娘子，不必再哭，我已结果了那个贼秃，你的丈夫哪里去了？何故只有你一人在家？"

那妇人答道："我的丈夫是个秀才，现设帐在离此二十里之遥的陆富翁府上，故而只留奴一人在家。今晚几乎在此秃驴手中，死于非命，幸蒙恩人相救，容后图报。"

鸳鸯女侠道："你说哪里话来，见人危急，岂无拔刀相救之理？"说着，顺眼看见床边一个大包，打开一看，里面都是些金银之类，还有数包丸药，上面写明一包是化尸粉，一包是补天丸，一包是催生丹，一包是安胎丸。

鸳鸯女侠一看，都纳入怀中，将安胎丸给少妇服了一颗，便至门外，将化尸粉取出少许，泼在和尚身上，立刻化为清水。即轻轻奔回客店，仍从窗中飞进卧室，真真神不知鬼不知地，做了许多大事，杀了一人，又救了两命。鸳鸯女侠做了这件事情，心中很是欢喜，不觉沉沉睡去。

一觉醒来，天将黎明，便即起身，付清房金便走。行了数步，心中想道："今日不如改乘航船，较为简便得多。可是现在时间还早。"

就走进一家菜馆，吃了几件点心，已将肚子装饱，又问明船停靠的地点，跑去果然一找便着，一看已有多人等着，航船亦将行驶。鸳鸯女侠便跳下船来，占了一个舱位，也有几个女客。不久也就开航了。

行了许多路，鸳鸯女侠对面坐着两个中年的男子，却在攀谈起来，那个年纪较老的问那个年纪较轻的道："你这位先生尊姓？"

那人道："骑青牛而过关，老子姓李。"

那较老的这个，你道他是什么人？他却是一个绍兴师爷，所以涵养功夫十分好，而且他的姓也姓得好，听见那人在占他的便宜，非但毫不动气，而且笑道："噢！原来是李先生，久仰久仰！"

姓李的见他却不动怒，着实是个土老儿可欺，便也问他道："那么你的尊姓啊？"

较老的不慌不忙地答道："斩白蛇而起义，高祖姓刘。"

鸳鸯女侠听着他们二人一问一答，十分可笑。

舱中又有一个人，他说自己是安徽人，他大谈其武侠之事，众所周知正在寂寞无聊，大家都在静听着他。他说，亲眼看见，在安徽的省城里，有一个专门挑水的张四，当然每天挑水，靠此营生。有一天，在街上走，一个不小心，将水泼在一个道士的身上，道士大骂张四道："你的眼睛怎么没有带了出来，你看见吗？竟会将水泼得我满身都是？"

张四不服气地道："你既把眼睛带了出来的，如何你会碰到我的担桶？别人身上怎会没有泼着的呢？"

道士连连道："对不起，对不起。"说着，离空向张四的胸前，像推拿般地弄了一阵。张四也莫名其妙，仍旧挑着水走了，一直走到大饼店的面前。

大饼师傅毛梁可巧正在门前纳凉，看见张四，不觉吃惊道："张四哥，你和谁打过架？我看你面色失常，恐有性命之虞。"

张四笑道："我和谁打过架来？"说着，仍挑着担走了。

毛梁见拉他不住，最后对他说道："你如有什么事，快来找我。"

张四听了，头也不回地去了。到了一家主顾家中，将两桶水倒在缸中，忽然觉得一阵腹痛如绞，头昏目眩地倒在地上，口中吐着白沫。主人一见大惊，恐怕张四死在家中，弄出人命，急得手足无措。

张四忽想起方才的话来，便对众人道："你们快去叫大街上万隆大饼店里的毛梁来！"

欲知张四性命如何，请看下回分解。

# 第四回

## 滑稽奸案粉黛变虔婆
## 势利财翁银钱造恶孽

却说张四一阵头昏目眩地倒在地上，忙派人去叫大街上万隆大饼店里的毛梁。不到一刻工夫，毛梁来了，一看张四脸无人色地倒在地上，只留奄奄一息，离鬼门关也已不远，他连忙从怀中取出一颗黑色丸药，将张四的牙关挖开，用开水把此黑丸给他服下。没有许久，便听得张四的腹内一阵腹响，竟和雷鸣一般。少顷，张四大叫一声："哎哟，痛死我也！"说时，爬起身来。

众人看见之后，就知已脱险境。

毛梁道："张四哥，你现在醒来了吗？我劝你暂时休息数天，不要再去挑水，暂避数天，再作道理，切不可说是我救你。"

张四眼前虽满口答应，回到家中，住了三天，果真没有出外。谁知他是做一天吃一天的穷汉，三天没有出外营业，弄得吃尽当光，借贷无门。到了第四天，仍旧出去挑水。哪料挑水到了北门门口，兜头碰到那个道士，道士一见张四，不觉吃惊道："你没有死吗？"

张四答道："我哪里死，不是好好地活着吗？"

道士道："没有这么一回事，一定有人救你性命，你快告诉我，与你无涉。"

张四听了道士的话，便想着毛梁关照自己的话，不可说出他救了我的，随口便答道："并没有人救我的性命，叫我哪里说出来呢？"

道士说："你必定有人相救，否则有死无生。"

张四一口咬定并没人来救他。

道士道："你不肯说吗？老实告诉你，我用的是虚阴内功，你必无生理。现在你老实告诉我，何人救你，与你不涉。否则吹歪你的脑袋，当场死于非命。问你到底肯告诉否？要是不然，莫怪言之不预。"

张四没有法子，只得说是大饼店里的毛粱所救。

道士要张四同去一会毛粱。张四心中暗暗想道："毛粱救我的时候，千叮万嘱，叫我切不可说出是他所救。现在如何可以同这恶道前去会他？假使不肯和他同去，我的性命便在呼吸之间，真是进退两难，如何是好？"

实在被道士逼得无法可想，只有和他前去。两人同行，张四在前，道士随后，转了两个弯，来到大街。张四远远望去，只见毛粱赤露着上身，却在门前吹凉。张四又不能通知他，背后的恶道要来寻着你，只得把嘴歪了歪，这么打了个招呼。毛粱会意，反身向里就跑。

待张四和道士走到大饼店的门前，毛粱再从里面跑出。两人既不招呼，也不搭话，唯见他们二人悬空乱摸了半天，外行的人不知他们在弄些什么玩意儿，哪知他们二人都用的是内功，刚才毛粱进去，就是在运气。二人鬼摸了一阵，道士道："很好很好，再过几年与你相见，后会有期，后会有期。"说着，头也不回地走了。

毛粱眼见道人走后，反身回到里面，把被头铺盖统统打好，便向主人辞职，算清工资，捐了铺盖就走。后来毛粱到底到什么地方，也无人知道。

再说那个道士，有人看见已死在北门外的城隍庙中，可见那个道士的本领不如大饼店师傅的好。

那人讲得有头有绪，好像身历其境一般。众人听得也津津有味。

鸳鸯女侠听了，也很佩服这个大饼店师傅的本领着实不小。

这天，乘客谈谈说说，倒也容易过去。舟子一看，时将傍晚，因恐夜航诸多不便，也就在一个小镇市上停靠歇宿，免得再出意外之事。

鸳鸯女侠用过晚饭，便向一个在日间和她谈得最投机的女客，借了副被褥，五六个女客都睡在中舱，其他男客睡在前舱、后舱的都有。

再说鸳鸯女侠的旁边，睡着一个六七十岁的穷老婆子。本来鸳鸯女侠生得又是年轻，又是标致，是铁石心肠的人见了，也要动情。哪知同船之中，有个轻浮的青年，他自己凭脸蛋还生得五官端正，平日被他引诱上了不知多少年轻的少女。这日看见鸳鸯女侠生得这般娇艳秀丽，心中便不怀好意。等到鸳鸯女侠临睡的时候，便冷眼留意鸳鸯女侠睡在什么地方，暗自看准，也就睡在靠近中舱的旁边。

鸳鸯女侠本来无甚事做，而且昨晚又是少睡，所以一躺下去，便睡熟了。

那少年因看上了鸳鸯女侠躺在被中，只是翻来覆去地睡不着，等到半夜三更，听听满船的男女乘客都已沉沉睡去，他暗暗想道："女子最怕廉耻，我钻进被去，她绝不敢大声呼救，不得不任我所为。我只需如此，心愿已足。"想到这里，大了胆子，伸手过去，东摸西摸地摸了一阵，居然被他摸着，而且将他的手紧紧地握着。少年心中大喜："原来她也有意于我，真真是天配良缘。今夜我必乐事无穷。"

急忙爬了过去，钻入被中，摸摸那妇人周身的肌肤，细腻而且滑嫩，并将她紧紧抱住，虽不说话，却已表示得十分恩爱。少年满心欢喜，两人一度颠鸾倒凤之后，觉得非常适意。

两人拥抱着睡了一会儿，少年要想过去，这妇人哪里肯放？搿得牢牢的，并头睡着。少年也有些依依难舍。

又是睡了个把钟头，少年恐怕被人瞧破，又想爬回后舱。妇人还不肯放。

少年想道："这个少女，竟至如此多情于我，倒也难能可贵，我不可扫她之兴。"

又是再睡一会儿之后，便要回去。妇人仍不肯放。如是者数次，少年不觉迷蒙睡去。

少年睡得正甜的时候，只听得这妇人的声音唤道："我恩爱的郎君，快快醒来！"

少年从梦中惊醒，天色微明，睁眼一看，哪里是美貌的少女？却是一个白发萧萧、两鬓似霜的老妇。那张尊容，好像干瘪老生姜一般，其丑不堪，无以复加，而且额角头上皱纹重重，活像是个猪八戒。少年不见则已，一见惊魂，急忙想要逃回后舱，却被老妇一把死命拉住。

少年着急道："你拉住我做什么？"

老妇道："你还得陪我睡一会儿。"

少年怒道："放你的屁！"说着，拼命地挣扎，然而哪里动得分毫？

老妇大叫大跳道："你这负情的郎君呀！"

众人都被她惊醒，个个披衣起身。只见一个老妇抱着一个少年，正在那儿乱跳乱嚷。众人忙问何事。

老妇带哭带诉地说道："我这个无情无义的郎君，他如今要抛弃我了。众位代我想想，他该也不该？"

众人又问到底为着何事。

老妇便将昨晚之事和盘说出，众人去看那少年，羞得他满脸绯红地低着头，无言可辩。可见并不否认此事，只是恳求大家代为劝解。

老妇又嚷道："昨夜他与我卿卿爱爱地十分的恩情，今天便要将我抛却，绝无此理，天下怎么竟会有这般负情的郎君？"

众人个个暗笑着问道："你这位妈妈今年高寿？"

老妇答道："是肖猪的，今年有七十二岁了。"

28

众人看那少年，大约总在二十二三岁光景，回头又问老妇道："那么依你怎样呢？"

老妇道："他昨晚与我恩恩爱爱，我欲跟他回家，愿做他的糟糠之妻。"

众人听了，禁不住大笑道："你偌大年纪，他如何肯娶你为妻？天下绝无此事。如许年纪，非但他可以叫你母亲，就是叫你一声祖母，也无不当，你怎么可以嫁他为妻呢？"

老妇道："那么他昨夜为何与我爱情如是浓厚？我虽偌大年纪，他却尚能爱我，况且像我这张脸蛋，不为不美，与他成其夫妻，岂不是男才女貌，真真是天配良缘。他娶得到像我这般妻房，也不至辱没了他，唯恐我不肯嫁他。"

众人听了，大笑不止，结果总算由众人劝解，叫少年拿出了十两银子了事。

本来这老妇是个乞丐，日间看见那少年不住地偷看鸳鸯女侠，知道他怀意不良，特地做了这么一套，有意敲他的竹杠。

鸳鸯女侠也早已看出这少年不怀好意，正想要给他一点儿苦头尝尝，以一儆百，使他下次不敢。今见老妇如此办他，认为妙极。

鸳鸯女侠又将这少年大大地教训了一番，少年只是含羞着默然无语。正在这时，前面飞快地驶来一只帆船，船头上站着几个雄赳赳气昂昂的大汉，手中提着钢刀，船主一见，吃惊叫道："哎哟，不好，今天遇到强盗了！"

乘客听了，个个慌乱起来。

鸳鸯女侠便安慰众人道："诸位不要着慌，放得镇定一些，有我在此。"

众人哪里相信？像她这样一个娇怯怯的女子，连风都能够把她吹倒，如何可以敌此大盗？说时迟，那时快，大盗已跨上航船。

鸳鸯女侠提着双剑，赶至船首，一盗见了，不觉哈哈笑道："你这姑娘，莫要自不量力，快快放下双剑，免你一死。随我回去，献给我们大王，做个压寨夫人，穿不尽的绫罗绸缎，吃不尽的山珍海味，享尽天下荣华富贵。"

鸳鸯女侠勃然大怒道："放你妈的十七八个狗屁！休得多言多语，快来吃我一剑，送回你的老家。"说时，一剑劈去。

那盗将刀格开，只见火星四射，那盗的钢刀缺了一角。暗暗赞道："这婆娘的剑倒也不错！"急忙在小喽啰的手中换了一把，再战鸳鸯女侠。

其余小盗一拥而上，将鸳鸯女侠四面围困。鸳鸯女侠一见他们人虽众多，本领却个个平常，所以毫不畏惧，将双剑舞作一团银光，众盗莫想劈进半刀。而她只是力战似乎是头领般的那盗，吓得满船乘客个个呆若木鸡，只是望着他们。

鸳鸯女侠与众盗战了二三十个回合，只见那头领一个破绽，鸳鸯女侠便飞起一腿，把一柄钢刀踢在半空之中，不慌不忙地随手便是一剑，可怜他头和颈脱离关系，身首异处。众喽啰一见头领已死，也无意恋战，跳上帆船便逃。

直至此时，众人才将吓到九霄云外的灵魂找了回来，方始安心。众人见鸳鸯女侠如此本领，谁不佩服得她五体投地？都来向她慰劳谢恩，保全了满船人的性命财物，航船仍得平安驶去。一路上都是些温暖春景，也不必细叙。

直行得夕阳西坠的时分，船才到省城。鸳鸯女侠便跳上岸来，看看天色将晚，走了好多家客店，都已客满，她有点儿不懂，为何生意如此之好？一问，才知后日清明，省城中举行迎灯大会，是千载难逢机会，所以各方都来看。

后来鸳鸯女侠找到一家兴隆客寓，一看也已客满，唯有一间尚未租出，倒很清静雅洁，便问小二道："为何这间不肯租我？难道恐我出不起房金吗？"

小二赔笑道："怎敢？"

鸳鸯女侠又道："既不是如此，因何不租给我？难道留着租给别人的吗?"

小二道:"也非故意留着租给别人,因有缘故,不能出租。"

鸳鸯女侠又问道:"是何缘故?快快说来,要是虚言搪塞,你须留心着莫怪我无情了。"

小二连连赔笑着打躬作揖道:"哪敢虚言搪塞?实因这间房内,从前敝店的主人死在里面,近来常常作祟,所以不敢出租。"

鸳鸯女侠道:"不妨,不妨,我可并不怕鬼,你租给我便是了。"

小二道:"既然如此,那么请进去吧!"

反身出去,打了一盆面水,泡了壶浓茶,请鸳鸯女侠洗脸喝茶。

她一看室中极其雅致,推开窗户,便是一条城河,春风徐徐而来。喝了几杯茶,小二张上灯来,用过夜膳,凭窗远眺,很可以看见大街上的几家商店前挂着几盏彩灯,里面点着火光,红红绿绿的,倒很是好看。远眺了一时,因为连日没有好好睡过,便将鸳鸯剑藏在枕旁,解衣便睡。

一觉醒来,正是鼓敲三下,可巧是在半夜,心中暗想道:"这时正是鬼魅出现的时候,小二说此房中有鬼,究竟有也没有?我自小至今,从未见过,见识见识,以广眼界,也未为不可。"

此时正在三月中旬,月光明亮如昼,照得满室银光,她从纱帐中望将出去,忽见窗前的桌旁坐着一个中年的男子,脸色惨白地正在那里垂泪。鸳鸯女侠便知是鬼无疑,一面将剑按在手中,一面问道:"你这男子,为何在此哭泣?"

只见那鬼微叹其气地答道:"女侠有所不知,我乃是鬼,是本店以前的主人,只因我生前借了李荣昌五十两银子,至今无力归还,哪知这恶奴见我妻子颇有姿色,故而勒追此款,限期本利还清,否则将我妻占为己有,明日便要迎去。可怜我一母一子,势将饿死。因之我在此哭泣。"

鸳鸯女侠一想:"此鬼原来是为着这事,因恐骨肉分离,所以在此哭泣。"便对那鬼道:"你不必哭了,此款由我代还可也。"

31

鸳鸯女侠说后，那鬼遥空向她一揖，忽然不知去向。

待至天明，便问小二道："你那已死的主人，他家属现今住在哪里？"

小二见问道："住在离此三里外的一个小村中。"

鸳鸯女侠急忙奔去，居然被她一找便到，见两扇门紧闭，还没有开门。鸳鸯女侠砰砰砰砰地一阵敲门，又听得里面一阵哭声，十分凄惨，令人听了，很觉于心不忍。

鸳鸯女侠将门敲了一阵，大叫道："快快开门，快快开门！"

却说那婆媳两人，听得有人敲门，以为是李家派人前来迎接媳妇，婆媳两人听了，忍不住伤心起来，抱头痛哭，顷刻之间，婆媳就要分离，怎不伤感呢？后来一听是个女子的声音，而且并无其他声音，便知不是迎娶的人，心中安了不少。开门一看，却是个年轻少女，很觉奇怪。

鸳鸯女侠早已看出，说明来意，并将昨夜见鬼的事情从头至尾细细说明，并愿替她们代还借款。婆媳听了，喜出望外。

正在此时，只见八九个壮健的男子，闯将进来。

欲知后事如何，请看下回分解。

# 第五回

## 种瓜得瓜收成有果
## 逢怪捉怪枉自成妖

　　却说鸳鸯女侠愿意还借款，免得她们婆媳母子分离。她们正在喜出望外的时候，忽然走进八九个雄赳赳、气昂昂壮健的长条大汉。为头的那个就是李荣昌，只见他生着一双猪眼睛，一个鹦鹉嘴巴般的鹰爪鼻，配了一对兔子耳，略有几根短须，是张颧骨很高的削骨脸，一望而知是个奸相。开口便道："周家嫂子，今日限期又到了，想必你仍然没有钱还我，倒也无关系。我可怜你青春守寡，十分寂寞，现在春到人间，唯你孤宿独眠，冷静无聊，你岂不思念丈夫吗？我深深爱惜着你，不如随我回去，享受一些闺房之乐。就是这五十两银子，也可作为罢论，不要你再还了。"说着，微微而笑，两只贼眼又不住地望着鸳鸯女侠上下打量了一会儿。

　　鸳鸯女侠一听他的话，便不觉大怒道："你这恶奴，借了你的钱财，只要还你银子，为何说此油言滑语，调戏寡妇，引诱良人，岂不是放你的狗屁吗？与我快快住嘴，不准多言多语。"

　　李荣昌望着鸳鸯女侠冷笑道："还我银子，有何不可之理？快快取来，至今已有三年之久，本利六十八两，须在今天一并还清。要是短少分文，还是要随我回去，做第七房姬妾，现在人都已带来迎接。"

　　李荣昌以为她们一贫如洗，一日之间哪里会有此六十八两银子？

以致故意勒逼。

鸳鸯女侠也向他微微冷笑道："区区之数，何足挂齿？快快取出借据，银据互还，不要在此多放狗屁，与我滚你妈的蛋！"

鸳鸯女侠一边说，一边从怀中摸出一百两雪花白银，当场称了六十八两上好银子。李荣昌没法，只得银据两交，没精打采地出门去了。

鸳鸯女侠便将三十二两银子也给她们作为家用，又取了一百两银子，叫她们买几亩田，自耕自食，好好地栽培这个孩子，将来后福无穷。她们婆媳二人接了鸳鸯女侠的银子，心想："既不是亲戚，又不是挚友，竟慷慨赠金。"直感激得她们倒反而说不出一句话来。

鸳鸯女侠此事办妥之后，看看时间尚早，还得要赶一程。本来她下山没有目的地，师父不过叫她为世除害罢了，她自上山至今，已十有二载，未见父母，不如趁此机会，回家一省双亲，也是要紧的事。想到这里，便向她们告辞。婆媳二人苦苦相留，你想哪里会留得住她呢？只见她往京中去的大道而去。

现在暂时不道鸳鸯女侠，要说这李寡妇的儿子，名叫甜甜儿，他家自鸳鸯女侠赠了一百三十多两银子之后，便即买了十多亩良田，婆媳母子三人，自耕自食，未到一年，居然吃着不愁，一家相安无事，过着很快乐的生活。

这年甜甜儿已经六岁，他母亲教他上学读书，将来若能得一官半职，也可以荣宗耀祖，与家门大有光彩。甜甜儿本来生性聪敏，而且母教又严，所以发奋用功勤读，颇得老师的器重、同窗的敬爱。他每天早上出门上学，母亲总给他铜元十枚，作为零用，而这甜甜儿生性十分怜惜贫穷，他将母亲给他的铜元收着不肯胡用，却将此十枚分赠给众乞丐，好买个大饼充饥。如是者几天之后，这般乞丐每天到一定的时候，却守在门口等候，一见甜甜儿，便向他要钱，好像是老例一般。又过几天，乞丐愈来愈多，他十个铜元竟至不够分配，甜甜儿便向母亲每天多讨五个铜元，就是这样一天天地过去。

有一天，甜甜儿放学回家的时候，看见一群小孩儿都在山边看些什么东西，他也挤了进去一看。只见一个乞丐般的男子，满身都是血渍，好像是从山上滚了下来受伤的模样。甜甜儿上前一看，虽没有死，却也奄奄一息了。甜甜儿见了很不忍心，便将他满身血渍揩得个干干净净。

此时天色将晚，群儿逐渐散去，只有甜甜儿守望着这待毙的乞丐，不忍丢他在此，独自不去。守候多时，那个乞丐渐渐苏醒转来，甜甜儿才将他扶到庙中去住。从此以后，甜甜儿每日放学的时候，便买些东西带到庙中，去望那个乞丐。天天如此，从未间断过一日。

再说那个乞丐，一天一天地好了起来，每当甜甜儿来的时候，常常讲些武侠的故事给他听，听得甜甜儿津津有味，很想自己也成一个剑侠。

有一天，那个乞丐忽对甜甜儿道："我吃了你许多东西，于心很是不安，今天我要带你到一个好地方去请请你。"

甜甜儿道："不必不必，我说句不怕你动气的话，你有钱买了东西请我，不如留着自己零用吧！"

乞丐道："不需花钱。"说着，便携了甜甜儿的手向外就跑。

走出庙门，行了没有数步，看见一座大花园。两人进入园门，便闻到一阵芬芳馥郁的花香，满地都是茵茵绿草，好像是一张天然的大地毯。中间杂着几朵胭脂色的野花，非常好看，人在草地上走，觉得异常柔软舒服。树上满枝都是好花，枝头上的鸟儿都在唱着悦耳的歌曲，地上还种着许多奇花异卉。他们两人缓步进去，美丽的花朵都微微地点着头，好似迎接他们般的。他们走进一座八角凉亭，里面端端整整地已放着一桌酒菜，都是名贵的菜肴，非常丰富，有几盘菜，简直从未见过。

那乞丐向甜甜儿说道："这里便是我的家。"

甜甜儿暗自奇怪道："这乞丐的家竟至如此富丽。"

他们便即入席。

乞丐唤道："值星安在？今日有客在此，快快出来敬酒。"

唤声未绝，只见两个美丽少女，一式打扮，各抱着酒壶，飘然而来，在各人的面前斟了一杯。

甜甜儿只是个六七岁的孩子，本来不会喝酒。现在一闻到杯中酒气，一阵异香，他便喝了一口。只觉得满口生津，这种滋味儿，好像是琼浆玉液，吃到嘴里，很觉可口。各种菜肴，也从未吃过。这时的甜甜儿也忘其所以。

那乞丐又唤道："乐队何在？快快出来佐酒！"

唤声未止，便听得一阵细乐不知从何处而来。又见七八个女郎，捧着笙、箫、笛等乐器吹出悠扬的细乐，一面唱歌，一面漫舞，轻轻缓步而来，在他们桌前的草地上且歌且舞。那歌唱得个个莺声呖呖，婉转动听；那妙舞的个个身轻如燕，舞得像风吹杨柳，蝴蝶戏花一般。

甜甜儿到底是个孩子，如是好菜，吃得他大开胃口；清歌妙舞，听得他看得他忘其所以。他要吃菜，便无暇听看歌舞；如果听看了歌舞，他又无暇吃菜。他都很喜欢，不肯放弃权利，他吃了又看，看了又吃，害得他忙个不了，心中满怀欢喜。

甜甜儿正在吃得高兴，忽然看见一盘炒鸡片，变成一只只小鸡，跳出盘外。甜甜儿一惊而醒，哪里在什么花园中喝酒？原来是南柯一梦。

那个乞丐望着甜甜儿微笑道："你吃得满意吗？"

甜甜儿究竟是聪敏的孩子，这个乞丐能知道我的梦境，必有来历。便跪在地上，愿意拜他为师。

乞丐道："好孩子，快快起来，我便收你为徒可也。"

甜甜儿听了大喜，随着乞丐扬长而去。

你道这个乞丐是谁？他是菁华真人的师弟玉树真人所化装的，特来探试甜甜儿到底是否是好孩子，是试试他的心的。现在一看，果然是个可以造就的人才，便将他带上山去。

不说甜甜儿上山学剑术，回转笔头要说鸳鸯女侠那日往京中大道上而去，一路上无事可叙。这天，她直走到日落西山时分，天色大晚，然而离镇市宿店尚有二十余里，要是赶去，万难赶到。鸳鸯女侠心中暗想道："不如在此村中，借宿一宵为妙，不要弄得前不及店，后不着村，反为不美。"

鸳鸯女侠打定主意，走进双狮村中，看见一份大户人家，开着正门，里面点得灯烛辉煌，好像是喜事人家一般。鸳鸯女侠暗暗想道："这家大户，我可向之求宿，必能应允。"想罢，疾步上前。只见一个年老门公坐在那儿。

鸳鸯女侠含着笑道："有劳公公，请你进内通报一声，说有个过路之人，不及赶至镇中，要在贵村借宿一宵，待到明天一早，房金、饭银一并奉上。"

老门公道："今日我家主人有事，不知是否如你心愿，那么请暂等片刻。"说着，往里走去。

鸳鸯女侠在门外等了一会儿，那老门公从内而出，说道："我家主人有请姑娘。"

鸳鸯女侠连连谢道："有劳公公了。"说时，随着门公走了进去。

鸳鸯女侠走过一个天井，大厅上挂着许多灯彩，灯烛点得十分明亮。鸳鸯女侠抬头看见一个五十多岁的男子，留着一撮长须，面目慈祥，一身员外打扮，一望而知是个善良之人，但他满面愁容。鸳鸯女侠便知这是主人，急忙上前施礼，口称老伯，便将来意说明，且求不责冒昧。

员外将鸳鸯女侠请入客厅，分宾主坐下，丫鬟送上香茗。员外先微叹了口气道："姑娘今日来得不巧，适值老夫家中有事，招待不周之处，尚祈鉴谅。"说罢，不觉又叹了一口气。弄得鸳鸯女侠莫名其妙，看他家排场，似有喜事，但看他愁容满面，其中缘故，实在令人莫解。

鸳鸯女侠便问道："不敢动问老伯，府上既然有事，为何看你面色，一筹莫展？不识何故，尚祈明白示知。"

员外不觉垂泪道："唉！一言难尽。老夫就是说了出来，也是徒然。"

鸳鸯女侠听了，满腹怀疑，定要问个水落石出，方始安心。又问道："老伯府中，究竟为着何事？但说不妨！如有能力所及，敢不相助，代老伯分愁，也无不可之理。"

员外两泪双流地叹道："老夫王敬文年已半百，膝下只生一女，夫妇二人爱若掌中之珠，今年青春二九，尚待字闺中，拟择乘龙快婿。谁料为本村妖精所知，说起此妖，每年到了清明那天，须要送上童男、童女一对，前去供他作为食料，并须献一美貌女郎，嫁他为妻，年年都是如此。谁敢不依，否则于本村田稻、人口大有不利。哪知今年这妖精看中我家小女，定于今夜迎娶，因之老夫在此忧愁。"说着，不住地摇头叹气。

鸳鸯女侠听毕道："哦！天下竟有此奇事，妖精虽然这般厉害，吉人自有天相，老伯但请宽心，我为令爱解围可也。"

王员外连忙劝阻道："姑娘，你不可轻视他，此妖神通广大，有呼风唤雨、飞沙走石之能，不要非但不能救了小女，反而害了你的性命，这如何是好呢？"

鸳鸯女侠道："老伯尽可放心，我有宝剑在此，能斩妖除怪、削铁似泥，区区妖精，今夜决计难逃性命。我一则为相救令爱，再则为一村除一大害，一举两得之事，岂不大妙？"

鸳鸯女侠说到这里，还恐怕王员外当她吹牛，不肯信她，便将双剑抽出，只见万道寒光，将天井中的那条石凳轻轻往一下剑，立刻分为两段。

王员外一见，赞不绝口道："好剑呀，好剑！哎哟哟，我真老糊涂了，姑娘坐了多久，肚子一定饥了。"

王员外忙不迭地吩咐厨房，快预备上等酒菜。不久，送上酒菜，放满一桌。鸳鸯女侠不喝酒，匆匆用过晚饭，由丫鬟送上清茶。漱洗才毕，只见四五个人哭哭啼啼地送进五六岁光景的一对童男、童女。

鸳鸯女侠便道："他们哭哭啼啼地送进两个孩子来，这是什么意思？"

王员外答道："姑娘，你有所不知，这是一对童男、童女。妖精指定送到这里来做他的食料，两个孩子的父母岂不伤心呢？"

鸳鸯女侠道："原来如此，那么索性也叫他们带了孩子回去吧！"

两个孩子的母亲听了，好不欢喜，欣然地带着孩子各自回家了。

王员外问道："姑娘，今天的半夜，妖精必来无疑，你如何捉他，可要多少人帮你的忙，还要用什么东西？"

鸳鸯女侠答道："并不需要什么人来帮我的忙，最好你们去杀两只白猪猡，穿了童男、童女的衣服，供在厅中。"

王员外立刻吩咐下去，杀了两只白猪猡，供于厅中，不在话下。

鸳鸯女侠问道："老伯，你家令爱住在哪里？我可要见她一面。"

王员外道："应该应该。"

便叫丫鬟陪着鸳鸯女侠来至王小姐房中，自己随在后面，叫道："我儿，不必啼哭，这位姑娘特来救你性命。"

鸳鸯女侠走进王小姐房中，灯烛点得雪亮，母女两人正在抱头痛哭。二人见了鸳鸯女侠，忙站起身来招呼，方才又听了王员外的话，疑信参半。鸳鸯女侠一看王小姐，确然生得十分美丽，虽然是在哭泣，却愈显得分外娇艳，好像是一朵雨打的桃花，柳腰生得婀娜多姿，身条也生得不肥不瘦、不长不短，恰巧正好。就是月里嫦娥下凡，也不过如此而已。鸳鸯女侠见了，也觉十分爱慕，可惜自己不是个男子，否则一定也要娶她为妻。

鸳鸯女侠便对她们母女二人道："伯母、小姐，你们可不必伤心，今夜此妖不来则罢，不然，我不除他，更待何时？伯母，你可将小姐秘密藏过。"

母女二人把鸳鸯女侠感激得涕泪交流，她们母女二人躲在秘密室中，不需细说。

那鸳鸯女侠见她们母女走后，独自坐在小姐房中，过了一些时候，远远地听得谯楼三下，只听得一阵狂风。

欲知后事如何，且看下回分解。

# 第六回

## 得红裤毒蟒遭殃
## 失小衣新郎晦气

却说鸳鸯女侠待至谯楼三下，只听得外面一阵狂风，屋面上飞沙走石一般，室中灯烛，骤然如绿豆似的黯然无光。鸳鸯女侠心中暗自想道："这个妖精果然厉害，王员外所说不差分毫，我须得格外小心，才可对付此妖。"鸳鸯女侠才想到这里，灯烛忽又重放光明，便有一个十分美貌的少年飘然而入，是像个公子般的装束，倒显得非常温柔儒雅，哪里像个妖精鬼怪？脸色绯红，一定是已经灌醉了黄汤无疑。

那妖精开口便道："小姐，有劳你久待了。今夜乃是你我花烛之喜，待至明日，带你回家享乐。"说时，嬉皮笑脸，要想来拥抱鸳鸯女侠。

鸳鸯女侠哪里会不随时步步留意？早已将双剑出鞘，按在手中，藏在背后等候。她一看如此轻薄，竟敢上前拥抱，便破口大骂道："你这死不足惜的妖精，竟至目无天理王法，在世间做此害人之事。"

妖精装出万分温柔地微笑着道："小姐，你何故如此怒气冲天？小生来迟了一步，现在在此与你赔礼了！"说着，深深地作了一揖，又要来和鸳鸯女侠亲吻。

鸳鸯女侠怒道："你这万死莫赦的妖精，还不改过自新，总要难免一死！"

那妖精还是嬉着嘴道："小姐不需如此发怒。"

鸳鸯女侠出其不意，抽着双剑向那妖精劈面飞去。那妖精一见吃惊，往后退了几步道："你这不知好歹的女子，我好意抬举你，哪知你胆敢行凶吗？"

鸳鸯女侠也不答话，又是一剑斩去。

那妖精见鸳鸯女侠的剑势来得厉害，急忙将口一张，吐出一团黑气，望着鸳鸯女侠喷来，将剑抵住。幸亏鸳鸯女侠的功夫已经有八九玄功，而且还是个处女，否则这团黑气，很容易置她于死地，然而已经觉得有些头昏脑涨起来。鸳鸯女侠连忙运用内功，只觉眼前清亮了许多，随即也将口一张，吐出一道青光，在这青光之中，有一柄五寸多长的小剑，疾快地飞了出去，敌住了那团黑气。这柄小剑和那团黑气，就在新房里的半空中斗了起来，只见一忽儿分离，一忽儿迎合，一时前，一时后，一时左，一时右，一时上去，一时下来，战斗得好像十分厉害的样子。唯见那柄短剑，显得非常泰然似的，攻守有方，丝毫没有慌乱的模样。而那团黑气，却有些显出恐慌的神色，只有抵御之能，没有还拳之力，正在逐渐退将下去。青光之中的短剑，却愈显得玲珑活泼，只逼得那团黑气无路可退的时候，那短剑忽将黑气劈成两半。鸳鸯女侠一见，便知这团黑气已败，而且失却了战斗的能力，就把口一张，收还自己的剑光，随手又是一剑，向那妖精刺去。妖精一个措手不及，左眼受着一剑，以致就此失明，禁不住怪叫一声，随即便是一阵狂风，室中虽然无沙可飞，无石可走，只听得室内的茶壶、茶杯等瓷器叮叮当当地一阵乱响，灯烛也被这狂风所灭。这个妖精也早已逃得不知去向。

鸳鸯女侠心中想道："现在此妖虽然左目受伤失明，可是还未死，斩草不除根，逢春必发。我定要将他致死，方始安心，也不负我师谆谆的一番嘱咐。否则纵虎归山，大害在后，将来待那妖精的伤处养好了时，这双狮村两村中的居民，必遭后害无穷。不如趁此机会，将他杀死为妙。"想罢，来到外面，兜头与王员外撞个满怀。

鸳鸯女侠问道："妖精已被逃走，你可曾看见，是往哪里去的？"

王员外道："我正要问你，将妖精捉住没有？"

鸳鸯女侠又问道："你们没有听得那妖精怪叫一声吗？"

王员外道："正因为听得那妖精一声怪叫，我以为是被姑娘擒住了呢！如今被逃，他日他定当前来报仇，如何是好呢？还得要请姑娘救人到底！"

鸳鸯女侠点头道："我也是这般想法，但不知他的巢穴究在何处，老伯你知道吗？"

王员外迟疑了一会儿答道："据人家说，这妖精住在此村西南的约有十二三里的一座山上，似乎是叫梦花山，可信与否，也不得而知。"

鸳鸯女侠便和王员外来至大门前。这时正在三月中旬，所以月色十分明亮。

鸳鸯女侠向大门前的旷野上四面望了一周，快乐得她直跳起来道："对了，对了，这妖精确往西南逃去，因地上尚留血渍。我只须依此一路上找去，无有找不到之理，我现在便去除此妖精。"

王员外一把将她拉住道："姑娘，你不必如此性急，现在已深更夜半，你就是要除此妖，但是在此黑暗之中，必定诸多不便，不如待至天明再去，也不为迟。"

鸳鸯女侠道："不妨不妨，白日和黑夜，与我没有多大分别。"

鸳鸯女侠的这句话，并不是她吹牛夸口，确然是这样。因为她的那双眼睛，曾经用苦功锻炼过来，她自从七岁那年随了菁华真人上了大公山之后，每日当天色微明，太阳还没有出山的时候，便即起身，爬到大公山的最高峰上，面向着东，将两眼睁得大大的，望着太阳逐渐升起。就是这样下了几年苦功，望着日光便不觉得畏怕，不会像千万根针刺着一般，在白日，可以很清楚地看见天上每个星辰，到了晚上，便会如同白昼。但是王员外总不肯放鸳鸯女侠前去，因为她是个年轻的姑娘，在半夜深更，到那梦花山去擒捉妖怪，于心难安，就是迟延一二日，也绝没有什么大害。鸳鸯女侠经不住王员外再三相劝，只得暂宿一宵之后，待等天明再作道理。

那晚，鸳鸯女侠和王小姐同睡，两人谈得十分投机，知道她今年才只十八岁，比自己尚少一年，父母共生姊妹三人，结果只留王小姐一人，所以父母都异常宠爱，要替她择一个才貌双全的夫婿，苦无机遇，所以迟至如今，尚未许字。两人直谈到四更过后，方始就寝。

一宿无话，一会儿醒来，天已大亮，使女下人服侍得殷勤周到。用过早膳之后，鸳鸯女侠因为心中有事，急着要至梦花山去捉那妖精，便告辞了王员外，背着双剑，向西南往梦花山而去。

鸳鸯女侠用了飞行术，哪消一刻工夫，那梦花山便在眼前。往上一看，足足高有万丈，满山都是些野草荆棘，藤葛千条，好像是人迹不到的荒山。鸳鸯女侠便攀藤缘葛地爬了上去，四周巡视了一会儿，却找不到妖精住的所在，不知住在哪里。后来在山坳中被鸳鸯女侠发现了一个梦花洞，洞外的岩石显得比较光滑，地上也无杂草。鸳鸯女侠想道："如此光景，这一定是那妖精所住的洞府了。"一看洞前一块大石，将门牢牢紧闭。

鸳鸯女侠将那扇石门轻轻一推，只听得呀的一声，洞门开了，往里望去，如黑漆一般，连伸手都不见五指，一些也没有光亮。鸳鸯女侠慢慢摸了进去，大约走过了有十多步的光景，忽然十分明亮，好像别有洞天一般，也种着许多鲜花野草，摆设得非常精致，不异于神仙洞府。

鸳鸯女侠走过了一口天井，便是一间大厅，里面都是些石台石椅之类，所有一切家具，无不都是青石制成，倒也显得奇异别致。但是并未看见一个妖精出入，心中只是觉得很是可怪："难道那妖并不是住在此洞之中吗？"但是洞前也有血渍。她望东厢那边一看，鸳鸯女侠顿感满心欢喜，原来有个非常美丽的少女蹲在地上扇着风炉，却在那里煎药。

鸳鸯女侠想道："这个定是女妖精，我只需将她擒住，一问便知道那妖精了。"于是将双剑合而为一，举在手中，一个箭步，将那少女一把抓住道："你这女妖，快快说出你家大王住在何处？"

那少女吓得跪在地上哀求道："英雄姊姊，你不要把剑劈下来，我并不是妖精。那真真的妖精，昨夜回来伤了左目，现在后面养伤。"

鸳鸯女侠道："你快领我前去，除了此妖之后，救你离此险境。"

那少女便同了鸳鸯女侠轻轻地穿过客厅，在第二进的左厢，但见那妖精躺在一张石榻之上，紧闭着双目，还有一个美女，却在那里替他敷药。鸳鸯女侠舞动双剑，去斩妖精。吓得那美貌少女往外就逃。

这妖精听得有急促的脚步之声，将右眼睁开一看，见是鸳鸯女侠，知事不妙，急忙跳下石榻，举起石凳，作为武器。鸳鸯女侠一剑飞去，将那石凳劈成数段。这妖精往地下一滚，立刻变成一条独角青蛇，长可数丈，张开着血盆般的大口，要想吞噬鸳鸯女侠，来势非常凶猛，且将那条如斗粗的尾巴飞扫过来。假使被它打中，必定尸分数段。鸳鸯女侠急忙将身一纵，纵在蛇背上，一手握住了那只独角，右手握住双剑，插在地上。那青蛇便绕着鸳鸯女侠的身子，预备把她围死。哪知她已有准备，蛇身碰着剑锋，早便分成段段地死在地上了。

鸳鸯女侠眼见这独角青蛇精已死，于自己的目的已达。来至外面，方才的那个少妇也不知去向，心中暗想道："据说此蛇精每年清明要吃一对男女童子，更要娶一个美貌少女为妻，年年都是如此，而且从未间断，想来在此洞中，尚有不少妇女，我应该带领她们回家，以叙天伦之乐。"来至右厢一看，并无一人，再到后面一进，光线便不甚充足。在东边的小室之中，却有数十具枯骨。鸳鸯女侠找来找去，总找不到一个人影儿。正在可怪，忽见一个地道，走了进去，里面就有许多少女住在那里。鸳鸯女侠一看，那些少女大半都已骨瘦如柴、脸无血色的了。刚才的那两个少女也在其中。

鸳鸯女侠道:"那条蛇精,现在已经死了,你们快快跟我回家去吧!"

那些女子听了,谁不欢喜得直跳起来?都称鸳鸯女侠是她们重生的父母、再造的恩人,一个个出了地道,跟着鸳鸯女侠。众人将要走出前厅,在那天井的旁边,鸳鸯女侠这时才看见一条红裤和一个人头,而且这个人头尚未腐烂,很是奇怪,问问众人,都不知道这条红裤和人头是如何一回事,推想是这蛇精带来的罢了。鸳鸯女侠想道:"这条红裤和人头必有道理,倒不如带了出去。"于是便将红裤包了人头,提在手中,带着众女人出了洞府。这二三十个女人都是被蛇精摄取来的,现在要她们爬下这万丈高山,个个不敢,实在也没有这个本领。这时的鸳鸯女侠也弄得大为其难起来了,她踌躇了许久,才被她想出一个方法,用着几条长藤,连而为一,再用一条裤带,缚在腰间,就是这样,一个一个地将她们吊了下去。最后才自己飞身下山。

不说众女人欢天喜地地各自回家,单说鸳鸯女侠下了梦花山之后,提着人头,仍奔王府而来。进了双狮村,王员外亲自率领着家人前来迎接。一听得鸳鸯女侠说已把那蛇精除了,全村的人都说她是仙女下凡,非但救了王小姐的性命,从此以后,便救了全村小孩儿和少女的性命。一路上欢声震天,也不必细说。

直到进了王府家中,老夫人和小姐都来迎接。王员外忽问鸳鸯女侠手中提着的是什么东西。

鸳鸯女侠道:"这里面是个人头。"

老夫人和王小姐听了,都觉一惊道:"要此人头有何用处?"

鸳鸯女侠道:"当我除了蛇精之后,忽见这条红裤和人头,很觉奇怪,所以带了回来。"说着,便即打开。

王员外一看,不觉吃惊道:"哎呀!这明明是我外甥的头颅,原来也是被这蛇精所害。如是说来,那么岂不是害了外甥媳妇了吗?

快快到县里去，设法保我外甥媳妇，免得她冤沉东海。姑娘，你也得要做个证人。"

鸳鸯女侠道："老伯，这事我全无头绪，怎么可以叫我去做证人呢？"

老夫人埋怨王员外道："你这真是老糊涂，姑娘全不知道，怎能去做证人？"

王员外连连点其头地道："不错不错！太太说得对，我真的有些老糊涂起来了。那么就是你们娘儿两个说给姑娘听吧！"

老夫人母女二人请鸳鸯女侠来至王小姐的房中，才将此事的始末一五一十地详详细细地说给鸳鸯女侠听。

原来王员外的外甥叫作张慕云，预备在今年的二月初五娶潘进士的女儿为妻。张家和潘家相离有五里之遥，到了初五那天，张家便派了轿马前去迎娶潘小姐来家成礼。哪知花轿抬到半路，忽然来了一阵狂风，坐在花轿中潘小姐的那条大红棉裤，突然不翼而飞。这阵狂风过来，除新娘不见裤子之外，也没有别的动静。花轿抬到张宅，已经将近良辰，喜娘要搀新娘出轿和新郎交拜成礼。潘小姐因为失了棉裤，赤裸着下身，如何肯出来呢？喜娘只得把自己的裤子暗暗脱给潘小姐穿了，方始出轿成其大礼。因为男家是个富翁，女家是个进士，所以贺客盈门，十分热闹。

送入洞房之后，新郎又被诸亲好友拉去吃酒。新房之中，唯有新娘和几个伴娘而已。后来伴娘也都去睡了，只有新娘一人。到了半夜时分，新娘听得门外有人敲门，确是新郎的声音，因室中无人，只得新娘张着烛台，前去开门。不料将门一开，忽来一阵狂风，把火吹灭。

要知后事如何，且看下回分解。

# 第七回

## 冷剑飞来逢敌手
## 烈焰烧去毙尼姑

却说新娘听得有人敲门，确然是新郎的声音，因为室中无人，只得自己张着烛台，前去开门。不料开了房门，忽来一阵狂风，将火吹灭，没法，只得反身进房，再把红蜡点亮。重新出来一看，新郎却已死在血泊之中，而且脑袋也不知去向。新娘见了，怎不要大哭大喊起来。公婆听了，出来一看，儿子已死在新房门前，也不见头颅到哪里去了，便一口咬定潘小姐在母家必有不轨，现嫁到这里，势必是奸夫前来刺死。到了第二天，便将潘小姐送到县里，说她是谋死亲夫。知县当然准状。潘小姐虽然始终否认，只因新郎的这个头颅，并无下落，所以潘小姐至今还关在监中。

鸳鸯女侠听毕，很可惜潘小姐是个红颜薄命，忙不迭地要去代她雪此深冤。于是便和王员外去到县中。潘小姐的深冤，从此大白。此事叙过不提。

单说鸳鸯女侠就在这天，和王员外分别之后，她便望着京中大道而去。鸳鸯女侠走了四五十里，已是中午时分，腹中觉得有些饥饿，抬头一望，看见前面的小村中悬着一面市招酒旗。鸳鸯女侠暗想道："不如前去吃些点心，不妨休息一会儿再走，亦可赶到驿站宿头。"

她一面想着，一面已走入村中。进了一家酒店，倒也收拾得非常清洁。鸳鸯女侠便在靠近窗前的一张桌子旁坐下，要了一盘馒头和二斤牛肉，独个人慢慢地在吃着。

鸳鸯女侠才吃第二个馒头的时候，便看见一个美貌的少年，一望而知是个秀才，他下了马，也走了进来，要了两样点心，也独自吃着。不久，又进来二人，一个是满腮胡髭、肥头缩颈，却是个矮胖子，上身衣服绑得像只粽子一般。一个是蛇头鼠眼、削骨脸儿。二人打扮得都是不文不武，各提着单刀，坐在那秀才的对面。二人不时用眼偷偷瞟他，再交头接耳地说一会儿。那个秀才好像是若无其事，并不觉察有人注意着他。一切的行动，都看在鸳鸯女侠的眼中，向那两个武生模样的人上下打量一番，便知他们必非善类。

正在此时，忽又走进一个少年，只见他生得眉清目秀，完全是个武生装束，背着一柄钢刀，好不威风气概。一走进来，也找了个舒适座位，点上几样酒菜，却在那里独酌。不过有时也常常用眼去望那个秀才，再望那两个不文不武的东西。鸳鸯女侠见了，却难以分辨这个少年是好是歹，一时不能决定。因为鸳鸯女侠要注意他们四人之故，有意把馒头吃得慢了一点儿。

这时，那秀才已把点心吃毕，出门上马而去。那奇形的二人一见，也不再吃，在后追随。那个少年武生也即会钞去了。

鸳鸯女侠待至此时，心中才略觉明白，那一肥一瘦的两人，必非良善，竟欲加害于秀才无疑。这个青年武生，一定是暗中保护，如是看来，这个秀才绝无性命之虞，无须担心这个。自己也早把馒头、牛肉吃得个一干二净，会了账，出得门来，在大道上一路走去，早不见了刚才的四人。她不在意，望望四面的风景，颇觉可爱秀丽，一路上南来北往的人不绝于途。

不知不觉之间，又已将近傍晚，一问路人，如要赶上宿头，只有六里路，尽来得及。鸳鸯女侠正想赶到镇市预备客店借宿，遥见前面有座寺庵，倒显得十分壮丽宏大，有匹马却在山门前面空地上吃草。鸳鸯女侠一看，认得是方才那个秀才的马匹。鸳鸯女侠见了，也不想赶上镇市："他们既然在此借宿，我也何不在此借宿？趁便可以看看他们是如何一回把戏，岂不甚妙？"

到得门前一看，上有"万寿庵"三个金字，进去要求借宿，也不拒绝。她便在一间边厢屋中住，非但不见那个秀才，连那两个歹人也都不见。唯有这个年轻武生，却已沉沉地睡熟在她隔壁的室中。待至天晚，依然不见有什么动静，她向大殿上走去，看见后面灯光明亮，便纵身轻轻跳上屋面，越过两层，移开几张瓦片，向下一看，却见两个年轻尼姑，一个是十八九岁，一个约有二十岁光景，都有桃花般的靥儿，红里泛白，白里带红，两条睫眉，弯弯的长而又细，樱桃般的小口边，有一对儿深深的梨窝，十分动人怜爱。红唇间的两行皓齿，既整齐又洁白，好像是珍珠一般，都生得十分妖艳美貌。她们却在那里讲话。

鸳鸯女侠蹲下身去，侧耳细细一听，那个年纪较长的说道："周洪派两个弟兄在中途刺死这个秀才，可惜一路上没有机会，所以不能下手。而周洪预料有困难的地方，由他带来一封信，要我们帮忙。他是我们师父的好友，不能推却。"

那个年轻的尼姑道："我看这个秀才，倒生得万般风流，如果一刀杀死，未免有些可惜。我们不如留他在庵中，让我和他取乐数天，而且他还带有不少金银。这些金银归你独有，这个秀才归我独享可也。"

年长的尼姑便有些迟疑莫决地道："要是依你这般做去，好像有些对不起周洪。"

那年轻的尼姑道："依我去做，完全没有对他不起的地方。周洪的目的，不过要害死这个秀才罢了。现在我要留着他取乐几天，也可在一二十天之内就死，我们对于周洪，也未始不达他的目的。这秀才虽然仍死，却并不死于刀下，而且又得个全尸。你我是佛门弟子，素以慈悲为怀。"

鸳鸯女侠在屋面上听到这里，不觉又可气又可笑起来了："你们这种慈悲，在佛门之中，倒从未有过，大概是你所新发明的吧！依我看来，你们简直是佛门的败类，也是我们妇女的蠹虫，还是早点儿不要在世献丑。"

鸳鸯女侠再往下听，那个稍长的尼姑道："师妹说得有理，依你的办法，倒可以利己益人，彼此都好。不过归你独享，我可不能赞成，须要你我春色平分才可。"

那年轻的尼姑道："可以，可以，师姊既如此要求，我便分你一些，未为不可。不过等一会儿那周洪派来的两个弟兄来听回话，我们如何对答他们呢？"

稍长的尼姑道："不妨，由我答复他们便是了。但是我看那个秀才极其规矩，是个坐怀不乱的书呆子，恐怕难达目的，如何是好？"

年轻的尼姑道："师姊，你怎么竟至如是愚笨起来了？我们只要想法给他吃了我们秘制的丸药，无不心猿意马。不然，我们也无甚大乐可取。"

鸳鸯女侠一听，原来是两个淫尼却在思春。鸳鸯女侠想："这个秀才暂时虽无性命关系，但是要受此两个尼姑的淫威，必不可使他陷于虎口。日间的那个少年武生，我倒要看他如何救他。"

鸳鸯女侠再飞身下屋，来至自己的卧室，一听隔壁的那个武生，这时还睡得鼾声如雷，心中不免暗笑："如此糊涂东西，睡得像死猪一样，怎可干此大事？"

鸳鸯女侠在室中休息片刻，再到天井中一看，见有灯光闪闪，有两个小尼送酒菜到室中。鸳鸯女侠心中明白，再飞身上屋，在下面恐怕碰着任何一人，诸多不便，轻步过去，在那间屋面上将身站住，隐约听得有男女谈话的声音，可是不甚清晰。

鸳鸯女侠再打开几张屋瓦，伏下身去，低头一看，却见那两个美貌尼姑，一左一右地陪着秀才，正在那儿吃酒。听听他们谈的都是些诗词歌赋，以及批评各派文章的好歹，句句都是圣贤之道，并没一句邪淫。鸳鸯女侠听了，暗暗佩服，确有一些学问，可惜不步正轨。

他们三个正在吃得十分高兴之际，那个青年的尼姑从怀中取出一颗金色丹丸，对那秀才道："相公，我看你因用功过度，身体很是虚弱，此药你服了之后，包管你精神焕发。"

那秀才道："多谢师太的美意，我的确日觉身虚体弱。"

鸳鸯女侠心知此药必是壮阳春药，服之非但满身发热，而且有毒。

正在此时，忽见一肥一瘦的两人，持着单刀，闯将进去，意欲杀那秀才的模样。

鸳鸯女侠因恐一个大意，误了秀才的性命，便急忙点着一支闷香，吹将下去。顷刻之间，五个人都被闷倒地上，早已不省人事了。

鸳鸯女侠跳下屋面，走进那间屋子，背上那个秀才，往外就奔。心中想道："那个真是睡虫，怎么可以救人？恐怕连自己的性命都需要人家救吧！现在我将这秀才救出，连他都未知道，看他如何办法？"

鸳鸯女侠越想越是得意，在庵前跳上马背，一口气走了多里。但见前面有座茅亭，便将秀才放下，慢慢用冷水喷醒。暂时不说。

鸳鸯女侠救了秀才来到茅亭之中，要说那个好睡的武生，他的名字叫姜瑞云，因见一肥一瘦的二人似欲谋秀才，他的确在暗中保护。哪知他因连日辛劳，来到这座尼姑庵中，不知不觉地蒙眬睡去。待他一觉醒来，全庵寂然无声，好像是死去了一般的，没有声息。他提着钢刀，走上了大殿，佛前只点着一盏油灯，望去黯然无光，后面却显得灯光明亮。走了过去，这明亮的灯光原来是在一开室中发的，然而也寂无动静。

姜瑞云不敢冒昧直入，来到窗前，偷偷地用舌尖舔破窗纸，将眼向里一望。只见地上横七竖八地躺着三四个人，却不见那个秀才。心中好不可怪："未知秀才哪里去了，我岂非在暗中白白保护？"未免扫兴，便在四处找到几条麻索，走将进去，把躺在地上的四个人用麻索像猪般地牢牢绑住。看看他们的神色，好似中了闷香之毒。他因欲问明那个秀才到底哪里去了，随后再寻踪追去，便取了一盆清水，将四人统统喷醒。

姜瑞云眼见他们苏醒回来，便问道："那个秀才何处去了？你们快快说与我知，不得谎言搪塞。要是胡言乱道，惹得老子动怒，就是一刀一个，结果你们的性命，送回你们的老家！"

四人一听，彼此相对愕然，连他们都不知道秀才到哪里去了。

那年轻的尼姑道："方才还是好好地在这里，现在竟不知去向。也许被我师父带去，亦未可知。"

姜瑞云道："言之有理，我便第一个送你上天，免得你心惊胆怕。"说着，便是一刀，可惜那花容月貌的一个淫尼，早已到极乐世界。随手又是一刀一个。

姜瑞云结果了四人之后，四面找寻，不见老尼的云房在于何处。最后在左厢之中，隐有灯光。姜瑞云暗想："必在此地了。"至门外静心一听，有一男一女的声音，浪声调情取乐，令人听了，好不肉麻得很。心中独自暗想道："看不出这个秀才，竟致如此无耻，和老尼这般浪形调笑，岂不是孔门之中的败类吗？杀之亦不足惜。"回思一想："这个秀才也许是被逼于淫威之下，不得已而为之，亦未可知。"他便飞起一腿，将门打开。抢步进去一看，哪里会有什么秀才？但是那个老尼的怀中，抱着一个中年男子，两人都是一丝不挂、赤条条地却在那儿饮酒作乐。

姜瑞云不见则已，一见之下，气得他怒发冲冠，便一刀望着那老尼头颅斩去。说时迟，那时快，那老尼一见有人闯入，即将怀中的中年男子往下一推，不及穿衣，就把桌面暂作盾牌，抵住了劈来的钢刀。飞起右腿，却踢中了姜瑞云的手腕，只听得叮当一声，那柄钢刀便落在地上。

姜瑞云这时不觉心慌："看不出这个老尼好不厉害，须得要小心从事，方不吃亏。"姜瑞云立即用一个黑虎偷心式打去。那老尼竟不慌不忙地轻轻格住。姜瑞云一见惊心，急忙用一个双龙戏珠式，连着又用一个釜底抽薪，向那老尼的下部踢去。可怜那老尼就因一个大意，中了一腿，鲜血直流地死于非命了。

姜瑞云一见老尼已死，便从地上拾起刀来，随手结果了那中年男子的性命，让他们到地下去做长久的夫妻。

料知秀才不在此庵之中，来至外面，找到火种，便一把大火，将这座雄壮、宏大的万寿庵烧得个既干且净。他看见往南的一条小路上，印有马蹄，料到这个秀才必定由此路而去，又想到这秀才是个手无缚鸡之力的书生，被他逃出险境，倒也亏他。忽又转念一想："他绝无能力离此陷井，莫非又被歹人抢去，岂不糟糕！"想到这里，又代秀才着急起来，非要探个水落石出，方始安心。想罢，便依着路上的马蹄，寻踪而去。

一直行了十一二里，依然是杳无踪迹。看看路上的马蹄印影还是不断往前，他便自言自语地说道："只是路上有马蹄脚迹，赖着恒心，不难寻到。秀才呀秀才，你的命也太苦了，才出龙潭，一定是又入虎窟。只要上天有灵，我一定前来救你！"

姜瑞云弯弯曲曲地又走了五六里，忽见秀才所骑的马匹，心中暗喜："终于是被我找到了！"再一看，前面的茅亭中有两个人影，一个明明是秀才，一个是女子，望去十分面熟，一时却想不起是谁来。可是夜半把秀才引至这般荒僻的所在，必然不怀好意。急忙将身藏在群草之中，望着鸳鸯女侠的咽喉，一镖打来。

欲知鸳鸯女侠的性命如何，且看下回分解。

# 第八回

## 台粲莲花戏调凤侣
## 眉竖柳叶打进龙宫

却说姜瑞云望见茅亭中的一个女子十分面熟，一时却想不起是谁来，在夜半引着这个秀才，在此荒僻之处，定然不怀好意。急忙将身藏在野草之间，望着鸳鸯女侠的咽喉，一镖打来。哪知鸳鸯女侠将镖接住，随手奉还于他，不偏不正地打在他的武士巾上，与姜瑞云的脑袋只差得厘毫，把那顶帽子往后飞去。这并不是鸳鸯女侠无此本领射中他的头颅，却是她的手段太高明了，故意吓他一跳，显显自己高妙的本领。

姜瑞云的头巾被鸳鸯女侠一镖打去，正想又要向鸳鸯女侠一镖飞来的时候，可急坏了这个秀才："你们快快不要打架，你们两位都是我救命的恩人，不可彼此互相误会！"

姜瑞云一听秀才在说这个女子也是他的恩人，便收住了飞镖，不曾打了过来。一面由草丛中走了出来，一面问道："她不是强盗吗？难道也是你的恩人？"

秀才道："她是把我从庵中救出来的恩人呀！"

姜瑞云连忙向鸳鸯女侠拱手微笑道："原来如此，我几乎误伤了女英雄，冒昧之处，尚求鉴谅勿罪！"

鸳鸯女侠拱手还礼道："好说好说，你说哪里话来？你我同道，何必斤斤较量？"

姜瑞云这时将鸳鸯女侠细细一看，才认出是日间同在酒店中充饥的女郎，但不知她姓甚名谁，便赔笑着问道："不敢动问女英雄贵姓芳名？"

鸳鸯女侠道："人称我鸳鸯女侠是也。"

姜瑞云又问道："未知尊师可是菁华老伯吗？"

鸳鸯女侠很奇怪地道："敝师确是菁华真人，但英雄何以称为老伯？务祈示知。"

姜瑞云答道："如此说来，你是我的师妹了。恕我狂自尊大，我乃玉树真人的大弟子姜瑞云便是。"

鸳鸯女侠大喜道："你原来就是姜师兄，失敬得很！"

那秀才插嘴道："你们两位，原来是师兄、师妹，方才你一镖来，他一镖去，几乎将我吓死，哪里知道二位恩公却在各显绝技？"

鸳鸯女侠救这秀才脱离虎口，未为不妥，那么这秀才因何也称姜瑞云为恩公？未免令人莫解。

要知这秀才在日间出了酒店之前，那两个歹人在后追随，姜瑞云却在暗中保护，一时那二人忽全都不见。当这秀才到那万寿庵山门前下马的时候，望着秀才的心窝儿，突来一支暗箭。姜瑞云看得真切，立即赶上施救，已是万万不及，只有随手放出一镖，将那支暗箭折成两段，落在秀才的马前。秀才所以称他恩公，也是于心无愧。

鸳鸯女侠忽微笑着对姜瑞云道："你在万寿庵前救了这位相公一次，施放袖箭之功，果然神妙至极，令我佩服得五体投地。但是你到了庵中的睡功亦颇可观，连我将人都救出，你尚漠然不知，可见你睡功之妙，尤在袖箭之上，这一点又可使我佩服得你六体投地了。"

姜瑞云涨红着脸笑道："师妹不要取笑我了，只因愚兄连日辛劳，以致失着，尚望师妹海涵一二。"说得连这秀才也都大笑起来了。

这时才四更过后，天色未明，三人在茅亭之中席地而坐。

姜瑞云便对秀才道："至今我尚不知相公贵姓大名。"

秀才答道："小生姓张，皁字宏良。只因家严卧病山东，特地赶去探望。"

鸳鸯女侠便问张秀才道："张相公，你和周洪那厮有何冤仇，以致派了两个歹人中途刺你？"

张秀才吃惊道："周洪嘛，他本是我的同窗好友，谁知他看中了我的表妹，派人前去求婚。我姑父对他派去的人说，本是门当户对，奈因早已许字内侄，不能遵命。因此这个周洪视我如同仇敌，大概为这事。派人把我刺死了之后，再去求婚，亦说不定。"

鸳鸯女侠又问道："那么这厮和万寿庵的尼姑有什么关系，以致几个尼姑都去帮他？"

张秀才道："这我可不知道了，大概他们总有密切的关系吧！"

三人在茅亭中谈谈说说地过了一宵，不觉天色黎明。

鸳鸯女侠道："听说鄱阳湖中三月杪有龙船大赛，十分热闹，我们可要同去见识见识？"

姜瑞云问张秀才道："张相公，我们可要同去，再绕道去到山东？"

张秀才道："小弟因家严卧病在省，十分沉重，小弟急要赶赴省城视亲，心急如箭。两位恩公，你们去吧，小弟只得少陪了。"

鸳鸯女侠道："张相公，你独自前去，倒觉不甚放心。"

姜瑞云道："师妹说得不错。张相公一人自去，我也不放心。周洪那厮既派人在中途刺你，今虽然没有达到目的，说不定还有人要来刺你，也难说定。倒不如我不去了，师妹你独自去吧，我决定保护张相公赴省。"

鸳鸯女侠很是赞成，这样便不会再出意外。但是张秀才于心很是不安，请姜瑞云尽可去看赛龙船。姜瑞云哪里肯听，定要陪伴他同往。张秀才直感激得涕泪直流。

一看天色大亮，姜瑞云保护着张秀才往山东而去。

鸳鸯女侠分别了两人，一路往江西而去。不过是晓行暮宿，非止一日，已到江西地界。然而天色又晚，找了几家客店，都已客满，租不到一间空暇的房间。满街来来往往的人拥挤不开，两旁商店家家点得灯光明亮，十分热闹。

鸳鸯女侠最后寻到一条略觉偏僻的街上，才找到一家客舍，尚未客满，还有两间空房出租。鸳鸯女侠便一脚跨进，店小二连忙含笑着迎将出来道："你老人家来找亲友，还是过宿？"

鸳鸯女侠道："找什么亲友？是来过宿的。"

小二连称"是是"，将鸳鸯女侠请了进来，引她上楼一看房间。鸳鸯女侠嫌这间太觉沉闷，空气不佳，这房间不能合意。

小二赔着笑脸，连说："有有！不过较小一点儿，然而空气却很新鲜，光线也极充足，恐怕不合你老人家的意。"

鸳鸯女侠道："那倒不妨，只要清洁便可。"

小二领着鸳鸯女侠，将房门推开一看，虽然小些，可是倒很雅洁，颇为合意。鸳鸯女侠说声可以，小二连忙点上灯来，泡上茶来。因鸳鸯女侠还没有吃过晚饭，小二又忙着送上饭菜，把个店小二上上下下地忙个不了，可是忙虽忙着，他的脸上却喜形于色，非常兴奋。

鸳鸯女侠用过晚膳，小二进来收拾干净，一宿无事可叙，不在话下。

第二天一早醒来，将窗推开，面前是一片旷地，种了许多树木，阳光照着树叶，印在地上，好像是一个个小金钱。鸟儿在枝条上跳来跳去，唱着清脆婉转的歌曲，温柔的春风徐徐而来，吹在人身上，十分爽适。这种景象，完全是清明前后的好天色。鸳鸯女侠吃过早餐，问明到鄱阳湖此去尚不多远，便出了店门，一路上往前而去。

行不多时，来到鄱阳湖畔，湖边上的人拥挤不堪，都来看赛龙船，男的女的、老的少的，长长矮矮、肥肥瘦瘦，俊俏的、丑陋的，无一不有，真多得不可计数。尤其小贩倒也不少，头顶肩挑摆摊的都有，更有卖武的，到处都是。鸳鸯女侠看得十分有趣，望着湖中，微微的水浪，好像片片鱼鳞一般。湖中来来往往的有几条龙船，更有不少民船。鸳鸯女侠想："在湖岸畔走来走去地看看，有何兴趣？不如也雇条小船荡漾在这鄱阳湖中，岂不颇有意思吗？"便到船埠头雇定了一条小船，在湖中荡来荡去，倒觉是一种新鲜的味道。

这日天气晴朗，湖中也是风平浪静，一时那数条龙船一字儿列着，只听得一声金锣，那数条龙船都争先恐后地拼命向前猛进。几条龙船，一忽儿前一忽儿后地如同真龙一般，十分玲珑活泼，确是非常好看，岸上和湖中的观众无不拍手叫好。鸳鸯女侠看了这种玩意儿很是新奇有趣，又是处身在湖中漂荡，颇觉别有风味，与乘航船却不大相同，看得鸳鸯女侠目不转睛地无暇四顾。

正在这时，突来同样的一条小船，并在鸳鸯女侠的船旁，徐徐同行。船中有一个二十多岁的少年，齿白唇红，十分美貌，手中摇着洒金折扇，显得温柔儒雅。看他的装束，像个公子的模样，腰间却挂着一柄上好宝剑。在那公子身旁的一人，蛇头鼠目的，约有四五十岁，嘴边留着稀稀的几根胡须，小脑袋上戴着一个红结瓜皮帽，再配上一副大墨晶眼镜，口中衔着一支长烟管，腰间佩着一个烟袋，望去好像是个绍兴师爷的模样。还有三四个，穿着黑衣箭袖，脚下踏着薄底快靴，手中各执着雪亮的纯钢单刀，一式都是武士打扮，望去好不威风凛凛，好像是保护着公子出来观看龙船，多么大派阔绰。

鸳鸯女侠见那船和她的船同行并驶，心中已觉不大自在，然而无法干涉，只有待其自然而已。后见那公子般模样的，时时偷眼望她，鸳鸯女侠心中有些厌恶此人，也是无可奈何。谁知那公子般的恶少竟敢微笑着向鸳鸯女侠媚眼频送，把个鸳鸯女侠气得直跳起来，虽有满腹怒火，也无法发作，弄得她红着双腮坐立不安。

这时，船在湖中流荡，便吩咐船夫快快靠岸。正要回避他们，讵料这公子依然紧紧相随，不知高低地说道："小姐，你不必害羞回避。"鸳鸯女侠听了，心中虽然万般怒气，但是并不和他搭话，只是催促船夫快摇。

那公子见鸳鸯女侠不理不睬，便轻轻跳过船来，贼皮贼脸地笑道："小姐，你何必如是不言不语？难道你是息夫人吗？我望你不要冷待了我。"

鸳鸯女侠指着那公子怒道："你可是在放屁吗？青天白日之间，就是放屁，也不应如此，胆敢在大庭广众之下调戏年轻少女！"

那个像师爷模样的插口道："小姐，你不要这般怒气，我家公子瞧上了你，正是你的好造化，莫要不识抬举，不要触怒我家公子，却不是玩的。我劝你快快依从了吧！"

鸳鸯女侠不听则已，一听之后，气得她柳眉倒竖、杏眼圆睁地怒骂道："放你妈十七八代祖宗的狗屁，我可怕他奈何不成？"

那公子贼忒嘻嘻地，仍旧异常温存地说道："小姐，他说得不错，你要听纳良方，你我同舟作乐，岂不甚妙！"说着，低下头去，要想在鸳鸯女侠的樱桃小口上深深一吻。万不防鸳鸯女侠抽手敬他一记耳光，打得他眼前金星四射，尝尝味道，倒也鲜美可口，既松又脆，非但并不道谢，反而也怒骂鸳鸯女侠道："你这不知好歹的淫妇，我有意抬举于你，反敢羞辱于我，天下岂有此理！"

那绍兴师爷般的献计道："公子，你不必与她多言多语，武士们快来，与公子将此女抢上船去！"

唤声未绝，那三四个武士一拥而上。

鸳鸯女侠一听之下，怎不勃然大怒？即将双剑抽出银鞘，随手一剑，那老儿的头和身体立时滚入湖中死了。三四个武士围着鸳鸯女侠，战不及三个回合，早已个个做了剑下之鬼。

那公子见了，也不觉勃然大怒道："你这淫妇，胆敢如此无理，杀我心腹，斩我卫士，我岂肯与你甘休！"说着，也是剑出鞘、刀出壳地和鸳鸯女侠斗将起来。一个是将双剑舞得如同一个银球，一个是把单剑使得剑光闪闪，都只见刀光，却不见人影。

鸳鸯女侠一看那公子使的是花剑，虽然好看，却并未下过苦功，平凡无奇，不难取胜。

那公子一见鸳鸯女侠的剑术舞得井井有条，虽用花剑，尚不能乱其眼目，难以取胜，心中不免有些惊慌。那少年好胜心重，如何肯甘心示弱？用尽平生绝技，使一个童子拜观音，向着鸳鸯女侠的胸前刺来，要想取她的五脏心肝。哪知鸳鸯女侠急忙改变剑法，舞个狮子滚绣球，劈破公子的剑式。那公子一见，顿觉心惊意乱。只见鸳鸯女侠的双剑如同一个大球，一忽儿前一忽儿后地，休想找个破绽，连一点儿水都泼不进去。公子被逼得无路可退，浑身臭汗，湿透罗衫。

正在十分危急的时候，他忽然灵机一动，计上心来："我在船中战她不胜，不如和她水战，必可一鼓而擒。"想罢，不觉暗自点头微笑，立即口中念念有词。鸳鸯女侠却听不出他在念些什么，顷刻之间，天昏地暗，只是一阵狂风，湖中的巨浪滔天。

鸳鸯女侠的那只小船，怎经得起这狂风巨浪？立时打翻湖中。那公子跳入湖中，如履平地一般。哪知鸳鸯女侠的水性功夫也极高妙，看见公子那种得意的神气，又要和他恋战。

那公子笑道："我再尊称你一声小姐，在此劝你不必和我再作苦战。如今老实对你说了吧，我乃龙王三太子，二兄已死。今有意娶你为妃，被你所杀五命，也可不与你再作计较。他日老王驾崩，我登大位，你乃正宫。我劝你快快随我回宫享乐吧！"

鸳鸯女侠骂道："你虽是龙王太子，然而总是畜类，我等人类乃是万物之灵，人畜岂可相配？我也劝你休得梦想！"

龙王三太子道："你既无此福命，倒不如送你归天。"说罢，两人又战。

鸳鸯女侠便将双剑舞个鸳鸯戏水。实在是龙王三太子的剑术欠精，在水中又被鸳鸯女侠逼得且战且退。正要跳出圈外的时候，胸前着了一剑，痛得他抱头鼠窜地向前奔逃。鸳鸯女侠哪里肯轻轻放他过去？在后追赶。

龙王三太子直逃进水晶宫门，大声叫道："众将安在？快快前来救驾！"

一时拥出许多虾兵蟹将，把鸳鸯女侠团团围住。

欲知后事如何，且看下回分解。

# 第九回

## 女侠罩入镇海钟
## 真人光临水晶殿

却说龙王三太子直逃进水晶宫内，大声叫道："众将安在？快快前来救驾！"

一时拥出许多虾兵蟹将，把鸳鸯女侠团团围住。那个龙王三太子早已逃得不知去向。

鸳鸯女侠也无从追赶，而且身入重围之中，但是为头这员大将，面如虎脸，突出两个铜铃般的眼睛，头顶将军盔，身穿青色钢甲，手舞着两柄双斧，直奔鸳鸯女侠。两人便在水晶宫前大战起来。众兵卒有的拿着长枪短棍，也有用的双刀双锤，在四面大声呐喊助战。

鸳鸯女侠和那员大将战了几合，便知他双肩却有千斤之力，确是一员猛将。"但是他生性愚笨，身子运用也不活泼，好似一只蠢象一般，武艺果好，可惜他执而不化，全不知道随机应变，没有改良之处。我若这般和他战法，就是战他十天，恐怕有败无胜。他全仗此牛力，我可无此能耐，须得用个巧计，才有取胜的希望。"

这时，鸳鸯女侠已战得满身香汗淋漓，而那虎面大将，愈战愈觉精神。鸳鸯女侠忽然露个破绽，只脚下一滑，仰面朝天一跤。那大将见了，心中暗自欢喜："今日你这女子要死于我的双斧之下了！"便一斧对准着鸳鸯女侠的头颅，劈将下去。正想取她性命，不料鸳鸯女侠突然飞起一腿，可巧踢着那员大将的铜铃般的眼睛，痛得他透入心肺，将双斧抛在地上。抱头正想奔逃，鸳鸯女侠飞身跳起，对准他的心窝儿，从后一剑刺去，穿成一个大大的窟窿，可怜那员大将，呜呼哀哉地死在水晶宫前了。

鸳鸯女侠把许多兵卒杀得个十分痛快，只杀得水晶宫前尸骨堆山，血流成渠，好不凄凉惨目。这时鸳鸯女侠的心中怒火未平，还要寻三太子作战，以息她心头之恨，便杀进宫去。

再说那龙王三太子，胸前受了一剑，负着创伤，逃进宫去，跪在父王跟前哭诉一番，说鸳鸯女侠非但将他羞辱，斩了龟丞相，又杀卫士，并且把他刺伤，险些没了性命。"如今蟹将军率领着虾兵在宫前将她团团围住，要求父王代儿报仇雪耻。否则她打进宫来，如何是好？"说着，跪在地上不肯起来。

龙王一听，不禁勃然大怒道："快快将我大刀取来！"

便有两个虾兵，抬有一柄青龙大刀。这柄大刀，足足有一千多斤沉重，把那两个虾兵压得连气都喘不过来，满头的汗，如珍珠般地流个不止。

龙王把刀取在手中，舞将起来，显得十分轻松，好像是毫不费力的样子。回头对三太子道："我儿，你可到后宫去休养创伤，为父与你报仇便了。"

正在此时，一个虾兵进宫报道："蟹将军已阵亡宫前！"

龙王一听，便又带领了几员虾兵蟹将，奔将出来。及至殿前的甬道上，便和鸳鸯女侠相遇。

龙王一见更怒，脱口骂道："你这贱婢，竟至这般大胆，私闯龙宫，伤我太子，斩我忠臣大将。快快自降受绑，不要污了我的宝刀！"

鸳鸯女侠怎甘受辱？也怒骂龙王道："你这老不明理的饭包，平日只知宠爱儿女，全无家教，纵子闯事。你快叫那奴才前来给我赔礼，与你万事甘休，否则，你莫怪言之不预。"

龙王听了，恼羞成怒，涨得他面红耳赤地骂道："该死的贱婢，竟敢出口伤人，辱骂孤王吗？休得多言，快来受我一刀！"说着，伸双手举起大刀，直取鸳鸯女侠，望着她的脑袋斩将过来，一刀就要结果她的性命。

鸳鸯女侠将身向左一闪，龙王一刀劈了个空，未曾达到目的，连手又是一刀，着地扫去，要将她双足斩断。鸳鸯女侠身轻似燕，往上一纵，离地数尺，龙王一刀又是落空，不觉大怒，将刀乱使。所有兵将，把鸳鸯女侠转入垓心，刀剑齐下。鸳鸯女侠战得汗流如雨，用尽平生绝技，却杀不出重围，总逃不得性命。她想："我莫不要死于乱刀之下？难道来岁的今日，便是我的周年不成吗？"

她想到这里，未免有些伤心起来。她一看右翼兵力尚薄："如天佑我，也许由此逃生，亦未可知。"她便抛却龙王，在右翼杀出一条血路，冲出了那层重围。心中暗自欣喜："幸得死里逃生！"仿佛漏网之鱼，正想要奔出宫门的时候，那龙王一见鸳鸯女侠突围而出，要是任其自然，放她生回，于心不甘，却要代他儿子报仇，不肯放她过去。忙将手一指，把鸳鸯女侠罩入金钟，如有万斤，又像生根一般，竟逃不脱身。

这口金钟叫作镇海钟，不论神仙、妖怪，只要被它罩在中间，万无逃出之理。不要说是鸳鸯女侠，她到底还是一个凡人，哪里会被她逃得出来呢？

现在不说鸳鸯女侠被罩在镇海钟里，要说她的师父菁华真人。那天正在大公山上逗着一对虎子作耍，忽然觉得一阵心血来潮，坐立都感不安，掐指一算，吃惊道："哎哟！我的徒儿今日有大难临身，恐有杀身之祸。我若不前去救她，更待何人？须得快快下山，方无不测。"

反身走进洞府，在壁上取下宝剑，背在肩上，驾起一朵祥云，直往江西鄱阳湖而去。哪消半个时辰，早已到了湖畔。低下云头，在袖里取出一颗珍珠，挂在胸前，走到鄱阳湖中，水便分向两边，中间好像一条小弄，两旁都成水晶墙壁，非但不湿衣巾，连鞋袜都不沾点儿水。不到八九分钟之久，菁华真人业已到了水晶宫前，便有门官通报进去。

不到片刻工夫，龙王还是全身披挂地踱将出来。两人拱手作揖，彼此见礼，龙王把菁华真人迎了进去，便请入迎客室中，二人重又叙礼，分宾主坐下，献上香茗，倒很有礼貌。

龙王笑着道："不敢动问真人，因何贵干下临敝宫？"

菁华真人欠身答道："山人无故不敢打扰宝宫，实因为了小徒，特来恳情。"

龙王心中虽然明白，却故意问道："高足是否人称她为鸳鸯女侠的那个吗？"

菁华真人道："正是，小徒年轻无知，虽然有辱太子，尚望视山人薄面，原谅一二，放还她的自由。山人令她向太子谢罪赔礼，再带回山去，从严训责。"

龙王冷笑道："你代这个贱婢求情，我劝你不要作此胡思妄想。她伤我太子，杀我乌龟丞相，又斩我螃蟹将军，毙我御林军虾兵不可以数胜计。我今还不斩这贱婢，更待何时？亏你有这种全没师教的高徒，孤王倒也深深佩服。"说着，不住地冷笑。

菁华真人被龙王说得好不自在，当面有意把他这么冷言冷语地取笑一番。菁华真人不免也要发作几声地说道："山人是无师教有此不肖徒弟，像你阁下既然有如此良好家教，怎么也会纵放儿子在青天白日之下调戏我的徒儿？这倒也要请教了，究竟哪个是罪魁祸首？"

龙王反问道："这个贱婢，她把我的虾兵蟹将杀得尸横遍野，血染红泥，难道还是我的不是吗？就是你有三尺八寸的厚脸，我也决不赦这贱婢！"

菁华真人听了此话，无不都要动怒，便道："枉然你为四海龙王之一，说出此话，全没理性。我的徒儿贱在何处？倒要请你指教！况且当我之面，出口贱婢，闭口又是贱婢，就是打狗，也应看主面。

我心爱的徒儿，骂她贱婢，可是你所应该的吗?"

龙王再冷笑道:"骂你的逆徒贱婢，有何不可? 我骂你一声狗头也不妨!"

菁华真人怒道:"你这狗头，不要触怒山人，攀你的龙角，剥你的龙皮，抽你的龙筋，再吃你的龙肉，看你怎样!"

龙王更怒道:"放你妈的狗屁! 这里不配你来的所在，与我滚将出去!"

菁华真人听了，怒不可当，随手把宫中的一切水晶家具打得个粉碎，一面道:"我好意以礼相待，谁知你理性欠通! 好好将我徒儿放回，万事与你甘休，若要哼出半个不字，今日我斩你这条毒龙!"

龙王道:"你胆大包天，毁我龙宫，辱骂天庭命官，该当何罪?"

菁华真人又道:"我骂你这该死的囚龙，毁你的龙宫，便怎么样呢?"说着，便把龙王所最心爱的一个古玉花瓶抛在地上，打得个数千百块。

龙王勃然大怒，抽出腰剑，来战菁华真人。真人也拔剑迎战，一个是龙王，一个是剑仙，二人各显神通，打得个天昏地黑，日月无光。两人起初在迎客宫中，渐渐地杀到宫外来了，一场好战，十分厉害。

菁华真人和龙王打了足足有二千多个回合，难分胜负，各人愈斗愈觉精神。两人又过了几百个回合之后，龙王渐渐地示弱下来。菁华真人的剑势愈逼愈紧，龙王却只是有守无攻，心中暗想:"我将受窘!"连忙用手一指，半空中飞下一个捕仙网，望着菁华真人的头上直罩下来。菁华真人一看，便知此网不可轻视，他急把口一张，吐出一柄小小的飞剑，把那个捕仙网钻成了一个极大的窟窿。

龙王眼见自己的法宝被菁华真人所破，不觉大惊失色，也无心恋战，往后便逃。菁华真人便乘胜在后追随，直追至甬道，只听得鸳鸯女侠唤着"师父救命"。

菁华真人向四面一看，并不知鸳鸯女侠关在何处，只见那口镇

67

海大钟罩在地上。菁华真人便弃了龙王，不再往前穷追，来到钟边，细细一听，才知鸳鸯女侠的确在内，便安慰鸳鸯女侠道："徒儿，为师在此，特来救你，你可不必性急。"说着，便用剑尖将镇海钟轻轻挑起。

鸳鸯女侠看见地下透进一道亮光，连忙爬将出来，见了菁华真人，把他一把抱住，带哭带诉地说道："师父，徒儿受人羞辱，要望师父代我报仇！"

菁华真人又安慰鸳鸯女侠道："徒儿，你不必哭泣，为师的已代你报过仇了。那条老龙被我杀得抱头狼狈而逃，水晶宫也被我毁其小半。"

鸳鸯女侠道："还有那条小龙，他在鄱阳湖中，当着大庭广众调戏徒儿。现在还未除我心头之恨！"说着，师徒两人来到后宫，找来找去，找不到一个影踪，不知他们都逃避到哪里去了。

鸳鸯女侠的怒气未息，再到外边，不顾一切地把龙王上朝时坐的龙椅、龙桌打得个无一余留，一个壮丽宏伟的水晶宫，被毁得成一片砖场瓦砾，哪里还像什么样子？那么龙王和太子等到底逃往何处去了呢？怎么菁华真人和鸳鸯女侠都找他们不到？

原来后宫还有一个秘密地道，龙王败了下来，逃进后宫，带了太子和所有宫眷，都逃入那个地道中去躲避。恐怕他们师徒二人再来寻衅，而且龙王吃此败仗，于心难甘，准备作大规模的报仇，便把藏在地道中的那口神钟撞将起来。只要把此钟一撞，其余三海龙王虽然相离数千万里之遥，便立时听得，马上带领兵马，前去救应，彼此都是一样。因为各个龙宫之中，都有这么一口求援钟。

却说那三海龙王，一听到这求援钟声，便知北海龙王有难，都率领了全部兵马，来到鄱阳湖中会齐，再浩浩荡荡地来到第四龙王的水晶宫。

这时，菁华真人和鸳鸯女侠各处找不到龙王及太子，又至宫前毁了大半，鸳鸯女侠的怒气也已平息了不少。

68

菁华真人道："徒儿，这两条逆龙也找他不到，而且又毁了他的宫殿，我们不如回去吧，他也奈何不得！"

鸳鸯女侠也不反对。二人行不到半里，忽然前面来了许多兵将，为头的三个都骑着高头大马，一式都是皇帝装束，手中各执着青龙刀。后面随着数员大将，都是虎脸般的，好像是兄弟行，头顶钢盔，身穿青色战袍，都是两柄大斧，率领着足足有三十万大军，刀枪林列，雪一般亮的刀枪，闪着阳光，十分好看。旌旗遮天，一看便觉威风凛凛，令人肃然起敬。菁华真人和鸳鸯女侠二人见了，心中暗料："这莫不是援军不成吗？"

正在这时，忽听得后面特起一阵战鼓，前面的三个龙王以及几员蟹将，便拦住菁华真人和鸳鸯女侠的去路。背后忽又拥出几万虾兵蟹将，绝断后路，便把菁华真人和鸳鸯女侠二人重重包围。不由分说，便有两员彪形猛将，各骑着一匹高头青鬃马，舞着两把长柄双斧。

菁华真人和鸳鸯女侠被层层包入重围，无法飞越，只得匆匆应战。那两员大将双臂都有千斤之力，武艺也很高明，身高八尺，腰大十围，又骑在马上，活像两个门神，也许是开路先锋。菁华真人和鸳鸯女侠徒步应战，倒感得有点儿棘手。谁知战不上一二百个回合，那两员大将突然勒马跳出圈外。菁华真人、鸳鸯女侠见了，反觉十分奇怪："他们战未败北，何故退了下去？"不及往下再想，忽然又是两员大将飞马过来，接着再战二人。就是这样落花流水地更换个没有止境。原来他们用的是循环流行战，有意消耗他们师徒的能力，待到他们筋疲力尽，便可生生活捉过来。

那么菁华真人和鸳鸯女侠师徒二人，都有飞天的剑术，这个时候他们为何不用飞剑出来呢？要知凡是剑仙，不到生死关头，不肯乱用。这时师徒二人还战得正在兴奋，好不是一场恶战。

正在这个当儿，忽听得一阵仙乐，空中飞来一朵五彩祥云，云上站着一位神仙，朗声唤道："两下不得交战，玉旨在此，宣尔等上天审问。"

吓得众人都抛下刀枪，跪在地上。

欲知后事如何，且看下回分解。

# 第十回

## 神仙天庭审巨案
## 妓女玉貌染微瑕

却说双方正战得十分紧要的关头，忽听得一阵仙乐，空中飞来一朵五彩祥云，云上站着一位神仙，朗声唤道："两下不得交战，今有玉旨在此，宣尔等上天审问。"

吓得众人都抛下刀枪，跪在地上恭接圣旨。"今玉帝因知你们在此恶战，特宣菁华真人、鸳鸯女侠，及龙王父子等四人上天候审，速即随我上天，不可有误。其他三海龙王，各率所部自回龙宫可也。"

菁华真人师徒和龙王父子哪敢怠慢？各随着天使，腾空飞上天庭。哪需片刻时辰，早已进了南天门。四人跟随着天使，步行着来到玉帝天宫，天使便叫他们四人且在宫前等候，待奏明玉帝之后，再进宫受审。

不说菁华真人师徒二人，以及北海龙王父子二人等在玉宫之前，彼此怒目相视，这也不必细叙。

那天使缓步走进玉宫，先行三跪九叩礼之后，便启奏玉帝道："现已将一干人犯统统带上天堂，现在宫前恭候，专待万岁下旨发落。"

天使奏毕，便站立在旁。玉帝坐在龙椅上听了，心中便自暗想："那北海龙王乃天庭命官，我可亲自审问判罪，但是那菁华真人师徒

71

二人，乃剑仙道派，不是我所管辖，如也由我审问，有失老君体面，而且有伤感情，这事如何是好？"

玉帝想到此层难题，一时也不能立决。他略一沉思片刻，忽然被他想到一个两美之计，也难免喜形于色地自言自语道："菁华真人师徒二人暂留在此看管，一面派人前去通知老君，请他前来会同合审，岂不甚妙？"想罢，便提笔修了封书信，致意老君，便仍叫天使将此书札送到那八景宫中，务祈请他迅速前来会审。

天使接了书信，哪敢迟延耽误？便去到八景宫中，将信与老君一看。只因这天老君在宫中煅炼金丹十分郑重其事，却万难分身。玉帝偏来函约会审剑仙，要是不去，与情理两相不合；要是如约而去，实无此空暇，倒也十分两难。回思一想，不如派大徒儿前去代表陪审，并再说明缘由，似无不可之理。

可巧这天东华帝君却在宫中，老君唤至跟前，吩咐叮咛了他一番，并也修了一封书信，交他面递玉帝。东华帝君唯唯是命，便和天使同到玉宫，恭恭敬敬地将书信当面呈上。玉帝打开一看，知道老君今日没有空暇工夫，派大徒弟东华帝君来做代表，这是常有的事，也在情理之中："不过我和他有高下之分，如何可以并坐会审？老君虽说是陪审，这不过也是美其名而已。"

玉帝又一想："他既派徒弟代表审理，我岂不是也可派人代表审理此案？"打定了主意，便传下旨来："朕现钦派李靖为代表，会同东华帝君合审此案。"

托塔李天王接了玉旨谢恩出来，派黄巾力士押了一干人犯，便和东华帝君同到自己的衙门，立时在一张公案间，设了两个座位，尊东华帝君上首请坐。东华帝君推之再三，无法拒绝，只得拱了拱手，道声有占了。天神、天将肃立两旁，便把菁华真人、鸳鸯女侠，以及北海龙王和龙王三太子等四人都带到案前，问明因何大动干戈。

菁华真人便说："龙王三太子在鄱阳湖中，当着大庭广众，任意调戏我的女弟子鸳鸯女侠，因他太无廉耻，我徒儿便教训了他一番，

72

他恼羞成怒，将我徒儿收入镇海钟中，更欲伤她性命。我知了此事，便前去恳情，他非但不肯答应，反而辱骂于我，更求援于各海龙王，统兵领将地将我师徒二人团团围住，意欲伤害我们。"

托塔李天王和东华帝君都问北海龙王道："听见了没有？你为何纵放儿子在青天白日之下，故意调戏人家年轻少女？可有什么辩驳，快快说来！"

北海龙王道："虽然确曾看中他的女徒，但是他们师徒二人斩我乌龟丞相，杀我螃蟹将军，虾兵被她杀得堆山还遍海，血染红泥又成渠，既伤了我的太子，更毁了我的龙宫。"

托塔李天王和东华帝君一听双方的供词，彼此都有理由，倒觉得难于解决，哪方是是，哪方是非。但是绝没有双方都是，双方都非。

二人商议了片刻，同对菁华真人道："他虽调戏你年轻女徒，伤其太子，果然咎由自取，但是你们不应毁其龙宫。姑念初犯，今暂勿罪，下次如再有事，二罪并罚。"

回头又对北海龙王道："儿子调戏年轻少女，成何体统？你应该从严训责，何故溺爱如此，以致引动刀兵，有失和平？本当从严重办，今则从宽发落，罚你自行再建北海水晶龙宫。下次若再有同等事件发生，定当革职查办。现在为你等双方和平解决，从此均不得结仇记恨。今各自回可也。"

四人都各叩谢退出。

菁华真人和鸳鸯女侠二人因事情便宜了结，心中好生快乐。唯有北海龙王父子二人，因事情未免太觉吃亏，心中颇不受用，也是叫作无法可施，只是相对叹息。

不说北海龙王父子二人同回北海而去，不在话下。单要叙菁华真人和鸳鸯女侠同出了南天门，驾着白云，往何处去，却并没目的。

菁华真人道："目今春光明媚，我们又没什么大事，不如同往杭州去一游，所谓上有天堂，下有苏杭，苏杭乃人间胜地，我们不可不去一游。"

鸳鸯女侠非常赞成，并没异议，师徒二人便取道直往杭州而去。瞬霎之间，在半空之中，已经望见杭州，便在城隍山前按下云端，就在山岭上观看了一番，钱塘江便在眼前，春波澜澜，很有意思。二人下得山来，在西子湖畔举目野眺，只见湖中画舫、小艇，来来往往，倒很有诗意。只觉得春风徐送，人处在其中，飘逸欲仙，绿柳红桃之下，对对少年情侣，缓步湖滨，多有意思。细鳞般的小波银浪之中，倒映着亭阁青山，好不有趣。更好看的是春云接着白烟缕缕，不觉天色已晚。

鸳鸯女侠看得依依难舍，因时近黄昏，只得随着菁华真人找了一家旅店，也是位近湖滨，推窗远眺，尚能遥见西湖。鸳鸯女侠看了这幕银色湖景，亦颇依依恋人。师徒二人同寝一屋，谈些别后离情，过宿一宵，也不必细叙详说。

到了次日清晨，师徒散步湖滨，传闻得杭州有个名妓黛情，今年尚只一十八岁，生得如同天仙一般，说不尽的许多美丽，鸨母视如掌中之珠，宝贝得像棵摇钱树，至今还是个处女，却未曾经人采摘。

鸨母数次要她接客，黛情对她说："妈要我接客，未为不可之事。不过要我看中才肯。"

鸨母也不甚相强，好在因她来后，一班王孙公子谁不爱她？所以妓院前每天都是车水马龙，门庭如市。鸨母在她身上，着实赚了几两银子。哪知这个黛情姑娘的眼界甚高，这些公子王孙都不在她的眼中，因此她的名誉愈弄愈大，杭州的人仕无不知道，连三尺孩童都知道"黛情"两字。哪知有一个穷秀才朱文也慕黛情的艳名，每欲一睹为快。可是要去和她谈谈，也须要十两银子，他一贫如洗，哪里有此整数？

这朱文省衣节食地过了三四个月，他居然积蓄了十两银子。这日，他换了件整洁衣服，怀着此银子，去到妓院，会那黛情姑娘。

两人一见，彼此都觉情投意合，大有相见恨晚之慨。朱文很想要娶她为妻，鸨母要五千两身价，可怜朱文乃是个寒士，哪里会有此巨款？

这日，朱秀才痴痴呆呆地也在湖滨散步，为菁华真人师徒二人所见，彼此攀谈起来，倒确是个饱学书生，他日必有发展，如今可惜缺少这阿堵物。在谈论之间，往往要提及黛情的如何美貌多情，师徒二人听了，可怜亦复可笑。

鸳鸯女侠对菁华真人道："师父，据朱秀才所说，那黛情如是美貌多情，风尘中人，哪有不爱金钱？我看她那日和朱秀才情投意合，恐怕是看在这十两头的面上吧！痴呆的秀才也许他言过其实，我倒要想去看看她究竟如何美貌多情呢！"

菁华真人因为平日十分宠爱鸳鸯女侠，她的话，无不言听计从，便连连点头道："言之有理，可是现在时间尚早。"

二人便在天竺、灵隐等处玩个痛快。及至下午，师徒二人来到妓院门前，自有乌龟迎接进去，入了黛情姑娘的房间，倒颇雅洁不凡。那黛情的确有沉鱼落雁之容、闭月羞花之貌，谈吐风雅，毫无风尘中的气象，堕落确然未免有些可惜。要是与朱秀才成其佳偶，倒不愧是一对儿所谓男才女貌。

鸳鸯女侠暗对菁华真人道："师父，你做个月老吧！做成了他们的姻缘。"

菁华真人听了，先对鸳鸯女侠微微一笑，便也颔首应允。只见菁华真人用二指在黛情的眉梁之间一点道："你这张脸蛋怎么会生得这般美貌动人？"说罢，便和鸳鸯女侠扬长而去。

黛情被菁华真人用二指一点之后，也便微微一笑。哪知他们师徒二人去后，黛情被点之处，忽显两个黑色指印，如是一天大似一天，不到数天，变成半个黑脸。凭你的脸儿架子生得如何俊俏，这般王孙公子哪里还会爱她？生意也便从此冷落。鸨母便将她虐待起来，叫她做些粗作之事，终日在厨房中煮饭洗衣，哪里还当她人用？

谁知这朱文秀才，自从属意了黛情之后，一定要娶她为妻，便设帐在一家富户人家，教读几个学生，每年只有二三十两，他便省衣节食地苦了三四个年头，居然被他积蓄了百把两银子在手中。一日，忽然他又想起那个黛情，怀着银子，便来到杭州城中，去望望那黛情姑娘。到那妓院门前一问，黛情却依然仍在，心中好不快乐，此来并未白走。跨了进去，一眼便见黛情却在代其他姑娘洗涤衣裤，身上的衣服破旧不堪，而且还变成了一个鸳鸯面孔，好不丑陋煞人。两人相见之下，禁不住相互抱头痛哭。

朱文便安慰黛情姑娘道："你可不必如此伤悲，我娶你回家便了。"

黛情姑娘止住了珠泪，显得十分奇怪地道："朱相公，如今我的容貌已毁，难道你不嫌丑恶不成？莫非故意来耻笑我的吗？"

朱文秀才道："小姐，你言之错矣，男女的彼此契合恋爱，绝不可单以容貌之俊丑为论，须要合于情、合乎义，才是真情深爱。年老之人，无不都从年轻过来，目前虽是美貌俊俏，他日岂不成红粉骷髅？我仍钟情于你！"

黛情一听，不禁大喜。朱文便和鸨母说明，要娶黛情为妻，须要若干身价。

鸨母一想："现在的黛情，不比三四年前的黛情了，既变成了这张十人九厌的丑脸，早已无人顾问的了，留在家中，也无用处，非但不能在她身上产生出钱，每年的衣食，反要花她几两银子。现在有此屈死要娶她回家，多少总可娶回几两银子，倒也是难得的机会。不过要他多了，这个穷鬼却出不起。养在家中，费衣费食，颇不合算，倒不如随便几两，让她去吧！"打定好了主意，便含着笑脸答道："朱相公，你既要娶她回府，也无不可之理。至于身价一层，随便吧！"

朱文一听鸨母的话虽然允许，谈到身价，却说随便。这"随便"

二字，倒大有文章可做，未知她究竟要我多少数目。从前要五千两才能娶她，如今就是打个对折，也得要二千五百两，我哪有此巨金呢？岂不是仍成画饼吗？便逼着问道："你不要说随便二个，到底要几两银子才可赎身？"

鸨母暗想："不如就半送半卖地给了他吧！"便道："既是朱相公爱她，便算了五十两白银吧！"

朱文一听这个数目，真是喜出望外，只要五十两银子，倒来了个一折一扣，只是个百分之一，急忙从怀中取出，当面称了五十两上好纹银，交付清楚，带了黛情便走。来到自己家中，身边还有四五十两银子，尚可暂度光阴。

夫妻十分恩爱。那黛情因为朱文尚不忘旧，仍爱她丑陋的容貌，所以也不辞井臼之劳。那朱文自从娶了黛情之后，便不再设帐，在家闭门苦读用功。不及一载，居然被他得到一个县官之职。夫妻双双上任之后，从此以后，虽不是丰衣足食，即也不须忧愁。

一日，黛情到亲友处赴宴，无意中遇见鸳鸯女侠。黛情一见，不觉勃然而怒："这女子那日指使一个老儿，用手一点，变成半面黑记，我因此吃了不少苦头。"便令下人将鸳鸯女侠拉住，亲自押着回衙，也不去赴宴了。

到了衙门，鸳鸯女侠对朱文如此长短地一说，否则他们绝不能配成夫妇。唯有此法，才可保全黛情的贞操。

朱文道："既有方法使她变成半爿黑脸，必能解除。"

鸳鸯女侠便叫他们只要用萝卜汁一擦即去。依法一洗，果然灵验，黛情依然变成她本来的脸目，仍旧是千娇百媚，哪个见了会不爱慕？

朱文夫妇十分欢喜，正要感谢，鸳鸯女侠却不知去向。这是后话，不必细叙。

那日菁华真人点了黛情之后，便和鸳鸯女侠出了院门，往前慢慢散步。

正这当儿，菁华真人忽对鸳鸯女侠道："哎哟不好，徒儿，你赶快回家，令兄有难！"

鸳鸯女侠一听失惊。未知她哥哥有何灾难，请看下回分解。

# 第十一回

## 世妹爱师兄风情旖旎
## 书童遇黄狗腿肉淋漓

却说菁华真人忽对鸳鸯女侠道："徒儿，你快快赶回家去，令兄有难，非得你去不可，愈速愈妙，迟则恐有误。现在你也不必细问，到了那儿，自然便会明白的。去吧！"

鸳鸯女侠听了，哪敢怠慢？便用缩地术赶奔家门而去。从杭州至京，亦有不少路程，当然不能一步跨到，也须相当时日。

不说鸳鸯女侠努力赶回家中，却说鸳鸯女侠有个哥哥叫国光，今年才二十岁，娶妻钱氏，虽已是个秀才，却还未中举人，所以每天仍在一个朱老贡生的家中读书。本来他家很可以请位饱学的老夫子到家中来教这位国光公子，奈因一时没有相当的人才，而且这位朱老贡生的学问实在太好了。不过他有一个古怪的脾气，无论谁家聘金出得怎样多，他总不肯去坐馆，慕他的学问，要教子弟读书，非到他家中去不可。所以到他家中去读书的，颇不乏人，而且还有些公子王孙之类。国光公子也是其中的一个。

那日也是春天，这位朱老贡生忽然出了个题目，要诸学子做篇八股文章，限明日交卷。也是合该有事，素来这位国光公子是位绝顶聪敏的人，一挥而成。那日他见了这个题目，搜尽枯肠，一时间想不出来，未免在厅中踱来踱去，预备想出一些好材料。踱了约有半个时辰，依然是空无所有。忽然看见一个窗格眼里，露出一只乌溜溜的眼珠子，配着张标致的脸儿。国光公子一见，想道："这位女子是谁呀？生得如此美丽。"想到这里，不知不觉地踱了过去，也用一只眼睛，在这个窗格眼中望过去。哪里知道，两只眼睛碰在一起，反而一些都看不出来了。

那个女子退后了几步，便看得很分明了。只见一张像桃花般的脸儿，又白又嫩，却在微微地一笑。这一笑不得了，使人掉了魂，在未笑之前已露出一个动人怜爱的梨窝儿，小口中露着两行珍珠般的皓齿。国光公子见了，几乎连骨都要酥了。

正在这当儿，忽见一个六七岁的孩子，望着那女子叫道："姊姊，妈妈叫你去煮饭呢！"

只见那女子恨恨地回答道："知道了！"

国光公子认识这个孩子是先生的儿子："现在这孩子叫她姊姊，她一定是先生的女儿，是我的世妹无疑了。"他连忙从指头上撸下一只玫瑰红的宝石戒，放在这个窗格上，反身再去踱他的方步。好在这时众人都埋着头地在做他们的文章，并无一人注意他的行动，心中暗自安慰，幸未有人瞧见。回头一看，窗格上的那只戒指早已不翼而飞了，便知一定是被世妹取去了，心中好不暗喜："她既取我的戒指，一定是有意于我的了。"他愈是想得得意，哪里还有什么心思做文章呢？待至散学，便独自一人回到家中，坐在书房里只觉得闷闷不乐。

来发、来富两个书童进来送茶，看见公子有不乐之色。来发便问道："公子，你今日回来，为何不很欢喜，难道是在学中吃了手心不成吗？"

国光公子怒道："放你的狗屁！我为何要吃手心？"

来发又问道："既不是因吃手心，为何闷闷不乐？"

国光公子便先呷了口茶道："说与你听也是徒然。"

来发跳着道："不妨说来我听，军师自有方法。"

国光公子道："真的吗？"

来发竖着一个大指，胸前一拍，摇摇摆摆地说道："岂有假的？"

公子十分欢喜地道："那么说给你听了吧！原来我看中了先生的女儿，你有什么方法替我想？事体弄成之后，赏你五十两白银。"

又大大地夸赞那小姐脸儿是生得如此的美丽，身段是生得如何的苗条，金莲是缠得如何的瘦小，手指是生得如何的纤细，总是无一不美，无一不好。

来发道："容易容易，你只要如此如此，这般这般，无有不成之理。不过事成之后，那五十两头可不要忘记。"

国光公子一听，惊喜道："果然妙计，事成之后，怎敢忘记？那么你依计快去办理。"

便提笔写了一个条子，叫来发到账房中去领了三百两银子。

却说来发在账房中领了三百两银子来到大街，原来朱贡生的隔壁是家豆腐店，近来因为没有本钱做生意，所以老夫妻俩关了有个把月的门。来发便敲门叫道："张老伯在家吗？"

里面答应道："在家。"便开出门来一看，又道，"我道是谁，原来是来发哥，请进来坐坐。"

来发便进了门，开口对张老头儿道："张老伯，你要小小地发财吗？你如果要发财，便把这所屋子卖给我家公子，拿了这几百两银子去借一所屋子，岂不是又可开你的豆腐店了吗？"

张老头儿道："可以可以，怎么会不可以呢？只要价钱肯出得足。"

来发道："你的这所屋子，只值得几吊钱。现在我家公子要买，很可敲一记竹杠，不过你要提一成给我。"

张老头儿道："来发哥说的，有何不可？"

来发道："那么房价便算了三百两银子吧！"

欢喜得张老头儿连说："好得很，好得很。一言为定。"

来发道："不过三天之内要出屋的。"

张老头儿也一口答应了。来发便称了二百七十两银子，把三十

81

两头当场扣下。来发便告辞出门，返家回复国光公子。那日已是掌灯时分，公子草草用过晚膳，便到上房睡觉不提。

到了明天，胡乱做了一篇文章，交与朱贡生了事。那日读书也无头无绪，每要想看世妹，总不得一见。

一天散学回家，来发对国光公子道："少爷，豆腐店里的二老已出屋了。不过房子太破旧肮脏了。"

国光公子道："到账房中去领银子，把屋子翻造了吧！愈速愈妙。"

哪需几日，早把一所旧屋子翻得焕然一新。应用之物，都摆设得齐齐整整，便来回复公子。

国光公子一听，好不欢喜，便到后堂，对父母二老道："爸爸、妈妈，我在家中读书，很觉分心，不大读得进去。现在要想住到朱老夫子的隔壁，朝夕可以随时请教。"

母亲却不赞成，以为儿子结婚未及一年，就要分居，不大妥当。而且年轻人在外面，不免要花花绿绿，弄出意外的事来，如何是好？

父亲对于夫人的话，大加反对地道："你们女人家知些什么？儿子要住在先生那儿，正是他的回心转意，肯用心读书了，哪里会到外面去胡闹？要是真有这种意思，我日日派人调查，有何不可呢？"

就是这样答应儿子的。便在当日，把被褥书籍整理妥帖，便搬到新屋子里去了。

住了两三天，国光公子对来发道："就是这么住着，仍旧没有意思，不能达到目的。"

来发道："少爷，你不要性急，此事包在我的身上，总之使你成功，达到目的为止。明日你去拜那朱老头儿为干爷，你和她不是成为兄妹了吗？那么你们便可时常见面。不过你明天去，要待那个老头儿出门的时候去才好。事成之后，不过我的五十两头可不要忘记。"

国光公子道："知道了，你怎么在铜钿眼里钻筋斗啊！"

待至明天，到街上去买了二十斤面、香烛和衣料，以及许多东西，抬到朱贡生的家去。事有相巧，这天朱贡生被几位老友请去喝酒吟诗，所以不在家中。来发、来富两个书童便将东西都抬了进去。

朱夫人一见，忙问何事。

国光公子道："我特地来拜先生做干爷，以后叨教一切，便当得多，而且尤其亲热。"

朱夫人道："现在你先生不在家中，你就是要拜他为干爷，也得要等他回来。"

国光公子道："不妨，不妨！师母也是一样的。"

朱夫人看见天井中的许多礼物，倒有点儿眼红起来，也就一口答应了。

来发、来富不管三七十二一地忙着手脚，把香烛都点了起来，铺上红毡毯，国光公子纳头便拜。喜得个朱夫人眯着眼，把口笑得合不拢来，便说道："那么干兄弟也要相见相见。"

国光公子连连道："那自然，那自然。"

不一会儿，那个孩子出来相见了，一个叫声哥哥，一个叫声弟弟。朱夫人便和国光公子七搭八搭地瞎谈起来。

急得个国光公子坐立不安，他满想见一见这位小姐："她竟不叫她出来和我相见。"后来实在忍无可忍了，便道："干娘，还有妹妹也得要出来相见相见。"

朱夫人道："女孩儿家，免了吧！"

急得国光公子道："兄妹应该要相见，否则是干娘见外了。"

朱夫人因为不要得罪这个有钱的干儿子，连说："不错不错！"

谁知这位小姐听得有人来拜父母做干爷娘，在屏风后探看了，正是她的意中人儿，早已换上一身新竹布的短衫裤，专等在那儿。母亲来一唤，便出来。

国光公子一看，正是那日的女子，便向她深深地作了一揖，口称妹妹。小姐急忙含笑着道了个万福，称声哥哥。不知趣的朱夫人

83

便把女儿赶了进去。

国光公子和朱夫人谈了一会儿，实在毫无兴趣，也便告辞了。

小姐自从那天见了公子，便属意于他，后来看见窗格眼上一只戒指，便拿了揣在怀中。到了晚上，一听父母都已睡熟，便推推她的弟弟，这孩子被她推醒了，便问她的弟弟道："你知道日间在书房中蹀来蹀去的那个最标致的人吗？"

孩子道："我怎么不知道呢？"

小姐心中一个高兴，又问道："你知道他姓什么，叫什么名字？你快快说给我听。"

孩子道："他是他爸爸的儿子。"

小姐一听大怒，随手便在他的脸上啪地打了个耳光。孩子吃了个耳光，呀的一声哭了。小姐恐怕父母惊醒，连忙将买好了的一块糖塞在孩子的嘴里，孩子立即便止住了眼泪不哭了。吃着糖，又说道："他不是他爸爸的儿子，一定是他妈妈的儿子了。"

小姐一听，又可气又可笑，便叫他快快睡吧。

到了第二天，国光公子待到散学之后，便叫那孩子到自己的书房中来，又买了许多糖给他吃，问他叫什么名字。

孩子道："我叫瑞哥儿。"

公子又问："你的姊姊叫什么名字？今年几岁了？"

瑞哥儿道："我姊姊叫湘倩，今年十八岁。"

公子又问道："你和谁睡的？"

瑞哥儿道："我和姊姊睡的。"

公子又问了许多，瑞哥儿都回答了。说他们只有一间房间："四个人睡两张床，都在一间里。爸爸早上上毛坑，妈妈傍晚上毛坑，姊姊二更时候上毛坑，我却没有一定，大都在下午上毛坑的。"

国光公子一一都知道了。那瑞哥儿糖果吃得很高兴，一会儿也便回去了。

第二天，国光公子买了许多树柴，令来发押着送到朱贡生的家中去，给他们煮饭。来发便吩咐把这柴都堆在后园，靠着墙壁，成一个梯形。

原来国光公子的后园和朱贡生的后园可巧是隔壁。这晚国光公子待至二更时分，在后园用了把梯子，轻轻地爬过墙去，便在那树柴上走下去。

这时湘倩恰巧在毛坑上出恭，忽听得叽叽咯咯的一阵响，不知是什么东西，吓得她心上一跳，忙问道："是什么？"

国光公子便轻轻地答道："妹妹，你不要大声叫喊，是我呀！"

湘倩一听原来是国光，即是她久已思慕的人儿，心中忽觉得又惊又喜，忙说道："我道是谁？原来却是哥哥，你来做什么？"

国光公子连忙道："妹妹，你不要声张，等一会儿自然会明白的。"说着，早已轻轻地爬了过去了。

这时，月色如银，十分明亮，湘倩已出了毛坑。两人一见，互相你望着我，我望着你的一时反说不出一句话来。

还是湘倩先打破了这沉寂的空气，掩口含笑着道："哥哥，半夜深更的，你来做些什么？"

国光公子也笑着道："还要问我来做些什么，我不是都为着你吗？妹妹，我真爱你呢！几乎想得我发了痴。"

湘倩绯红着脸，羞答答地道："我怎不爱你呢？"说着，两人紧紧地握了一会儿手，又深深地接了一个甜蜜的长吻。二人便在后园的草地上春风一度，二人又加了一层超人的亲爱。事毕之后，湘倩自回房去睡觉，国光公子也偷偷地爬墙过去。

从此之后，两人每晚在二更时分，到后园去幽会，非止一日，也并没有个人知道。

一日，忽有个家人奉了老爷之命请公子回府。国光听了，倒吓一跳："不知为了什么事，不要我干的这回事已经被父亲知道了！"没法，只得随着家人回去。

待回到家中，请了双亲的安后，却并没有什么事。母亲说他出门了有个把月，没有回家过一次，说他和新少奶奶结婚还不到一年，少爷常住在外面，究竟不是事，怎么可以丢一个少妇单独地住在家中。叫国光公子每隔五天，须要回家一次，以安慰年轻的少奶奶。今天就住在家中吧。

国光公子没法，只得依了母亲的话，这天便在家中，没有回他的书房去。和少奶奶伴宿了一宵，也不必细说。

那边的书房里，只留着来发和来富两个书童，这天直等到上灯时分，还不见公子回来，心知是一定不会再来的了。来发一想："公子既不回来，隔壁的那个湘倩是不会知道的。这么美貌的一个女子，好像天仙下凡般的，人间实在是少有，我倒不如趁此好机会，乐得玩儿她一下这个便宜货。"打定主意，待至二更天气，偷偷地换上公子的衣服，便也爬过墙去。

要知来发爬过墙去冒着国光公子，湘倩上当与否，请看下回分解。

# 第十二回

## 老父贪财卖娇女
## 尼姑作法误夫人

却说来发也待至二更时分，换上了公子的衣服，乘着公子不回来的好机会，乐得去揩这便宜货的油，也在后园用扶梯爬墙过去。正从柴上叽叽咯咯地走下去，哪知他过于性急，湘倩小姐才从里面出来，没有把后门关好。一只黄狗听得有人声，便飞奔出来狂吠，对准来发的大腿上咬了个大窟窿。来发又吓又痛，仍从柴上爬回墙去了。

湘倩却吓了一惊，以为是国光公子被狗咬伤了，心中又害怕，急得她连忙关上了后门，回房中去睡觉。

第二天，国光公子回来了，到了晚上，又爬过墙去幽会。湘倩早已等在那儿了，预先把狗关在后门里，一见公子过来，连忙迎上去叫道："哥哥，你昨晚咬伤了没有？"

国光公子很奇怪地道："我昨晚没有来，到底怎么一回事？"

湘倩便把昨晚的事告诉了公子。国光一听，便料到必定是来发或来富这两个畜生，又连忙盘问湘倩道："你被他骗上手了没有？"

湘倩道："没有，幸亏那只狗，吓得他逃了。"

国光公子听说没有上手，心中才安逸了。二人便在草地上颠鸾倒凤地恩爱了一会儿。

国光仍爬墙过去，待至天明，便把来发、来富唤到跟前，怒容满面地对着他们从头上望到脚下，再从脚到头上地望了一会儿。

来富是没做亏心事，胆子大得像西瓜，挺着个肚子让公子看。来发是贼胆心虚，这时已局促得不安了。

国光看了一会儿，忽问来发道："你腿上绑着的什么？快快说出来，为什么要用布绑着？要是有半个支吾，我便打断你的狗腿！"

来发抖凛凛地道："少爷，这是我昨天在街上跌了跤，腿上破了皮，所以用布绑着。"

公子明知他说谎，捉不到证据，也只得作罢。唯有恨恨地说："你下次要小心点儿！"

来发只吓得连称"是是是"。从此，公子每隔五天回家一次，湘倩也知道了，那日便不到后园等候。

有一天，二人在后园幽会，事毕之后，国光已爬过墙去了，湘倩也整理好了衣服想回房去睡觉。哪知这晚朱夫人肚子痛要腹泻，出来上毛坑，忽见女儿和一个男子在草地上干这么一回风流事，气得她说不出话来。湘倩整理好了衣服正想进房，走到后门口，看见母亲两手撑成个花瓶架子，怒气冲冲地站在后门口。湘倩一见，便知大事不妙，自己和哥哥的事一定被母亲知道了，连忙便跪在母亲的跟前哀求。

朱夫人怒道："你这个贱人，和哪个在干这种不知羞耻的事？我告诉你的爸爸，打死你这条狗命。"

她还以为女儿不知和哪个没身份的人做的事。

湘倩道："妈妈，我和隔壁国光哥哥呀！"

朱夫人一听是自己有钱的干儿子，满面便堆着笑容地说道："天下自有你们这两块臭肉，竟会一搭一挡起来的。你真是个笨货，他会过来，难道你不会爬过去的吗？就是这样睡在草地上干事，岂不要成病的吗？下次你爬过去。不过我对你说，他是个富家的儿子，你问他讨些金银。我告诉你，白的是银，黄的是金子，你知道吗？而且要他写个笔据娶你。"

湘倩连忙点头道："知道，知道。"

母女二人便很欢喜地进去了。那个朱老头儿却被瞒在鼓里，一点儿都不知道。

到了来日的晚上，国光公子照例爬过去，湘倩连连摇着双手，叫他不要下来。国光倒一怔，以为事情是有点儿紧张，忙问是什么意思。

湘倩道："这事被我妈妈知道了。"

国光一听，吓了一跳地问道："那么如何是好呢？"

湘倩道："不要紧，她叫我爬到你那儿去。"

湘倩说着，便爬将过去。二人手挽着手，双双地走进了国光公子的书房。

湘倩道："我妈妈向你要些银子。"

国光一口答应道："可以可以，不过我这里不多，待我回家去取了来。"说着，便在床下的箱子中取出每只重五十两的二只元宝。

湘倩见了很欢喜，又对公子道："我妈妈又说，你定要娶我回家，可不能做小的，而且还要写个笔据给她。"

国光公子也答应了，说着，二人便宽衣解带地上床去睡觉。直到天色泛着鱼肚色的时候，湘倩才偷偷地爬回去。

这天，国光果然回家去取了许多银子，又代湘倩裁制了不少衣服送去。

朱夫人一见，满心欢喜，对她的女儿道："这些银子我是不给你的了，你弟弟年纪小，是要给他的。将来你过门之后，他家都是银子。"

湘倩很慷慨地说道："可以可以。"

国光公子知道父亲是个很固执的人，哪里肯允许儿子再娶一房媳妇呢？去和来发商议。

来发道："此事容易得很，只要如此这般一来，大事便可成了。"

国光公子连称"妙妙"。晚上，便对湘倩说明了，叫她这几天之中不要来。这天，公子便回家了，也不到上房去睡觉，只睡在书房里，暗中买了许多糕饼放在枕头底下。从此之后，饭也不吃了，说是生病。急得二老没法想，要去请医生。

公子说："不必请大夫，我有死无生。"

父母哪里肯听？把医生请来，一把脉，却没有病，哪里可开什么药方呢？临行的时候，只说了声心病心药医。

老夫妻俩一听医生的话，本来觉得儿子的病生得有点儿蹊跷，自己盘问，又盘问不出来，便叫他奶妈去盘问，也许会有些头绪。奶妈进了书房，盘问公子："究竟生些什么病，还是你心中要什么东西？"

国光公子道："我没有生病，但是我要的是做不到的事，所以只有死了。"

奶妈有些着急道："少爷，你倒说出来听听，老爷不答应，也许太太会答应，她是这么爱儿子的人。"

公子道："我要把朱贡生的女儿娶回家来。"

奶妈一听，原来是这么一回事，便道："你要娶朱贡生的女儿，老爷是绝不答应的，唯有去求太太。这样吧，你仍旧睡着装假病，我暗中送饭来吃便了，我再求太太办成这件事可好？"

公子道："就是这样办吧！"

从此，丫鬟送进来的饭，他都不吃，奶妈自会暗中送来。

那日，奶妈便对太太道："太太，要少爷的病好并不难，只依他一件事就可以了。"

太太道："只要他肯吃饭，病会好，不要说一件，就是十件也可以。"

奶妈道："这件事倒有些难办。原来少爷爱上了朱老贡生的小姐，定要娶她回家来。"

太太一听，便想了想道："不错，这事真有些难办。"

这时，奶妈倒也着急了，恐怕连太太都不答应，连忙道："太太，如果这事办不成，少爷是会要死的。"

太太道："我也是这么想，待我去和他爸爸办交涉。"

奶妈便到书房中对公子说了。太太已经答应，事有一半希望。

到了晚上，太太为着儿子的事，和老爷办交涉。哪知老爷大发其怒道："这个小畜生，娶了媳妇只年把，怎么又要再娶呢？就是我可以通过，亲家翁也是不会答应的。我是不能做主代他娶。"

太太道："我所生兄妹二人，女儿是被拐了骗去了，所有这个儿子，我是宝贝的。你既不肯，便由我代他做主吧！本来我早就不答应叫儿子住在外面读书，免得弄出意外的事来，你说不要紧不要紧，天天派人暗中留意。"

老爷道："不错啊！我的确派人留意他的行动，都说他并没出大门一步。"

太太道："儿子是你我两人生的，你做一半主，我也能做一半主。现在这房媳妇是一定要娶的。"

老爷被逼得没法，只得也答应了。这事对公子说了，非但病就好，肯吃饭，而且胃口好。第二天办了几席酒，请了许多亲友，待酒过三巡之后，老爷便站起来向众人拱了拱手道："小弟今日要请众位帮忙件事。"

众人都道："老兄的事无不帮忙，但请便吩咐了。"

老爷便把此事详细说出，有位赵永声和主人的亲翁钱舟山是老友，自愿去疏通，更有位口才伶俐的王雪香愿到朱贡生那儿去作伐。

那赵永声到了钱舟山的家中，钱舟山却不在家。原来钱舟山是个赌鬼，终日躲在赌场里赌博，把一份偌大的家产都输光了，现在弄得两手空空。

赵永声到赌场中一找，那钱舟山却正输得被几个人要剥衣裳。赵永声一见，便把着拳头拱了拱手道："舟山翁，恭喜！"

钱舟山一听，忙问道："喜从何来？"

赵永声道："令婿快又要娶一位奶奶了。"

钱舟山不听则已，一听大怒道："岂有此理，岂有此理！我女儿嫁过去未及三年四载，怎么可以娶小呢？"

赵永声道："舟山翁，这是这么说，有钱的人家，娶三妻四妾是家常便饭，算不得奇怪。你如果能够答应写一个笔据，可以送你二千金，不知舟山翁意下如何？"

钱舟山一听有钱到手，便说道："那么看你永声翁的面上，算了三千金，我便写个笔据吧！"

赵永声也便满口答应了，十足付了三千两上好纹银。钱舟山也便提笔写了个笔据，大意是允许女婿娶第二房妻小。

再说王雪香也到朱贡生家中去做媒，一见朱贡生，便抱着双拳道："恭喜，恭喜！"

朱贡生问道："喜从何来？"

王雪香道："我今天特来做月老。"

朱贡生道："可以之至，你且说是哪一家？"

王雪香道："不是别人，就是代国光公子来求婚。"

朱贡生道："他是已有了妻的，难道我的女儿嫁他做小吗？"

王雪香连忙解释道："不是，不是去做小，娶去也是做大的。"

朱贡生却想不肯答应。后面的朱夫人听见了，连忙奔出来道："女儿是我生的，哪个要你做主？像这种人家，我是答应的。儿子的婚事可由你做主。"

朱夫人一面又说出女儿的八字来。王雪香写了八字，拱了拱手，反身便走了。以后便安心定亲。朱贡生却被老友邀去喝酒，所以也很相安。

自从国光公子和湘倩小姐结婚之后，二人万分地恩爱，而且湘倩是个多么伶俐的女子，翁姑被她马屁拍得团团转，都说她是个孝顺贤惠的好媳妇，上上下下的人，没有一个说她不好的。

国光公子把个钱氏却抛在脑后，一连有个把月不进她的房中去过宿，钱氏未免有点儿怨恨。

可巧丫鬟春香进来道："状元坊前有个老尼姑，她是很有根基的，奶奶不如和她商量商量，问她什么方法可使少爷进房来。"

　　钱氏一听不错，连忙叫春香去把老尼请来。不多一刻，果然来了，便问她可有使少爷回心转意的方法。

　　老尼道："有有有，只要奶奶花二百两银子，做一场功德，保险公子能回心转意，和你奶奶要好，把那个女子抛在九霄云外。不过你可知道公子的生辰八字？"

　　钱氏道："只要少爷果真能还心转意，莫说二百两，就是四百两也可以。"少爷是某年某月某日某时生的，都告诉了那个老尼姑。

　　吃了些茶点，老尼姑怀着二百两银子便去了。第二天来的时候，带着一个用桃树制成的小木人，手足五官都刻得一件不缺，上面写着公子的八字，便对钱氏道："须用七根针钉在这木人的七窍上，再用一根针钉在心上，安放在枕头底下。我在那儿念了七七四十九日的经，公子不会不回心转意的。"

　　钱氏听了，十分相信，果然依法而做，一心想望公子回心转意，来和她要好。

　　一日，也是合该有事，湘倩房中的一个丫鬟冬香，和钱氏的丫鬟春香在厨房中谈天。谁知那个尖嘴的春香对冬香道："我奶奶叫老尼做了个桃树人，耳目口鼻和心上都钉了一个针，待四十九天之后，少爷便会和我奶奶要好的。"把详细的情形，一五一十地说了个痛快。

　　那冬香便回到房中对湘倩道："奶奶，我来报告你一个重要的消息。"

　　湘倩道："什么事要值得如此大惊小怪的？"

　　冬香道："你还不知道呢，那边的奶奶起了黑良心，要谋死少爷的性命，说少爷和她不要好。现在她叫一个老尼姑做了个桃树人，七窍上钉着绣花针，心上也钉着一根，念了七七四十九日之后，少爷是会死的。你说这个消息重要不重要？"

于是又加油加酱添了许多坏话。湘倩听了，又惊又怕。待至晚上，国光公子进房的时候，湘倩对他只是哼哼哼地一连十七八个哼，弄得国光公子莫名其妙，忙问是为了什么事。

湘倩道："那个女子要你的性命。"

便把冬香传来的话，一句不漏地详详细细地又说了一遍。

国光听了，勃然大怒，负着怒气，便到钱氏的房去。砰砰砰砰地一阵敲门，大叫开门。因为钱氏以为不进房来已有多天，所以老早便把门闩了，如今忽听得大声叫喊开门，只觉得满心有说不出的欢喜，还以为这位老尼姑果然法力高超，至今还没到十天，少爷果真便回心转意了，现在竟来敲门。钱氏便满面含着笑容，将门一开，只见国光怒容满面，走进了房门，也不和她打话，直到床前，拿起枕头，只听得嘶的一声，里面掉下一个桃木制成的小人，背后写着自己的生辰八字，果然七窍之上钉着针，当心胸前也是一根针。

国光公子怒问道："你这贱人，做的好事，这木傀儡是哪里来的？因何写着生辰，又钉着针，岂不是要谋害我吗？"

钱氏一时有口难辩，只是哭泣。国光公子便要去告诉父母。

欲知后事如何，且看下回分解。

# 第十三回


## 缢死鬼绳索无踪
## 桂花仙情丝牵合


却说国光公子，一见了那个桃木人，十分大怒，以为是要谋害自己。钱氏有口难辩，只是哭泣，不作一声。

国光便拿着木人为凭，奔去告诉爷娘。那时父母亦已睡下，把门关着，国光只是一阵敲门叫喊。

父母不知是何缘故，起来把户门开了。公子便跨了进去，叫道："爸爸、妈妈，那个不贤的贱人，如今要我的性命！她弄了这么一个木人，又要念经拜忏地拜死我。"说着，便把木人递给父母看。

太太倒也十分明理，便说道："没有这回事吧！哪里会有要弄死自己丈夫的人？如果丈夫死了，她岂不是要做寡妇吗？至于这个木人，内中定有什么原因，也说不定。让我去盘问盘问她来。"

老爷也十分赞成地道："太太说得不错，且去问她来再说，听她说有无理由。"

公子一听，倒也合乎情理。公子和母亲便来到钱氏房中，只见房门紧闭，敲了半天，也无人答应，而且里面声息全无。觉得十分奇怪，便打门进去一看，只见钱氏高高地悬在梁上，早已气绝身死了。

太太和公子见了，都吃一惊，连忙将丫鬟使女等人唤醒，急将钱氏安放在床上，让她好好躺着。太太伸手去一摸钱氏的胸前，还有一点儿微温，尚知有救，即令丫鬟施用人工呼吸，又灌了些姜汤之后，却渐渐地苏醒转来了。各人一见，都把胸前的一块石头落地。

国光仍回湘情的房去，太太伴着钱氏睡了一宵。一夜之中，便盘问钱氏，因何要做这样的一个木人，是哪里来的。钱氏便将自己的意思，详细地说了出来，无非是想公子回心转意罢了。

太太本是个宽宏大量的人，也十分体谅钱氏。第二天，又将儿子埋怨了一番，说他不该欢新厌旧，以致冷落了钱氏，故而出此下策。从此以后，太太吩咐，每隔三天，各人房中轮流一次，而后倒也夫妻重好，相安无事。这事说过，也不重提。

再说晚上钱氏上吊，却没有死，原来一个人的要死，原是有鬼怪的，没有鬼是不会死的。那天晚上，钱氏正要上吊的时候，府中有一位总账先生，因为他姓牛，所以上上下下的人都叫他作老牛。这晚老牛正在他天井旁边的卧室兼账房中写账，天空中微微地有些月光，隐约可以看得见，但不甚明了罢了。忽见一个女子从外面进来，那个女子向着厨房的那条路走去。穿着白色的短衫，月白色的背心，黑的裤，生得如何样的脸蛋儿，却看不真切。老牛见了，心中暗自奇怪，以为是府中哪个丫鬟和哪个小厮有什么不明不白的勾当，便急忙尾随在那女子的背后，直跟到厨房中。只见那个女子望着灶君拜了几拜，伸手上去，好像放掉一件东西似的，一瞬眼便不见了。

老牛十分奇怪，便伸手上去一摸，拿下一个东西，好像是橡皮圈儿似的，心知这个女子必定不是人，一定是吊死鬼无疑，便把这橡皮圈儿似的东西带到房中，放在一部《易经》里。因为鬼最怕《易经》，隔了一会儿，那个女鬼站在老牛的窗前，只是向他拜，意思是要讨还那个东西，却只是不说话。老牛理也不理她，口中只是不住地念着《易经》。那女鬼见老牛并不还她，便想伸手来要取的样子，却又缩回手来不敢。继续再拜，还是不理她。那女鬼很着急似的突然把脸一变，倒说头发都会根根竖起来的，而且七窍流血，舌

96

头拖出有尺把长，一跳一跳地多么可怕。老牛虽然心中害怕，闭着双目，喃喃不住读着《易经》。

也不知隔了几许时候，只听得公鸡三唱，天已黎明了。老牛睁眼一看，那个女鬼也已不知去向了，看看《易经》中的橡皮圈儿，依旧安然仍在。去到内宅一问，昨夜原来钱氏要上吊，幸而没有死，要说一个人要寻死，一定要有鬼，没有鬼是不会死。那钱氏要上吊，便有这个女吊死鬼来讨命。原来鬼的来讨命，须要经过灶君答应签字之后才可，哪知这件要讨命最重要的圈儿呢，被老牛拿去了，以致她不能讨命，钱氏因得未死。这件事老牛大大有功，也不必说。

离京五十里之遥，有座清风山，山上有个神仙洞，洞中住着一个桂花仙子。因这清风山上有棵桂花树，已有数千年的历史，故而这树受了日月之精华，已能通灵。天帝赐其做一花神，她却不肯受职，愿在人世，所以便在这清风山上的神仙洞中，也不能以岁月计算。

一日，有两个槐树精，因见桂花仙子生得十分美丽，便欲娶她回洞为妻。桂花仙子哪肯答应？一言不合，便和那两个槐树妖精斗了起来。桂花仙子使的是一条银色长枪，两个妖精一个使的是九段连环棍，一个使的是九齿钉耙，好像猪八戒一样，都生着个大肚子，满面都是疙瘩，满脸都是胡髭，露出一身黑肉。三人各保立成门户，便战将起来。

几个回合之后，桂花仙子的枪法好不高强，使得如同一条活龙似的，毫没些微破绽。两个槐树妖精奈何她不得，一个将九段连环棍使个老猿望月，从桂花仙子的头上打去。同时一个也使了个乌龙取水，把个九齿钉耙由下挑上，这样双管齐下，只要桂花仙子的枪法一乱，便可将她生生擒去。还是要捉回洞中，成其夫妇。哪知桂花仙子将身往下一耸，便成个鹤立鸡群，将枪使个破镜重圆，把棍和耙统统劈开，而且毫不费力。二妖一见，好不心惊胆战，哪敢恋战？各个败露破绽，跳出圈外，脚下蹭起两朵乌云，往东逃去。

桂花仙子不肯轻易放过，便也飞去一朵青云，向东追去。一直追了有百十余里，未把两个槐树妖精追到，便从怀中取出一个葫芦，抛将过去。两个妖精被吸将进去，立时化得尸骨无存。心中暗想："这两个该死的东西，如此无理，我修道千余年，竟胆敢说娶我为妻，未免太觉笑话。"

桂花仙子一面想着，一面慢慢地腾云回洞。一时经过北京地界，低头一望，只见一家花园之中有对儿年轻的夫妇，正坐在花丛之间，却在饮酒，好不自然快乐。诸位一猜便着，这对儿年轻的夫妇，便是国光公子和湘倩二人。

桂花仙子在云中一看，那公子生得好不眉清目秀，英俊非凡，确是出类拔萃的美少年。桂花仙子见了，忽然觉得心中一动，十分羡慕："那个女子配了如此如意郎君，我见了也觉心爱。如果带他回洞，便有说不尽的闺房艳福可享。"哪知桂花仙子就这么一动凡心，便将袖一拂，竟把国光公子摄上云端，便把公子带上清风山的神仙洞中。两个使女出洞迎将进去，洞中的陈设简单而雅洁。

这时候的国光，便吓得莫知所以，惊魂略一镇定，举眼四望，只觉得是别有天地，好像神仙洞府，如天堂一般，十分幽丽。自己处身在一间卧室之中，一张白石的大床，亮得好像水晶仿佛，挂着绯色绸质的软帐，墙上挂着一口双剑，以及几件花卉字画，地净发光，没有些微尘土，明窗净几。满室之中，有一种说不出的幽香，芬芳扑鼻。这种香味儿，是世间少有，而且珠帘低垂，确是个幽静的所在。

桂花仙子忽对国光道："公子，你我有夫妻之缘，故带你到此，同享这幽静的生活，不必再下山入世。"

国光见她倒也非常温存，没有一点儿凶恶之色，便也说道："仙子，无福之人，怎配在此仙府？而且我上有父母在堂，下有娇妻盼望，务求仙子快快送我回家。"

桂花仙子故意把国光公子带上山来，要和他成其夫妇，怎肯轻易送他回去?

正在这时,使女忽然进来说道:"外面有玫瑰仙子和蔷薇仙子欲见。"

桂花仙子急忙将国光公子藏在房中,自去会那两个仙子。但是心中未免有些怨恨,早不来,迟不来,偏偏要在这个时候来。没法,只得出来相见了。

彼此叙礼毕,桂花仙子笑着道:"今天是什么风,也会把你们两位吹到敝舍来的?"

玫瑰仙子和蔷薇仙子道:"无事不敢造府,因今日乃是牡丹娘娘大寿,我们特来约你同去庆贺。你也真太会善忘了。"

玫瑰、蔷薇两仙子便不由分说地拉了桂花仙子往外便走。桂花仙子忽想到房中还有国光公子在那儿,便对两位仙子道:"请两位姊姊在此稍待,我还有一些小事,让我去吩咐使女明白,而后再和姊姊等同行。"

说着,便走将进去,对两个使女道:"你们好好服侍公子,我欲至牡丹娘娘处祝寿,不得不去。你们千万好自小心着公子,待我回来,重重地有赏你们。"

两个使女唯唯答应。桂花仙子便和玫瑰、蔷薇二仙子放心而去,此去需一二日后,方能回转洞府。

那湘倩和国光公子在花园中,忽然一阵香风过后,不见了公子,这一急,立时晕了过去。她自己也不知道,好像走进另一个世界,举目四顾,是个从未到过的地方,十分清雅,满地开着鲜花,非常好看,这种景色,却始终没有见过。她一路上走去,前面忽然有条大河,隔河望去,对面的景色尤其美丽无双,她很想过去一看究竟,却没有船只可以渡过。找了半天,却看见有座木桥,心中好不欢喜,便走至桥畔一看,原来是叫奈何桥。湘倩也莫知所以,一心要想过去,一看这美丽的景色,便一脚跨了上去。只觉得那桥摇了几摇,她壮着胆子,走到半桥,摇得格外厉害,要是回来,或者过去,都是一半路程，还是大胆过去。向着河中一望，水流得很急，她有点儿害怕起来，不免将身子晃了几晃，几乎掉下河去。后来终于被她走过这座独木的奈何桥。

过了桥，遥见一座大城，她望着那城走去。行了不多一刻，业已来到城下，抬头一望，上面有"酆都城"三个极大的金字。湘倩一想，酆都城原来就在这里，便走将进去。两旁的商店，规模很大，就是来来往往的人，也特别地多，却静而不喧，而且很有秩序。她心中暗想："这个地方的官儿倒管治得很是不差。"

她走到一个所在，有个衙门，十分宏大，外面十分威严，往里一望，只见一个官儿坐在中央，两旁站着几个公人，鸦雀无声地，连一根针掉在地上都能够听得出声儿来。公案的前面，有一个罪人般的跪着，一个三脚架，有个白铜的钩子，钩着那罪人的舌尖吊上去，满口都是鲜血淋漓。

那个坐在案上的官儿道："你不该在人世搬弄是非，如今来到这儿，丝毫不能隐瞒，故欲吊你的舌尖、割你的舌根……"

说声未绝，便有一个公人，执着把雪亮的短刀，把那人的舌头割下，掉在地上，化为一摊血水，便不见了。

湘倩此时忽然反身要想回家，却找不到那条来的道路。询问回家去的那条路程，这许多人摇头并不答她。这个当儿，湘倩心中十分着急，要是回家，都不能够，今晚睡到哪里去呢？禁不住一阵心酸，便掉下泪来了。路人只向她望了望，并不理睬。

忽然听得一声呐喊，两旁的路人都纷纷避让。湘倩只是躲在道旁哭泣。

隔不多时，有一乘绿呢大轿，里面坐着一个官儿，气概十分阔绰，好像是个什么大官，听得湘倩的哭声，问那人何故哭泣。

下人忙答道："是个女子在此哭泣。"

便把湘倩带上，忽从轿中探出一个淡青色的脸，是个满腮胡髭，颇不漂亮，一见湘倩生得十分苗条美貌，倒也便爱上了心，只吩咐得一声："把她带回府去。"

两个公差模样的人不由分说，拖着湘倩便走。湘倩随着二人，也分辨不出东西南北，走上许多路程，连腿都觉得有些酸痛。忽到一个所在，有一座府第，盖造得十分富丽堂皇。这时天色已将傍晚，但见里面点得灯烛辉煌，下人使女成群，都来迎接那个官儿。这大概是他的家了。

这时，那官儿便踱了进去，堂上早已设着一席酒菜。那个官儿便在中央一坐，喝了几口茶，叫湘倩在旁陪坐。湘倩也莫知所以，恐怕也是不敢违抗，只得坐在一旁。一个使女斟上两杯酒来，那官儿呷上几口，忽对湘倩说道："你这位娘子，你可知道这里是阴世，并不是阳间了？你何故来到此地？如今你不能回去了。"

湘倩听了，不觉大惊："哎哟！我怎么会来到这里？如今我要回家了，求你送我回家吧！"

那官儿哈哈大笑道："你既已来到此地，确不能回去的了。如今你便住在这里吧！我乃阎王处的判官，掌握生死之权。我因可怜你这娘子，收你为妾，免得至官府受苦。"

湘倩忽又想起方才衙门中的一幕，好不可怕煞人。要是答应那个判官为妾，于心不甘，心中甚是挂念国光公子，禁不住一阵伤心，又哭了起来。

那判官道："你不必哭泣，只要安心好好在此，胜于阳间万倍。"

湘倩却不答言，只是默不作声。

那判官一时不能如愿，便令几个下女把她送进一室，甜言蜜语地好言相劝。

欲知后事如何，且看下回分解。

# 第十四回

## 恶判见色起淫心
## 阎王无私延女侠

却说判官见湘倩不肯答应给自己为妾，要是放弃，于心实有不愿。因为如此美人，阴阳二间少有，一心一意要占为己有，便派两个下女，伴她在一室中，用好言相劝。哪知湘倩满心挂念国光公子，任你用什么甜言蜜语，或加威胁，她只是愿死不从。

两个下女没法可想，只得回复判官知道，说湘倩不肯相从的话。

判官一听，十分大怒："她既然如此不识抬举，给她一点儿苦头吃吃！"

便派了一个小鬼，把湘倩押至冰山脚下，永远不得投生。

却说鸳鸯女侠那日从杭州用了缩地术飞奔来京，不消一日，业已到达北京。到天喜胡同一看，门庭如故，还没有改变旧样儿，门公老刘，因为从小常常看见，却还认识，不过多了几条花白胡须罢了。

鸳鸯女侠上前唤道："老刘，你可不认识我吗？"

老刘一望鸳鸯女侠，穿着件箭袖紧身上衣，脚踏双薄底软皮靴，背着口宝剑，却是个侠女的打扮。眯着眼睛，细细地看了一会儿，依然想不起来，便说道："你这位姑娘，虽然十分面善，一时却记不起来了。你到底是谁呀？"

鸳鸯女侠笑道："老刘，难道你竟会忘记了我不曾吗？那也不能怪你，十多年未见，你的须发也都斑白了许多，莫怪你认不得我是帼英了。"

老刘一听"帼英"二字，喜得他眯着老眼，跳将起来道："原来是二小姐吗？十年之前，都道你被骗子拐去，生死未卜，哭得老爷、太太死去活来。如今一旦回来，好不欢喜煞人。"说着，飞奔进去通报。

老爷、太太一听女儿今日居然回家，喜欢得老眼花眯，笑得连嘴都合不拢来，踱至阶前。鸳鸯女侠已走将进来，父母女儿彼此相见，禁不住又悲又喜。悲的是，儿子今又不知去向；喜的是，女儿一旦回家。又和钱氏也相见了。

太太陪着鸳鸯女侠来到房中，太太问道："女儿，你被骗子拐去，已有十多年之久，到底一向是在哪里？如今回来，怎么又如此打扮？"

鸳鸯女侠道："女儿七岁那年，和奶娘去看龙灯，师父因见女儿颇可造就，便将女儿带上山去，教女儿剑术。现有八九成功，令我下山为世安良锄奸。今日师父叫女儿快快回家，说哥哥有难，令女儿特来援救。不知哥哥遭遇何难？尚望母亲示知。"

太太道："你不说起，我一时倒也忘了，昨日你哥哥和你二嫂在后面园中饮酒，哪知你哥哥忽然不知去向。你二嫂却晕倒在园中，如今扶睡在房中，昨日至今，昏然不省人事，心房只微微跳动，故而不能收殓。今已致意她家，未见派人来此省视。"

鸳鸯女侠道："妈妈，你且领女儿前去看视。"

太太便和鸳鸯女侠母女二人，来到湘倩房中。只见珠帘低垂，却有两个丫鬟伴在那儿。鸳鸯女侠走近床前，用手在湘倩的口中一试，只觉唯有一根游丝，奄奄只剩一息。在胸前一摸，心房轻轻跳动，尚有一些微温。

鸳鸯女侠道："二嫂乃一时气急而死，那是没有关系。"

太太道："你还是一个孩子的脾气，就是这样，虽然不是真死，只要再隔二三天之后，一些不吃东西，连饿也会饿死的了。"

鸳鸯女侠却显得非常得意地说道："我自有妙药能够救她。"

太太听了，十分欢喜道："你可快快取出，救你二嫂的性命。那么你背上的这剑，老是背着，现在家中，也可以放下了。"

鸳鸯女侠笑道："妈妈不说，我也几乎忘了。"只是将剑背着，有何意思，便反手将剑解下，放在桌上。一面又探手入怀，取出一包小小丹丸，上面写着"返魂丸"三字。鸳鸯女侠便在这小纸包中，取出一粒，化在一杯开水之中，便向湘倩口中灌去。

鸳鸯女侠道："这丸万试万灵，只要服下，四五分钟之后，便可立愈。"

太太听了，也十分欢喜，只待湘倩醒来。谁知过了有四五个四五分钟，仍旧不见湘倩醒来。

太太便问道："这许多时候，难道药力还未到达不成吗？"

连鸳鸯女侠也觉得十分奇怪，心想："此丸万无一失，这次怎么会不灵起来呢？"

再向湘倩的脸细细一看，见她的神色与昏晕有异，便说道："妈妈，我看二嫂如此情形，必定是遇鬼作祟无疑。如今哥哥又不知被什么妖精摄去，究在何处，尚难明白；二嫂又是遇鬼，我看还是先代二嫂办个究竟之后，再去找寻哥哥如何？"

太太对于儿子爱若掌珠，对于媳妇又很宠爱，子媳同样宝贝，以至她一时竟不能决定，须得要和老爷商议而后再行定夺。三人商讨的结果，只要鸳鸯女侠办理顺手便可，不论先救儿子，或是媳妇，均可。

鸳鸯女侠觉得二嫂的现象可奇，便仍将双剑背上，心中暗想："二嫂死又不得，活又不能，我倒要到阴间去探个究竟。"立时要走。

父母相留住了一晚，第二天，鸳鸯女侠一早便出了天喜胡同，一路走去，想道："既要到阴世去查个明白，那么到阴间去的路途，往哪里走呢？"忽然又想道，"四川乃是阴阳交界之地，只要到了那儿，不难去到阴间。"

鸳鸯女侠想到这里，很是得意，便出得城外，在荒僻的所在，急忙腾空飞上，驾起一朵白云，直往四川而去。鸳鸯女侠驾着白云，耳边只听得呼呼之声，快得如风驰电掣一般地迅速而行。低首一望，地上的山川河流、树木森林、宫殿房屋，如巨浪一般地向后移去。待鸳鸯女侠到四川地界，已在下午，便在荒凉处按下云端。又走了三五里路，成都府便在眼前。

鸳鸯女侠进得城来，市面十分热闹，而且人烟稠密，便走进一家旅店，定下房间，用了晚膳，觉得这种滋味，比众不同，每样菜肴之中，总带点儿酸辣，倒也很是鲜美可口。鸳鸯女侠因为饭后无事，隔房住着父女二人，是来此投亲的。鸳鸯女侠便和他们随便攀谈，据说那个老儿是生长在四川的，所以对于此间的情形特别清楚，后来至南方做些买卖，所以女儿却是生长在那南方的。

鸳鸯女侠听了，心中十分暗喜。这老儿既很知道四川的情形，便问道："老伯，听说四川是阴阳交界之地，不知究有此处吗？"

那老儿道："不错，这话我也听见有人常常说。"

鸳鸯女侠听了，心中又是一喜，四川是阴阳的相交之地，谁知竟确有此话。便又问道："既然如此，那么从何处才能去到阴间？"

老儿道："这话问他怎甚，哪有人要去到阴间？"

鸳鸯女侠一听，不免一怔，大概是那老儿也不知道，而且被他问得难于回答，便道："不过是问问而已，既是来至此地，也得知些这儿特别的事实，故而询问老伯，可知这个。别的也无甚意思。"

老儿道："既然如此，但听说四川能到阴间，不过无人去过，不能说一定是事实。作为故事听听，未为不可。"

鸳鸯女侠听了，心里又宽松了些，大概这老儿会知道的了。连忙道："老伯所说不差，我也是这么个意思，作为故事听听而已。"

老儿道："据此地的一班公差说，衙门之中，有一座门上，贴着许多封条，人家都说这座门可以至阴间。所以每有新官来此上任，

105

必加贴一对封条，从没有人敢启封过的，这却是很实在的情形。但是否事实，那便不得而知了。"

鸳鸯女侠听得明白，心中暗暗高兴。又与他们父女二人暇谈了一会儿，因见天色不早，便各自安寝。

鸳鸯女侠在自己房中，躺在床上想道："现在时间尚早，要去行事，还不是时候，须待人静之后，方才妥当。"便安心睡去。

一觉醒来，只见纸窗上微微地透进一片月光。鸳鸯女侠便轻轻跳下床来，整理一下衣服，又将双剑插在背上，要想从窗中跳出。哪知这两扇木窗却是新制的，只要略一推动，便吱吱咯咯地响个不了。鸳鸯女侠恐怕有人听见，诸多不便，要是从房门中出去，那门闩又是闩得紧紧的，一定也会发出声音，难免仍要惊醒他人。还是从窗中跳出，较为妥当，但是要吱吱咯咯地响，如何是好？须得想个方法。

鸳鸯女侠略一思索，便走到桌子前面拿起了一把茶壶，在上上下下的四个窗臼上倒了许多冷茶，隔了一些时候，料知木头已被冷茶浸得涨胖了，把窗门轻轻一开，果然全没声音。鸳鸯女侠便耸身上屋，四顾一望，微微有些月光，但并不十分明亮，隐约可以看见。鸳鸯女侠便连耸带蹿地跳过几所屋子，真是神不知鬼不觉地在屋面上飞行，确是身轻如燕，经过的地方，屋瓦不碎，哪里会有人知道呢？

鸳鸯女侠站在一家较高的屋顶上向前眺望，但见府衙门却在正街中央，所隔不远。鸳鸯女侠便飞身下屋，从正街上往府衙走去。街上早已没人来往，鸳鸯女侠十分放心，如飞而去。刚至府衙门前，忽见两个更夫，提着朴刀，照着灯笼，巡查而过。鸳鸯女侠恐怕被此二人撞见，诸多不便，急忙再飞身上屋。眼看二人走过之后，鸳鸯女侠才耸过正街，跳上府衙的屋面，向四面望了一周，却没有人，便放心跳下天井。走进大堂，黑得如漆一般。好在鸳鸯女侠的那双眼睛，下过相当苦功，黑暗之中，尚能看得真切，不至东碰西撞地发出些微声息。

纵过大堂，转向后面，又是一座天井，照下灰色的月光。鸳鸯女侠恐怕外面有人，便躲在黑暗之中，探头巡视一周，便像老鼠般地一蹿，过了第二重天井。

在那第二堂之中，果然有两扇门，双双地紧闭着，门上的封条已有二寸多厚。鸳鸯女侠便将封条扯去，下面却有一把黑铁大锁，将两扇门牢牢锁住，倒显得十分坚固。鸳鸯女侠好像毫不费力地一绞，把那碗大的锁分成两段，便轻轻推开双门。只觉得一阵冷风，阴森森地好不怕人。鸳鸯女侠也感到毫毛直竖，往后倒退了三步。鸳鸯女侠因为救嫂心切，便鼓着勇气，走将进去，便有一段石条扶梯。走了下去，却是一条隧道，只是阵阵阴风，冷彻心骨。

鸳鸯女侠心中暗想："这个所在，确似去到阴间的道路。"走了不少路程，才出隧道，忽然眼前十分明亮，犹如别有天地一般，而且也没有那彻骨的阴风，宛似阳间一般无二，同样有城郭山河，哪里像什么阴世？鸳鸯女侠便望着大道走去，只见前面城上有"酆都府"三个大字。鸳鸯女侠一见，好不满怀欢喜，要去找寻二嫂，正是这个所在。便走进去，两旁房屋整齐，街道宽大清洁，比那阳间尤觉气概。而且人烟稠密，来来往往，却很有秩序，不比阳间，杂乱无章。

鸳鸯女侠一路走去，来往的行人都望着鸳鸯女侠，显得十分奇怪的神色，但也没人前来问询。鸳鸯女侠穿过了几条横街直巷，忽见前面有座大衙门，盖造得非常高大威严，上前一看，原来是第五阎王森罗宝殿。鸳鸯女侠一想："这第五殿阎王，却是铁面无私的包公，我既然来此找寻二嫂的阴魂，非去问他，不能得到仔细。"便要一步跨将进去。哪知被几个公差拦住去路，不准鸳鸯女侠冲将进去。她有无事情，须得说个明白，才得放行。

鸳鸯女侠一想："倒也说得不错，怎可贸然闯进？"便道："我乃人称为鸳鸯女侠是也，因二嫂生死未明，特来查问明白，才得安心。"

公差一看鸳鸯女侠生人能至阴世，必有来历，也不敢有所怠慢，便道："既是如此，那么请你在此稍待，等我进去通报之后，再来奉请。"

鸳鸯女侠道："说得有理，快快进去通报。"

公差便入内通报，没有多时，仍是这个公差出来道："阎王有请女侠。"说着，便在前向导。鸳鸯女侠在后跟随，走过二门，便来至大堂。左右两旁站着牛头马面，以及许多公差，各执着铁链棍棒等物，好不威风凛凛。中央高坐着一个黑脸官儿，这定是五殿阎王包公无疑了。身旁站着一个青脸判官，手中捧着一册生死簿。鸳鸯女侠见了，不禁肃然起敬，连忙紧走几步，恭身上前施了一礼。

五殿阎王包公也微微欠身，作为答礼，便问道："此乃阴世，未知女侠来此何事？"

鸳鸯女侠又施礼："无事怎敢来此？实因家中二嫂的生死不明，故特来此探个究竟。"

包公又问道："是如何一回事情？你且说来，待我查问。"

鸳鸯女侠道："家嫂朱湘倩，今忽求生不可，欲死不能，是何缘故？未知阴间可有此魂此鬼？"

包公听了，也显得有不解之色道："这倒奇了，待我细细查问，严办这个。"说着，便在身旁判官的手中取过生死簿。

鸳鸯女侠一眼见那判官，即面露出惊慌之色，却也无人注意。鸳鸯女侠看在眼中，心中有些明白。哪知这包公在生死簿上，从头至尾地看了一遍，却没有写出朱湘倩已死的字样儿。查其阳寿，尚有四十八年："我衙门中却并无此鬼，也许一至四殿，尚未审毕，亦未可知。"便对鸳鸯女侠道，"我衙门中并没此鬼，待我会合十殿阎王，共同查问。待至查出，一定从严究办。阴世不比阳间，怎可有此糊涂案子？"

鸳鸯女侠取来一看，既无二嫂之名，又没哥哥的名字。

欲知包公查出朱湘倩的鬼魂与否，请看下回分解。

## 第十五回

# 剑侠夺公文难为小鬼
# 包公审巨案苦了判官

却说包公也觉奇怪，一时却查不出湘倩的鬼魂。因为阴间办事最为严明，绝不像阳间可卖交情，糊涂办理，阴间如何可以有此不明案件发生？便立即坐了八人大轿，去会十殿阎王，问明这件案子，究竟是怎么一回事，有无舞弊。查明之后，从严究办。

这第五殿阎王包公，是个铁面无私的硬头官儿，他在阳间做官既是如此，他在阴世为第五殿阎王，也是这般，所以上上下下的，有哪个会不怕他？

现在包公既去查询，别人倒也罢了，只吓坏了那个判官。因为此事，是他所做，私下将湘倩的鬼魂派遣了一个小鬼，将她藏在冰山脚下，永远不得投生，以为如此秘密，一定没人会知，更无人查问。哪知竟有这个鸳鸯女侠来此查问，更有这个阎王包公会帮着她办理，那还了得？难免要被他查个水落石出，如何是好呢？恐怕连头都要落地。

判官愈想愈觉着怕，今见包公坐了大轿出了衙门，他在书房中伪造一通公文，用了印，纳入怀中，连忙走出，要想把湘倩从冰山提出，将她打入十八层阿鼻地狱之中。"这样一来，无论你是包公，几天之内，一定万难查明。再隔数日，便可另想方法，或者索性将她毁为乌有，我便可不怕你这硬头的包公了。凭你有料事如神的本

**110**

领，没有证据，也奈何我不得。"判官一面心中暗打主意，一面匆匆出门。

鸳鸯女侠一看他的神色，十分可疑，鸳鸯女侠便暗中在后追随。判官哪里知道背后有人？不带从人，也不坐轿，独自步行。弯弯曲曲地走了许多路，走到一个十分冷僻的所在，忽见前面有座高山，亮得好像水晶。原来这便是冰山了。

鸳鸯女侠不明白这判官来到这里，是何意思。正在莫名其妙的当儿，忽听得从这座冰山背后，有一阵女子号哭之声，显得非常悲楚。鸳鸯女侠觉得十分奇怪："这里并不是阴间牢狱，因何有这女子在此悲号？莫非竟是那判官将我二嫂私藏在此不成？"

这时，判官已走过冰山之后，便将那小鬼唤至跟前，吩咐道："你可将此女子提出，拿此公文，押解至第十八层阿鼻地狱之下。办妥之后，来回我的话，重重有赏。此事不可有误，须要万分秘密小心，快去快来！"

小鬼连声诺诺，却被鸳鸯女侠听得十分真切。原来竟是你这可杀的判官所作所为，瞒得阎王，全都不知。

正在这个当儿，只听得有一阵脚步声响。鸳鸯女侠急忙躲过一旁，眼看着那判官大摇大摆地一步一步地走去。鸳鸯女侠暗想："现在且不和他算账，让他过去，待得了真凭实据之后，再去和他计较不迟。"暗暗打定主意，便静心在此守候。

隔不多时，忽见一个小鬼，右手提着朴刀，左手牵着一条铁索，后面随着一个十八九岁年轻的少妇，生得苗条美貌，哭得好像泪人儿一般，颈中套着一条铁索，叮咚有声，好不苦楚。鸳鸯女侠仔细一看，却是二嫂湘倩。只见她小小的金莲，移步困难，看了非常可怜。那小鬼却很得意地口中唱着歌儿，十分自在。

鸳鸯女侠便抽出双剑，迎将上去问道："你这小鬼，带着这个女子，往哪里去？晓事的，快将此女子放下，免你一死！"

小鬼冷笑道："怎么叫作晓事的？怎么叫作不晓事的？判官吩

111

咐，谁敢不听？我怎可将此女子放下，你休得做此梦想！"

鸳鸯女侠道："你这小鬼，如此不识时务，莫怪刀下无情。"说着，便举起双剑，往小鬼的头上劈将下去。

小鬼连忙跪在地上，哀求道："女侠请刀下留情，暂且住手。"

鸳鸯女侠道："你既怕死，只需将此女子留下，公文呈来，万事与你无涉。要是有半个不字，留心你的狗命！"

小鬼道："女侠有所不知，这个女子，判官令我解至阿鼻地狱。我若放走，如何可去回复判官？我终于难免一死，万求女侠可怜我的苦衷。"

鸳鸯女侠一想："这个女子虽然面目颇像二嫂，但未知究竟是她吗？待我问个明白，再作道理。"便道："你这女子，姓甚名谁？因何在此号哭？你且说与我听。"

湘倩道："奴家乃朱贡生的女儿湘倩，那判官见我略有姿色，欲作为姬妾。因我不允，触怒了他，便押至这里，使我不得投生。"

鸳鸯女侠一听，好不欢喜，便道："原来是二嫂，你且放心，我乃国光之妹，特来救你。"回头又对那小鬼道，"你休得多言，快将我二嫂放下！"说着，又要将剑砍将下去。

小鬼无可奈何，只得连声答应道："我放我放！"

鸳鸯女侠道："公文也得呈出。"

小鬼不得已，只得把公文呈于鸳鸯女侠，又开了铁索。

鸳鸯女侠便扶着湘倩，一路走去，道："二嫂，恐怕你不能认识我吧！这是意中之事。我从小离家，随师上山。"

湘倩道："原来如此，怪不得我却不认识。但也曾听见公婆说过，有个女儿，从小被拐子骗去，生死未卜，原来就是你姑娘。如今也来到此间，救了我的性命。今日你我二人，往哪里去呢？既无亲戚可奔，如何是好？你哥哥又不知被何妖摄去，十分挂念。"

鸳鸯女侠道："你我先回家中，而后再做计较。"

湘倩问道："姑娘，你的家在哪里？离此可远？我的腿十分酸痛,可要走不动了。"

鸳鸯女侠很奇怪地说道:"我的家便是你的家,难道你不知道?此地哪里会有我的家呢?"

原来湘倩是误会了,因为这里是阴间。鸳鸯女侠既然在此阴间救她出那冰山,以为她一定也是死了。湘倩听说能救她还阳,忽然又想起丈夫国光公子来了,生死不知,忍不住一阵伤心,掉下泪来。

鸳鸯女侠知道湘倩思念哥哥,连忙安慰道:"二嫂,你不必伤心,我在阎王的生死簿上业已查过,却也没有哥哥的名字,可见至今未死。待你我回家之后,再去救他。"

二人谈谈说说地一路走去,才入无私街中,只见前面来了一大队鬼兵鬼将,各执着纯钢利刃。为首的那人就是判官,骑着一匹高头白马,鸳鸯女侠心知有异。何故忽来此大队人马,拦阻去路?

原来那小鬼被鸳鸯女侠取去公文,逼放湘倩之后,便连忙去报告判官知道。判官一听大惊:"放走一个女子,倒也没甚关系。如今我的公文在她手中,而且上有我的印鉴,若被阎王知道,我的性命休矣!"便率领了五十名亲兵,以及几个拳师打手,无私街乃必经之路,守在那儿,欲将她与公文劫回。今果见鸳鸯女侠和湘倩二人慢慢走来,便拨马上前道:"你这女子,好不大胆,这里是何地方,容你在此胡闹吗?快将人犯、公文统统放下,让你过去。"

鸳鸯女侠理直气壮,哪里肯示弱?便冷笑道:"嘿嘿!你做得好事,知罪吗?你好好放我等过去,与你万事全休。要是不然,我告至阎王,你这狗官,便要死无葬身之地!"

判官被说得恼羞成怒,说声:"把这女子捉将起来!"

鸳鸯女侠一看他们齐要动手,深恐众孤不敌,莫要将二嫂抢去,岂非徒劳往返。便将湘倩背在背上,一面舞着鸳鸯剑,杀出一条血路,往前奔逃。判官哪里肯放她过去,勒马便追。

鸳鸯女侠回头一看,将近被他追到,便纵身下去,在地上抓了五六个鸡卵般的小石,随手掷去,不偏不正地打在判官的脸上,打得他额角上起了个大包，鼻孔中血流不止。判官禁不住疼痛，一个翻身，丢下马来，跌得他头破血流，衣冠不整，十分狼狈。从人连忙将判官扶上马背，尚有数人，力追鸳鸯女侠和湘倩二人。凭鸳鸯女侠有多大本领，她背上究竟还背着一人，速度当然慢了许多，未及半里，便被他们赶到。鸳鸯女侠只得且战且逃。

约又过了三条大街，杀得鸳鸯女侠周身香汗淋淋，而且剑法也乱，露了许多破绽败剑。那边愈逼愈紧，愈紧愈凶，钢刀如雪片一般地落下来。鸳鸯女侠的性命便在瞬霎之间。

正当十分危急的时候，忽听得有人喝道："何人在此相杀？快快住手！"

只见那些人一个个都恭身肃立，没有一个敢略略动颤。

鸳鸯女侠也收了剑，心中暗想："这人是谁，竟有如此权力？"回头一看，大轿之中，却坐着一个包公。鸳鸯女侠才始明白，原来是他，怪不得个个如此害怕。

这时，吓得那判官站立一旁，不敢则声。

包公吩咐所带的公差道："且把这许多人犯，统统都带回衙门，待我亲自审问。"说罢，又吩咐回衙。

鸳鸯女侠和判官等都随在轿后，不及片刻，已到森罗殿。

包公立时升堂，便问道："你等何故彼此残杀？从实供来！"

鸳鸯女侠急忙上前施礼，又呈上公文道："我二嫂被此判官将她私行禁闭在冰山脚下，今要将她打入阿鼻地狱之中，被我侦知。他便领兵在半途抢劫，故而在此相杀。"

包公将那公文看了一遍道："噢！原来是如此。"

又把眼望着判官道："你有何说？"

吓得判官只是发抖，不由自主地双膝跪下。湘倩又供明判官见她略有姿色，欲她为妾，因她不允，以致触怒判官，派了小鬼押至冰山脚下等，一五一十地说了个详详细细。

包公又将那小鬼提上堂来一问，也是如此说法。

包公听了，大怒道："你明知故犯，该当何罪？此地方乃是阴世，办事最重认真严明，哪里容得有如此官儿？"

吩咐左右道："快取出那铜闸刀来，与我铡此判官，才可以一儆百！"

便有两个公差，从里面抬出一座虎头闸刀，小心放在公案之前。又有两个公差，一头一足地将判官抬上虎头闸刀，拦腰便是一刀，分为两段。可怜那判官因为舞弊公事，以致死于非命。

包公当场铡了判官，回头对鸳鸯女侠道："此案已查办明白，今派人送你二人回阳。"

鸳鸯女侠和湘倩二人都向包公行了个礼，下了大堂，出得森罗殿，便有一个公差在前引导。不多一会儿，已至阴阳界，走到奈何桥中。

那公差道："你们快来看这阴阳河中，是何东西？"

鸳鸯女侠和湘倩都向河中望去，那公差将她们只是往河中一推，二人各自一惊。鸳鸯女侠睁眼一看，依旧睡在床上，哪里去到阴间？却是南柯一梦。但那双剑如何会在背上？睡时不是明明挂在床前的吗？抽出剑鞘一看，微微尚染有血迹，心中十分惊奇。

这时天已明亮，鸳鸯女侠便起身梳洗，用了早膳，付清房金，出得店门，来到大街上。一路只听得纷纷有人说，府衙中的那扇能通阴间的门，昨夜不知怎么给谁人开了。鸳鸯女侠听在耳中，暗自道："莫非我真的曾去过阴间？否则怎有如此凑巧？且待我再回家中，便知底细了。"想罢，便出得城来。走至荒凉之处，又驾云返家。哪需许多时候，便轻轻落在后园。

鸳鸯女侠进去一看，母亲和许多丫鬟使女，都在湘倩房中，只见湘倩正在指天说地地谈得十分高兴。

鸳鸯女侠一步跨进房门的时候，母亲见了便问湘倩道："在冰山脚下救你的那个女子，可是她？"

湘倩抬头望鸳鸯女侠一看道："正是正是，亏得姑娘来救，否则

115

我定然死于非命的了。"

鸳鸯女侠母女相见之后，再草草行了姑嫂相见之礼，便问道："不知二嫂是在什么时候醒来的？"

湘倩答道："当我醒来的时候，天色才将黎明。"

二人说在阴间如何和判官恶战，如何被包公喝住，带入森罗殿审问，如何包公大怒铡了判官，令公差送她们还阳。彼此都说得一式无二。

自从湘倩醒来之后，虽然满家十分欢喜，但也十分悲戚。因为国光公子至今尚未得到确实下落，骨肉尚未团圆，太太和湘倩都禁不住掉下泪来。

鸳鸯女侠连忙安慰道："妈妈，请你老人家不必如此悲伤，你年老之人，假使哭坏了身子，如何是好？而且哥哥并没有性命之虞，我在阴世，曾经查看过生死簿册，便知哥哥至今未死。人既未死，总有找到他的一日。"

太太和湘倩都以为国光公子性命只有听之天命的了，要他生回的希望很小，究不知他在何处，如何去找寻呢？但是徒然悲伤，也是无益，唯有节悲的了。

太太便令丫鬟收拾一间房间。

鸳鸯女侠道："务须要在较为清静的所在。"

太太道："既然小姐要这么，那么便在靠近花园的一间，最为清静幽雅，而且与我的卧室又为接近。"

丫鬟自去收拾，不必细说。

这时，天色将晚，自有使女张上灯烛。太太因为女儿有十余年未曾见面了，前日又是来去匆促，今日回来，必能长住，意欲为女儿办一桌接风洗尘酒席。

鸳鸯女侠道："妈妈，不必如此费事，一则女儿奉着师命，下山为世除害，怎可在家久住？再则哥哥至今未得下落，骨肉未能团聚一堂，待女儿将哥哥找寻回家之后，也未为迟。"

太太道："既是如此也可，但不知你哥哥能几时回家。"说着，不免又掉下几点老泪，可见父母爱子之心的深切了。

鸳鸯女侠忙着解劝道："今天已晚，待明日女儿四处探访便了。"

这时，在晚膳时间，吃了些家常便饭，闲谈至二更过后，才各自回房。

鸳鸯女侠亦到房中一看，倒非常雅洁，正想解衣欲睡，忽然想起一事。

欲知后事如何，且看下回分解。

## 第十六回

# 一道祥光直入清风岭
# 几声妙语联成姊妹花

却说鸳鸯女侠到房中正想解衣欲睡，忽然想起那日哥哥和二嫂两人，同在后花园中，突然被妖精摄去。想必当时情形，只有她能知得较为详细，须得要去问她一个明白。

鸳鸯女侠是个急性的人，要是想起一事，须得问个清楚，方始安心，便重到湘倩房中。门却早已关着。

鸳鸯女侠唤道："二嫂，请开门。现在我有话要来问你。"

只听见湘倩答道："请姑娘稍待。"

隔不多时，有一个丫鬟将门开了。

鸳鸯女侠便走了进去，只见湘倩业已睡在床上，问道："不知姑娘有何重要事情来此问我？"

鸳鸯女侠道："我因忽然想起，那日哥哥和你在后园，哥哥究竟如何失踪的？只有你比他人知得较为详细。"

湘倩道："那日我和你哥哥正在后花园中散步，只见空中有朵彩云飞过，只微微一阵香风过后，你哥哥便不知去向了。我因不见了他，心中一急，立时昏晕过去。以后的事，也便不得而知了。"

鸳鸯女侠便点了点头道："知道了，我便去了，二嫂也请安置吧！"说着，便出了嫂嫂的房中，来到自己的寝室。只觉得空气不甚充足，沉闷得很，即将两扇纱窗推开，便是后园。正在春末夏初之际，满园春色，送进阵阵香风。窗前摇晃着月光花影，颇有诗意。

鸳鸯女侠看了一会儿晚景，也便解衣而睡。一觉醒来，已是天色大亮。鸳鸯女侠便急忙起身，请过父母的早安之后，一家人吃了些早点。

鸳鸯女侠道："妈妈，我总以为哥哥不在家中，未免美中不足。今日女儿要出外四处找寻，俾得哥哥早日回家，以叙天伦之乐。"

太太和两个媳妇都道："你哥哥的性命，全仗你一人相救。"

鸳鸯女侠道："我真心急如箭，我就此告别去侦哥哥的下落。"说着，便带了剑，往外便走。

母亲和二位嫂嫂送至门口，太太道："小姐呀，你去打听哥哥的消息，万事须要小心从事。早早回来，免得为娘挂念。"

鸳鸯女侠道："妈妈不消吩咐，这些事，女儿都能省得。"说着，便出得门来。走过二三十个门面，回头尚见老母倚闾遥望。

鸳鸯女侠因为要救哥哥的心急不待缓，只得暂且不能依恋老母，而且一找到哥哥之后，得能回家。一面想，早已出得东门郊外。一望四野无人，心中暗想道："哥哥究在何处？如同石沉大海。宇宙如此之大，我到哪里去找呢？我太不细心，未曾问得师父，我哥哥遭劫何处。现在只有再去问师父，问个水落石出，再去营救哥哥。除此之外，别无他法可想。"

鸳鸯女侠打定主意，忽又一个转念："我一路去到大公山，不知师父可在洞府？但虽不在，一路上也可探听。"便施展神行法，脚下立时生得一朵白云，望空升上。

鸳鸯女侠再想："哥哥被妖精摄去，也许离此不远，不如将云升至半空。近处若有怪精，必然有妖气发出，我如见了，也可免得再去烦劳师父。"

鸳鸯女侠的主意打得不差，将云升至半丈之高，向四处望了一周。只见前面的那座清风山，特别高大出众，见那清风山上，并没妖气，却有一道五彩祥光。鸳鸯女侠一看，便知非神必仙，但是那祥光之中，颇不清秀，内中必有缘故，待我去看个究竟，便向清风山而去。

到山顶上停下云来，一眼便见似仙洞。鸳鸯女侠便进得洞来，里面的陈设幽雅有致，完全像神仙洞府一般，厅堂俱全，却没人进出。

鸳鸯女侠走过大厅，后面有座小小院落，较之更其精致雅洁。边厢一室，珠帘低垂，且有阵阵香气从内喷出。鸳鸯女侠在窗口向里一望，只见一个年轻美妇，生着个瓜子脸儿，两条柳叶般的细眉，配着一对凤眼，高耸的鼻梁，一张樱桃般的小口，显出两排珍珠般的皓齿。一双手十指尖尖的，纤细得好像春笋一般，肤色如羊脂白玉似的细嫩。穿着件银色绸质的上衣，淡湖色的裙，长可及地，罩着一双小小的金莲。头上梳了个髻儿，插一支珍珠凤。苗条的身材，风吹欲倒的样子。一身打扮得十分素净，却愈显得她的娇艳美丽，令人见了可爱。只见那美貌的少妇正在举杯喝酒。

原来这少妇不是别人，正是桂花仙子。她不是和玫瑰、蔷薇二仙子去贺牡丹娘娘的寿？哪知一连闹了三天，众仙子因为聚会的机会不多，今日分手之后，未知何日尚能团聚一堂，定要坚留她和众仙子再玩儿数日，不肯放回洞府。

桂花仙子因为十分挂念国光公子，虽有两个丫鬟陪伴着他，但总不放心，唯恐被他逃走，或者有意外之事。所以她身虽和众仙子在一处祝寿，但她的心却在神仙洞中，挂念着情人，故虽经众仙子坚留不放，然而她总坚辞要回洞府。众仙子见苦留她不住，情知不可相强，只得放她自回神仙洞来。

桂花仙子听说允许她自回洞府，好不欢喜，急忙驾起一朵彩云，望着清风山神仙洞而来。虽瞬霎千里，然而她尚厌迟缓，恨不得一步跨到。未及片刻工夫，已至清风山。进了神仙洞，走到自己房中一看，国光公子安然仍在，这才使她胸中的一块石头落地。但总见国光公子一筹莫展，桂花仙子欲使他解闷宽心，便忙着吩咐办一席上等酒宴，和国光公子饮酒谈心，劝他不必挂念家庭，安心在此计乐，说和他有夫妻姻缘，待过数日，送公子回家一行，省视双亲、二妻，亦无不可之理。并说明她并非鬼魅妖精之类，乃是桂花之神。

国光公子任你生得何等花容月貌，上天少有，人间无双，但他一时总丢不落年迈双亲，抛不下花信娇妻，依然是不言不笑。那桂花仙子说他好似息夫人一般，再用温柔蜜语，好言相劝，殷勤劝酒，无非是要他答应成为夫妻。这些话，被鸳鸯女侠听得个一清二楚，心中暗道："她却不是妖精，原是桂花之神，怪不得洞顶之上，有一道祥光，便可知她的修炼功夫不浅。但那道祥光之中，略有灰而不清，便是因她动了凡心，以致如此。"

鸳鸯女侠也是个练道之人，见了代为可惜。忽然想起："这个男子，也许便是我的哥哥。"

鸳鸯女侠再仔细一看，只见他的面目，正与自己长得一般无二，但也不敢贸然错认，免得弄出笑话。不如先唤我哥哥的名字，看她如何动静，再作道理。自己想想，唯有此计最妙，便叫道："国光，你倒安心在此吗，难道你竟丢了父母双妻，在家盼望，于心何安？"

国光公子一听这话，先是不觉吃惊，复又掉下泪来。鸳鸯女侠见了国光公子的动静，便知确是自己的哥哥无疑，便抢步入室。

那桂花仙子起先听得纱窗之前有个女子的声音，已觉万分惊奇，今忽又见鸳鸯女侠冲将进来，而且背着双剑。

桂花仙子急将一支长枪取在手中，便问道："哪里来的女子，到此何干？"说着，便立开门户，把银枪舞了个架式，准备一方不合，即欲杀将起来。

鸳鸯女侠见了，毫不在意，不慌不忙地道："我特来此相救哥哥回家。"

桂花仙子一听来者非是别人，却是国光公子的妹妹，急忙将银枪收住，便满脸堆着笑容地说道："我道是谁？原来便是姑娘。我未知降临敝洞，故而不曾远迎，尚望姑娘勿罪为幸。"

那国光公子见了鸳鸯女侠，一时弄得莫名其妙，真丈二和尚摸不着头脑，躲在桌旁，听着她们二人说话。

鸳鸯女侠一听桂花仙子尚未得她哥哥的允应许可，便即认她为姑娘，心中暗暗好笑，但毫不露于形色，免得她恼羞成怒，反为不妙，也便极客气地道："仙子，你所称差矣，我哥哥家有年高的父母，尚有两房年轻的妻室，成婚迄今，尚未及一载，膝下又无一男半女，安能随你在此洞府成其夫妇？上天有好生之德，怎忍使他父子别离，夫妻分飞，故望仙子放我哥哥回家，以聚天伦之乐。"

桂花仙子道："我和你哥哥三生石上有缘，故留他在此小住数载，待他日我可恭送回府。"

鸳鸯女侠道："仙子你此言又差矣，我哥哥既与你有夫妻之缘，不妨同至家中，成其夫妇，未始不可。但不可将他留在洞府，尽可回家成婚。但依我之意，你乃修炼之人，得此成就，颇不容易。今忽动凡心思春，对于你的前程，恐怕得失不能相抵吧！我忠言敬告你，还是前程重大，听与不听，则由你自作主张。不过我代你深为可惜。"

桂花仙子听了鸳鸯女侠的话，一时不作回答，思索了一会儿之后，显得若有所悟的样子道："感谢你的金玉良言，我几乎误入歧途，深陷私情肉欲之门。不是你女侠提醒，我必致身败名裂，那时悔之莫及的了，有何面目再见众位姊妹？"

桂花仙子说毕，即将手中那支银枪抛在地上，急忙上前，向鸳鸯女侠施礼。鸳鸯女侠也顶礼相还。桂花仙子因为一念之差，险些掉入情欲之网。现在被鸳鸯女侠解释得心地光明，想到方才与国光公子旖旎谈情，欲与他配为夫妇，现在想想，颇觉得有些难为情起来了，免不得腼儿绯红，满面含羞，却愈觉得十分娇美。

鸳鸯女侠也大喜，今日清晨出门，未及二三个时辰之久，即将哥哥找到，而且不动干戈，只说得三言四语，哥哥便可回家，非但可以安慰双亲，两位嫂嫂见了，也不知要如何的快乐欢喜呢。

国光公子今知能放他回家，快乐得他喜形于色。听得鸳鸯女侠称他为哥哥，一时却不能确定是同胞的妹妹，便问鸳鸯女侠道："你可是二妹帼英吗？"

鸳鸯女侠颔首道："正是，日前师父对我说，你哥哥有难，故而特地令我回家。我离家有十年之久，彼此都有些面生了，一时我几乎也认不得你哥哥了。"

兄妹相见之下，分外觉得亲热。

桂花仙子一看鸳鸯女侠也是个颇有根基的人，所说所谈，极有意义，所作所为，必有侠义，绝不是个平凡的女子可以和她比较的。便道："我你可认为异姓姊妹，你如若有事，我敢效劳。"

鸳鸯女侠连忙谦逊道："承蒙仙子错爱，我哪敢高攀？"

桂花仙子道："你若不嫌我卑贱，彼此认个姊妹，有何关系？"

鸳鸯女侠道："既然如此，恭敬不如从命，只有仰攀了。"说着，两人便当天跪下，祝告天地毕，桂花仙子和鸳鸯女侠却是同年，要知一棵桂花树十多年是不会成仙的，那么她怎么会和鸳鸯女侠是同年呢？

读者诸君不要误会，这并非是作者的漏洞。要知桂花仙子的年龄是从她成仙得道，能变人形的那年那月那日计算起的，如果从一棵小小的桂花树计算起，至今最少有千余年之久。假使说桂花仙子有一千多岁，却要说她是个老太婆了，哪里可以和一个十八九岁的女侠结为姊妹呢？是她十七八代前的老祖宗，也可以算得。

闲话少说，言归正传。桂花仙子和鸳鸯女侠虽然同年，但是桂花仙子比鸳鸯女侠较长三月，所以鸳鸯女侠等称桂花仙子声姊姊，桂花仙子却唤鸳鸯女侠为妹妹。

鸳鸯女侠道："姊姊，我如今欲同哥哥回家了，免得双亲悬念。"

桂花仙子道："妹妹，你才今日清晨出门，至今未到半天之久，伯父、伯母就是要挂念妹妹，也不至如此性急。且和哥哥在此饮杯水酒，再去未迟。"

鸳鸯女侠坚辞不得，桂花仙子便吩咐办一席超等酒菜，将方才的一桌统统撤去。

鸳鸯女侠连连道："这可不必费事，就是这席很好，何必重办呢？"

桂花仙子哪里肯听？不到三五分钟，已将各种菜肴相继搬出。三人入座，自有使女斟上酒来。只觉得奇香扑鼻，喝了一口，清香可口，其味无穷，好像是琼浆玉液一般。各种菜肴，也都觉得鲜美无比，但是都叫不出它是什么名字，在世间是从未吃过的。鸳鸯女侠和桂花仙子虽是初会，却亲热万分，大有相见恨晚之慨。

迨酒过三巡，鸳鸯女侠问起如何会忽然将哥哥摄至洞来。桂花仙子便把两个槐树妖精如何爱她的美貌，看中了她，要她为妻，故与二妖大战。槐树精不支而逃，追上前去，结果了二妖精的性命。归途中见了国光，便将他摄来府中。说着，彼此相对而笑。

鸳鸯女侠和桂花仙子二人又谈了一会儿武功，说了一会儿剑术枪法，彼此都很烂熟，谈得十分投机。国光公子却是个门外之汉，一句都插不进话去，只是呆呆地坐着，听她们二人讲得非常兴奋。

喝了一会儿酒，谈了一会儿天，不觉已至下午时分。鸳鸯女侠和国光公子兄妹二人便要起来告辞。

桂花仙子道："妹妹何故如此性急？你我虽是初会，却觉依依难舍，不若在此住宿一宵，明日再行。"

鸳鸯女侠道："老母在家盼望，姊姊既是依恋不舍，那么请姊姊到我家中一叙。"

桂花仙子又是不肯前去。后经鸳鸯女侠坚辞，桂花仙子知苦留不住，便道："既是如此，我有一件礼物，赠予伯父母。"

欲知桂花仙子所赠何物，请看下回分解。

# 第十七回

## 仙子赠佳珍椿萱益寿
## 鱼精充太守提督求神

却说桂花仙子自知苦留不住鸳鸯女侠，便道："既是如此，我有一件礼物，赠予伯父、伯母。"说着，便走到另一室中，托出一个锦绣的盒儿，递与鸳鸯女侠道，"为姊的没有什么东西，只有此区区微物，为二位老人家增寿而已。"

鸳鸯女侠接在手中，道了谢，便和哥哥同声告辞。桂花仙子亲自送至洞口，望着鸳鸯女侠和国光公子二人同驾一云而去。桂花仙子尚觉依依不舍，直望得不见影踪之后，方始自回洞府。

那鸳鸯女侠在半途中想："此锦盒之中，不知是什么东西，这个盒儿，倒非常讲究，内中定然是件贵重的东西，回到家中，定要看个究竟。"

鸳鸯女侠和国光公子兄妹二人，同驾着云，不到一刻之久，已至城郊。进了东门，弯弯曲曲地过了几条大街，又穿过几条胡同之后，便到天喜胡同。走不到十分钟，已到家门。

门公老刘看见小姐带着国光公子回家，欢喜得他老眼花眯，禁不住满脸笑容地道："少爷，你如今回府了，好不使老爷、太太和二位奶奶挂念。"说着，便进去通报主人。

鸳鸯女侠和国光公子二人也走了进去。老爷、太太和钱氏、湘倩等人早已迎至堂前，彼此相见，这次不可和前回相比，全家上下都非常欢喜。

湘倩首先问国光公子道:"少爷呀,你这几天究在什么地方?使为妻的好不挂念!"

国光公子道:"一言难尽,要不是妹妹来相救,恐怕我不能再和你们见面的了。"

鸳鸯女侠接口道:"待慢慢再细说吧!"回头又对老爷和太太道,"爸爸、妈妈,我去救哥哥,倒多结了一个姊妹,她却并不是人。"

钱氏插口道:"姑娘一定是十分辛苦了,不如到房中坐着谈吧!"

鸳鸯女侠道:"很好很好,我们到大嫂嫂的房中去坐着谈吧!"

老爷听得大家要到媳妇房中,诸多不便,只得推说有事,自回他的书房中去,不必说他。

母女夫妻五人去到钱氏房中坐下,自有春香送上香茗。

太太道:"你新结一个姊妹,既不是人,一定是妖精的了,却是很怕人的。女儿,你何必结这种姊妹呢?"

国光公子插口道:"妈妈,你不要性急,她虽不是人,却是个神仙呢!"

太太和钱氏、湘倩等听了,都不觉一惊。

湘倩问道:"她既是神仙,姑娘请你继续往下再说。"

鸳鸯女侠道:"她是个桂花仙,修炼至今,已有一千余年了。哥哥就是被她摄去的,因她一时之误,如今被我三言四语劝醒了,故而和我结成姊妹。虽是初会,却十分投机,大有相见恨晚之憾。"说着,从怀中取出桂花仙子所赠的那只锦盒。又道,"我们临行的时候,她又赠了这件礼物,为父母上寿呢!不知里面是些什么东西。"说时,即将那锦盒打开一看,却是两颗枣子,别无他物。用大红缎子保护得好好的,仿佛是件十分贵重的东西。

众人见了,都觉莫名其妙:"这两颗枣子,有何贵重之可言?"

太太笑着道:"这位桂花仙子,未免也太觉小量了,只送这么两颗枣子。虽然大得比众不同,但也不满二两多重。"

钱氏和湘倩却以太太的话说得不错，独有鸳鸯女侠不以为然地道："不至如此小量吧！这两颗枣子，内中必有缘故。要是和普通的相同无二，有无贵重，哪须装此美丽锦盒之中？现在且不必说它，爸爸和妈妈你们二老，各吃一个，也许可以增寿，亦未可知。"

后来，老爷和太太各人吃了一个枣子之后，立时觉得精神焕发，果然各增阳寿十年，才知道这枣子并非凡品，确是仙果。要知道结成这几个枣子，颇不容易，贵重得和人参果不相上下，需要三百年开花、三百年结果、三百年成熟。待至采下来，总要一千年左右，而且一棵树上，结得不多，只有二十多个，所以也颇贵重。吃了虽不能长生不老，却也能延年益寿。

至于桂花仙子她也只修炼了千把年，哪里会有如此贵重仙品？

原来那日王母娘娘蟠桃大会，桂花仙子也前去祝寿，王母娘娘因见桂花仙子颇有根基，修炼也极虔诚，将来大有希望，但推荐她为百花之神，桂花仙子却推却不肯受职。王母娘娘便格外爱她，赠了她这么两颗枣子。桂花仙子因为舍不得吃，便保藏至今，送给鸳鸯女侠的父母，作为进见之礼。

那日全家上上下下的人等，莫不喜形于色。一家人骨肉团聚，便办了一桌十分丰盛的酒席，说不尽是些鸡鹅羊鸭、鱼翅海参之类。待至席散，已是天将半夜，各自归房而睡。这夜，国光公子便睡在湘倩房中，二人都从死里逃生，今又如破镜重圆，分外觉得恩爱。各人讲一些自己经过的事，也无须细叙。

鸳鸯女侠因见眼前并没有事，便在家中住了数日，以叙天伦之乐。

自从国光公子失踪后，今被鸳鸯女侠将哥哥找寻回家。这个消息岂止北京的人士无不知道，便是邻省之人，也颇有所闻，都知鸳鸯女侠的本领十分地了不得。

一日，忽有一个管家打扮的老人，递进一份大红名帖，要来求见鸳鸯女侠，因有事求她。鸳鸯女侠把他传将进来，却是个五十左右的老仆，须眉均白，一望而知是个慈祥诚实的老儿。见了鸳鸯女侠，急忙向前躬身施礼，站立一旁道："我家主母特遣老朽来请女侠援救。"

鸳鸯女侠问道："我与你家主母素不相识，不知有何事来此请我，倒要说个明白我听。"

那老管家便把来意说了个仔细，为着如此如此，这般这般，故而特来求救。

鸳鸯女侠听了，颇觉奇怪道："天下竟有此事?"心中暗想："此事我与我哥哥的事，倒是遥遥相对。"便对那老管家道，"今夜在此住宿一宵，你明日且去，我自会前来相助。"

那老管家见鸳鸯女侠答应前去，满心欢喜，十分感谢，谢了又谢。自有人陪他至下房住下，也用酒肉相待。

第二天一早，那老管家先自行回家。

那日中午时分，鸳鸯女侠又要出门离家，对父母说明，要到嘉兴去。因为苏雄的太太派家人特来请她，为着衙门中有个妖精。

原来苏雄补缺到嘉兴去做知府，他便和太太同去上任。一天的晚上，没有风，也没有浪，湖水依然是十分平静，苏雄为着要早日赶到嘉兴上任，所以吩咐船家不如夜航。这晚的月色很好，微微的风吹来，令人觉得非常舒适。苏雄便在船前看月，苏太太却仍在舱中，只听得苏雄哎哟地大叫一声。

苏太太忽听得丈夫大声叫喊，便在舱中连忙问道："老爷为着何事如此大惊?"

苏雄似乎很镇静地答道："没有什么，没有什么!"

苏太太见丈夫没事，不过是偶然一惊而已，无甚关系，所以也不以为奇，并不放在心上。哪知早已闯下滔天大祸。

那苏雄在船前望月的时候，湖中忽有一条修炼了二千多年的黑鱼精经过，他见了苏雄，一身都是官服，觉得非常羡慕，心中暗自打量："我修炼了二三千年之久，神通广大，我什么东西都已做过，只有这朝廷的官儿，却从未尝试，这玩意儿倒有趣得很。"

这黑鱼精一时为好奇心所动，便从湖中跃将起来，一口把苏雄吞在肚中。苏雄只叫得一声哎呀，早已死于非命，葬身在鱼腹之中了。

黑鱼精吃了苏雄，立即变成苏雄的模样，一式无二，全没破绽。苏太太哪里看得出来？还以为是自己的亲丈夫呢。

待至到了嘉兴上任，如平常的官儿一般，照样办理公事，住宅也在衙门之中，带来的许多丫鬟使女，和不少家人书童，成群结队的，确似一份官家排场。

苏太太虽是个三十左右的半老佳人，却生得十分美貌动人，尚在风韵正好的当儿，也是个官家的女儿。她父亲杨忠平却是个武官，正在南京做提督。

那黑鱼精变成了苏雄之后，不但做了嘉兴的知府，而且还和苏太太成其夫妇。如是过了有一个多月，倒也相安无事，也没有破绽被众人看出。不过每当那黑鱼精进房过宿，苏太太总觉得丈夫的身体如鳞一般粗，和冰一般冷。苏太太觉得丈夫以前的肌肤非常细腻光滑，而且也很温暖，除此而外的一切举动，并没异乎寻常，就是以平日脾气而论，也是一样，哪里会疑心他是个妖精所变，她那真正的丈夫，早已被他吃了？

但有一件失常的事，被苏太太看了出来。就是老爷每日要到后花园中，把什么人都赶出，将园紧紧关住，只剩他独自一人，在园中约有二三十分钟之久，方始开门出来。就是这么一点，苏太太觉得十分可疑，而且平日丈夫从未有过此种鬼鬼祟祟的秘密举动。

一日，苏太太暗中吩咐在她身旁最聪明机警、心腹宠爱的丫鬟春兰，叫她留意老爷每天到后园中去做些什么事："看见之后，回来告诉我听。"

春兰颔首答应。

要知那黑鱼精，每天到后花园中的荷花池中去洗一个澡，身体才觉得非常舒服。

这天下午，春兰又见老爷将众人赶出，关着门，独自又在园中。

春兰便偷偷地走去，在门缝中向园中一看，在荷花池畔，有一堆衣服，却不见老爷的影踪，只听得荷花池中乒乒乓乓的一阵水声，浪花飞得很高，好像有人正在池中洗澡的样子。再隔了一些时候，只见从池中跃起一条黑鱼，有七尺多长，再在地上一跳，立即变成一个人形，明明是老爷一般无二，便在穿戴衣冠。春兰一见大惊，却不敢声张出来，便忙去告诉主人所看见的情形，说了一个详详细细。

苏太太听了之后，又惊又怕，她才知道丈夫在那晚船上，已被这黑鱼精所害。如今的丈夫，乃是这黑鱼精所变幻的。苏太太又叮咛春兰，叫她须要严守秘密，千万不可张扬出去，免得被他知道了再下毒手。表面如没事人儿般地，暗中写了一封书信，派个可靠家人，将这书信送至南京，告诉她父亲知道，并求他代为设法。

杨忠平得到了女儿的书信，拆出一看，也不觉为之吃惊。他手中虽握有兵权，但是女儿遇到妖精，自知无用兵的余地，哪里能够去捉此妖精呢？但也须得要为女儿设法，只得派人到江西龙虎山去，重金聘请张天师下山捉妖。

不到数日之久，天师果然来至南京提督衙门。杨忠平连忙请至书房之中坐下，要求天师作法除此妖精。

张天师道："我已算得此妖十分厉害，要我除他，却没有把握。因为大人不远千里而来，我不得不来此一行。"

杨忠平一听，连张天师都不能除此妖精，女儿的性命十分危险，心中好不焦急，便恳求道："无论如何，要请天师救我小女一救，否则只有坐以待毙的了。"

张天师答道："并不是我不肯除此妖精，救你令爱。只因这黑鱼精实际上神通广大，连我都有些见他害怕。要我去捉则可以，唯恐非但捉他不住，反而触怒了他，以致害了令爱的性命，如何是好？现在既是大人如此恳求，只有如此办理。我先画几道符，和我的印统统拿去交给令爱，待那妖精出门的时候，便在每道门上，贴一道符，这颗印，叫你令爱日夜佩戴在身，千万不能片刻分离，如此便可保全性命无虞。还另有几道符，可以贴在床上，这样，那妖精见了，自会害怕，不能侵害。一面我再在此作法，除此黑鱼妖精，使他远离令爱。这样比较最为妥当，不知大人以为然否？"

杨忠平一听，十分大喜道："此计大妙，不过有劳天师了。"

张天师谦逊道："大人好说，此话从何说起？无劳之可有，本是应当如此。"说着，便用珠笔在黄纸上画了许多灵符，以及祖传的宝印，由杨忠平遣派一个得力家人送至嘉兴，当面交给苏太太，并叫她如此这般办理。

苏太太得了灵符、宝印之后，便即保藏起来，心中十分欢喜，只待机会，依计而办。外表面上，仍装得和那妖精夫妻万般恩爱，不以他为妖精，毫没露出破绽，使他全不知道。

一日，那黑鱼精因有公事，早上坐了大轿出门，须要待至下午才能回来，出门要有四五个钟点之久。苏太太待黑鱼精出了衙门之后，立即将符取出，叫男女用人分工合作地，在每道门上贴一道符，便是连床上，也都贴满，就那张天师的宝印，悬挂在自己的身上，从此不肯分离片刻。

到了此时，苏太太恐怕众人不明所以，便说明真正的老爷已被黑鱼精所害，现在的那个所谓老爷，正是妖精的变幻而成。众人听了，个个吓得目定口呆。

苏太太安慰他们道："你们不必害怕，早已请了张天师除此妖精，门上贴着灵符，那妖精见了，自然便会害怕。"

众人才觉镇静一些。这天到了下午，并不见那妖精回来。到了晚上，仍旧不回衙门。众人以为这妖精见了符，便害怕，或者到半夜再来，亦未可知。

这晚，二三人合睡一床，不敢独宿。苏太太也由春兰陪着，点着灯烛。到了半夜，只听得外面狂风暴雨似的，屋面上好像飞沙走石，好不十分厉害。室中灯烛之光，小得如同绿豆一般。

欲知后事如何，且看下回分解。

# 第十八回

## 召天将釜底儆游鱼
## 变花猫瓮中难捉鳖

却说苏太太也由春兰陪着，点着灯烛。到了半夜，只听得外面狂风暴雨似的，屋面上好像飞沙走石，好不十分厉害。室中灯烛之光，小得如同绿豆一般，吓得苏太太和春兰二人坐在床上发抖。

她们在帐中望着房门，只见那黑鱼精仍变成苏雄的模样，从外走将进来。待至到了门口，那符忽然发出一道火光。那黑鱼精往后倒退三步，而后向前紧走了几步，冲将进来，满面含着怒气，来扯床上帐子。只见一道火光，随着又是一声霹雳，便把那黑鱼精打倒在地上，他顿时大怒，爬将起来，再去扯床上帐子，又是一道火光、一声霹雳，那黑鱼精仍被打倒在地。这次他十分怒意，第三次，只在地上一滚，立时变成一只大熊，非常凶恶，又要扑将过来，好像是要吃人的样子。

苏太太一见，吓得她魂飞天外，急忙将天师的宝印望那大熊照了几照。只见发出万道金光真火，向前烧去。随着又是几声清脆霹雳，把那鱼精吓得不敢上前一步，面上显得怀着万分恨意，好似见了那宝印，觉得非常害怕的样子，头也不回地去了，有再隔几天我来看你，决个雌雄的神色。

自从那黑鱼精去后，不言而喻，胸中早已存着恶意，他日定要前来报仇。苏太太当然必能料到定有那日。

这晚，吓得她们主婢二人坐在床上，抖了一夜，哪里敢略睡片刻？深恐鱼精再来吵扰。若没有准备，定然被他伤了性命。哪知待至天明，却不见动静，鱼精并没有来，才觉安心。睡了一些时候，因为昨晚一宿未睡，这一睡下去，好不觉得十分甜蜜。

一觉醒来，已是在下午过后，将近黄昏。询问各个男女仆人，昨晚那黑鱼精来和你们吵闹没有，并问有无什么可怕的动静，众人都说："昨天日间，自从知道了我们的老爷已被妖精所害，现在那鱼精变成老爷，不知倒也罢了。今一知道，回想起来，我们老爷令人不十分注意的小动作，与那妖精一比较起来，确乎有些异样。昨日知道了那是妖精之后，心中哪里会不害怕？所以到了晚上，不敢一人睡一张床铺、一个人住一间房间，尤其不必说了。因此到了晚上，一间之中排了二三张床铺，而且还要几人合睡，恐怕被他伤害性命。如是数人睡在一起，比较胆大得多，彼此可有照应。哪知睡到半夜，只听得外面一阵狂风暴雨摧打，我们总料以为那妖精回来，谁都听得，个个吓得躲在被中，都是一身冷汗。随后只有数声清脆霹雳，以后便没动静了。"

苏太太到底是小姐出身，略有见识，恐怕众仆还要害怕，便安慰众人道："你们不必再怕，那妖精与你们毫没关系，绝不会来伤害你们之理，他只和我作对而已。好在我爸爸早已请了张天师，正在捉此妖精。"

而且又说明昨晚之事，鱼精见了宝印、灵符，便觉害怕。众人才便安心得多。

待吃过晚饭之后，苏太太恐怕那黑鱼精再来，便又叫几个使女丫鬟睡在自己房中，晚上自此不敢安心睡觉。哪知一连数日，黑鱼精并不再来，连苏太太也莫名其妙。

原来张天师在南京提督衙门中，因为杨忠平要救女儿，连夜在后园中搭起将台，请天师作法除妖。张天师为着责任所在，哪可推辞？待至搭成将台之后，便登台作法，心知这个黑鱼精妖法厉害，恐怕有失，哪敢怠慢？登上将台，烧起大香大烛，祷告天地，召请天神，执着宝剑，口中念念有词。

便有两名天将，从空降至台前，躬身问道："天师呼唤小神，有何吩咐？"

张天师道："嘉兴地方，有个黑鱼精伤人，有劳天将把此妖精拿来治罪。"

两名天将又是将身一躬，忽然不见。隔不多时，只见那两名天将狼狈而来，回复道："那妖精神通十分广大，小神等前去拿捉，不料被他打得头破血流，遍体鳞伤。"说着，也不等话，自上天堂去了。

张天师一听，那黑鱼精竟有如此法道，把天神天将都打得这般模样，心中十分害怕，唯恐难除此妖。

正在这个当儿，忽然乌云四布，月色无光，陡然起了一阵狂风，旷地上的几株大树连根拔起。张天师一看，便知大事不妙，说时迟，那时快，只见一个长条大汉，站立将台跟前，他生得横眉大眼，满脸凶相，张着血盆般的大口，却是不僧不道的打扮。手中提着一柄大刀，好不狰狞可怕。

张天师一看，料知必是那黑鱼妖精，来此和他为难，便道："你这妖精，岂有不知天理存在，何故伤人性命？今来快快受缚，上天有好生之德，尚可从轻发落，留你性命，从此改过自新。"

那黑鱼精听了，不觉哈哈笑道："你这狗天师，出言好不中听，难道我来受缚不成？真在做你的幻梦。今日我特来和你算账，谁叫你将灵符宝印借于苏雄之妻，故意威胁于我？料我见了害怕，至于我虽伤了苏雄性命，此乃我要弄个官儿玩玩儿，有何大碍？哪个要你来此多管闲事，全然不知高低，正是你要自送性命。"说着，便是一个箭步，舞着大刀，要斩天师。

张天师一见，大惊失色，知这妖精比众不同，岂能轻视小看？而且来势凶猛，不可大意。急忙将头发立时披散，执着宝剑，又把舌尖咬破，含着一口血水，向那鱼精脸上喷去。只见一道真火烧去，那黑鱼精是妖精，见此真火，邪不胜正，便向后连连退了数步，一不小心，从高高的将台上跌将下去。台下守候着一二百名兵丁，因为杨忠平吩咐，守在将台脚下，帮同天师捉妖。这时，那鱼精一不留神，失足跌下将台，众兵丁一看，并非天师，却是个身高一丈、腰大十围的大汉，料必是妖精被天师打下无疑，便七手八脚地上前用绳索将他牢牢捆住。众兵丁心中各各十分欢喜，预备将这妖精抬至提督跟前请赏。谁知杨忠平一看，哪里是捆绑捉住了什么黑鱼妖精，却是被风吹倒的一株大树，弄得众兵丁面面相觑，莫知所以。

这究竟是何道理？一场高兴，还是个空心汤团，画饼充饥？

原来黑鱼精虽一不留心，失足跌下将台，看见众兵丁手忙脚乱地用绳索捆绑捉他，便小小地施了一些妖术，故意和他们开开玩笑。自己早已又纵上将台，大怒地再和天师为难，来势更凶，好像有不共戴天之仇，大有不是你死，便是我活之概。张天师见如此光景，只得又将舌尖咬破，口中念念有词，再请天神天将，一面提着宝剑和黑鱼精拼命力斗。

未及片刻，从天上降下二十名天神天将，在半空中，将黑鱼精四面团团围住。混战了约有一刻光景，那黑鱼精毫不畏惧。张天师见二十名天神天将尚不能把他生生擒住，他便在将台上再度作法，设下了天罗地网。黑鱼精究竟是个妖精，而且双拳难敌四手，和二十名天神天将力战了有三百多个回合，渐渐地觉得有些不支的模样，便要反身而逃。谁知哪里逃得出来？东南西三方和上下都好像有铜墙铁壁一般，唯有北方一条空路，尚可由此逃命，那黑鱼精便向着正北方面逃去。未及四五十步，前面撞着的好像渔网一般的东西，拦住了他的去路。黑鱼精到了此，心知业已中计，反身再逃。不料后面也似撞着渔网一般，左右上下，也是如此，没有一条可以逃生之路。黑鱼精自知已经处身在天罗地网之中，心中好不着急，一意要想逃遁，便举着大刀，向四面的罗网斩去。谁知那网好像蛛丝一般，斩他不断，非常坚柔。

正在这个当儿，四面的网渐渐收将拢来。黑鱼精哪里逃得出来？真好像是落网之鱼，全不费力地轻轻将他捉住。张天师一见，心中好不十分得意，将网拉至跟前，网中却是一条不满五寸的小黑鱼，两只眼睛骨溜溜地望着天师，好像还很愤怒不服的样子，全没乞怜的神色。

张天师见了，哈哈笑道："你这妖精，居然也有今日！"

便传话下去，吩咐他们快快取个瓮来，又请二十名天神天将，在这网的四面围住。深恐一不小心，仍被那鱼精逃去，一面探手进去，将那条黑鱼捉入一只尖底瓮中，外面用符牢牢封住，料他不能逃出。一切安排妥当之后，便请二十名神将自回天庭而去。

这时，杨忠平早知道已把鱼精捉住，也是喜不自胜。张天师见诸事办妥，便下将台。杨忠平见了，便慰劳了一番，又夸赞天师的法力，能与天齐。

张天师虽然是受宠若惊，他却毫不谦虚地道："此妖精颇有邪法，亏我有呼风唤雨召请天神的法道，否则断难将他捉住。"

杨忠平道："如今天师擒了此妖，救了我女儿的性命，又为我亡婿报仇，此恩此德，如何报答你才是呢？"

张天师道："大人不必这般客套。"张天师指着那个大瓮道，"那黑鱼妖精现在已被我捉在这瓮里，待我回江西时带上山去。"说着，便令两个家人抬至空房之中，并再三吩咐他们道："此妖被我用灵符封住，一定逃不出来，你们不可将灵符弄破，被他逃出此瓮之后，再要捉他，那便万分烦难的了。"

两个家人唯唯遵命，哪有一个敢不听从？便非常小心地将那大瓮抬到一间空室之中，好好安放妥当，出来回话。

张天师唯恐他们办事略不小心，和杨忠平二人也到那空室之中查看，的确瓮上灵符封得牢牢的，依然如故，并没损坏分毫。侧耳细听，那黑鱼正在里面跳跃。张天师这才放心，知道没有被他逃掉，便和杨忠平走出空房。

张天师又恐众家人没有知识，不知轻重地进去偷看，如若一不小心，弄破了些微，被那鱼精逃出，如何是好？恐防发生这种弊害，对杨忠平道："此事须要万分郑重，我恐有人进去偷看，难免一不留神，弄破封口灵符。虽然大人可吩咐不准入内，但是我总觉不妥当。"

杨忠平迟疑了一会儿道："既是如此，我派个诚实家人，日夜看守此门，未知天师以为如何？"

张天师微摇其头地道："好虽好，但也不甚妥当。"

杨忠平接口道："那么依天师如何才好呢？"

张天师道："我以为这间空室，既然没人住着，倒不如索性用锁锁住，比较起来尤为妥当安稳。大人之意若何？"

杨忠平认为有理，便道："天师说得不错，不过像此等小事，只要天师吩咐便了，何必定要和我商议而后再行呢？未免太觉迂腐了。"说着，二人相对而笑。

杨忠平立即吩咐家人，将这空室牢牢锁住，未得天师吩咐，不论上下人等，一概不准擅自进去。否则家法重办。杨忠平本是一个武官，脾气最为暴躁，平日对于家人，尤其最为严厉，哪个不见他害怕？

杨忠平吩咐了家人将这空室锁住之后，便和张天师各自更换衣巾之后，厨房早已预备好一席特别上等酒菜，以慰劳天师。更有几位文武官员，听说今日业已将那黑鱼妖精生生捉住，纷纷都来贺喜。杨忠平便请他们相陪天师吃酒。席间都夸赞了一番张天师的法道，又推崇了一回杨忠平的宏福恩德，都是些马屁之谈。本来是人逢喜事千杯少，话不投机半句多，那日杨忠平和张天师二人都是满心欢喜，所以各人都是喝得酩酊大醉，然而各人尚酒兴正浓。

杨忠平准备第二天派人到嘉兴去，将女儿接到南京衙门中来，住在一起。好在并没和苏雄生得一男半女，就是常住在母家，也没关系。而且杨忠平也不曾生得三男四女，老夫妻二人都年将六旬，膝下只有一个宝贝千金，当然是爱得如同掌中之珠的一般。今女婿虽已为鱼精所害，也是无可奈何之事。待等女儿来到南京衙门，将宝印仍还天师，派人送他回龙虎山去，计算路程，来回只需几日之久。好在为时不多，这几天之中，预备留张天师在衙门里小住，或陪他在南京各处游看胜迹。杨忠平在饮酒时便和他说起，天师也并不反对，表示赞成。

各人直饮至天色二更过后，方始尽欢而散。杨忠平将众位文武官员送出大门，仍请张天师睡在书房中，自回上房而去。

杨忠平因为连日为着女儿的事，总是提心吊胆的，今一旦将妖精擒住，如释重负，那晚睡得又甜又香，那也不必细说。

那黑鱼精被张天师用了天罗地网，捉在大瓮之中，一心一意地要想设法逃生，苦于被灵符将瓮口封得如生铁一般坚固。被禁在里面，苦闷异常，而且又逃遁不得。待至三更过后，杨府全家上下等人都已睡静，黑鱼精在那只大瓮之中变成一只啄木鸟，用长嘴巴在瓮里啄了一会儿，却不损分毫，哪里逃得出来？如此也是徒然无用。假使真的被他带上山去，便没性命的了。忽然心生一计，立时再变成一只花猫。这瓮本是尖底，被他两脚用力一推，倒在地上，便在地上滚来滚去，忽然撞在壁上，把瓮打了条缝。那黑鱼精便从碎缝之中钻出，腾空逃去。

欲知后事如何，且看下回分解。

# 第十九回

## 人去怪去提督阻娇娃
## 道高魔高天师请女侠

却说黑鱼精变成一只花猫，双脚用力一推，将瓮倒在地下，滚来滚去地撞在壁上，打成两片。黑鱼精急忙从缝中钻出，向空室中四面一看，只见北边有扇明瓦亮窗，变个小虫，便用力钻个小洞，爬出窗外。却在一个小天井中，四面都是风火高墙，有四丈多高。黑鱼精便在地上一滚，又变了个人，轻轻将身往上一纵，好像燕子般地跳在屋上，口中念念有词，脚上立时生出一朵乌云，升上半空，往西北逃遁而去。

待至翌日天明，杨忠平和张天师各自起身，彼此问过晨安，二人用了早点。杨忠平便派了一个家人，赶至嘉兴，通知他的女儿，叫她料理清楚家事之后便可自雇一只大船，来到南京，最好是愈早愈妙。杨忠平打发家人出门，吩咐他速去速回。

黑鱼精已于昨晚半夜遁去，非但杨忠平全然不知，便是连张天师也意想不到，还以为是很可靠地紧闭在瓮中，定然万无一失。

这日因杨忠平衙门中并无公事，要和张天师二人同至雨花台一游，顺便购买些石卵子回家玩玩。在雨花台的四周地上，都是花石卵子，有如白玉的，有似水晶的，有的里面有一座宝塔，也有观音的，总之无奇不有，名贵的须要出几两银子才能购得一个。待等雨过之后，这雨花台四旁的地上都是，自有人去拾取，随地设摊出售。

张天师也久闻雨花台的花石卵子十分好玩，听说杨忠平请他同往一游，正中胸怀，便对杨忠平道："我正欲前往，待我先至空室之中，一看那鱼精而后再往。"

杨忠平道："今鱼精已被天师所擒，禁闭在大瓮之中，料他逃不出来，何必去看？"

张天师大摇其头，不以为然地道："大人这可不知了，已被擒住的鬼魅妖精，虽难逃遁，但是在万隐之中，也防一二。此妖邪法颇大，须要小心一点儿为妙。如若被它逃遁而去，那时悔之已莫及了。"

杨忠平一听张天师的话说得有理，便道："天师所言极是，既然如此，你我二人同往一看便了。"说着，二人便同到空室外面。

取了钥匙，开门进去一看。只见那个大瓮，不知何时，已经打成两爿，而且两扇明瓦亮窗，开得直挺挺的，哪里有什么妖精？早逃得不知去向了。二人见了，都觉一惊。

张天师大声叫道："哎呀，不好！那妖精在什么时候，竟被他逃了？后害无穷，如何是好呢？"说时，连连地顿脚，跳个不住，口中是唉声叹气。

杨忠平道："这定然是家人们好奇，进来偷看，一不小心，便将这瓮打碎，以致被那妖精逃遁而去。不知是哪个家人，待我查明是谁，定打断他的狗腿。"

张天师接口道："这妖精不是你家人所放，必是被他自己逃走的。大人，这你倒可不需费心了，免得冤枉了他们。"

杨忠平道："这妖精被他逃去，倒也不甚可惜，但怕他再去和我女儿寻事，而且方才又派人去叫她回家。哪知又出意外。"杨忠平说时，显得十分忧愁的样子。

张天师也道："大人说得不错，现在此妖是纵虎归山，非但要和你令爱寻事，而且还要和我为难呢。他定要前来报仇！"

杨忠平和张天师二人再三商议如何应付黑鱼精的办法，结果决定再派个家人追至嘉兴，叫苏太太不必回家，因妖精擒而复逃。如果来南京，一定船至半路，鱼精将船打翻，是极容易的事，而且也是意中之事。暂且住在嘉兴，仗着灵符、宝印，尚没有性命之虞。一个问题虽已解决，但是却急坏了个天师，深恐妖精和他作难，要是向杨忠平讨还宝印，保护自己的性命，这句话，一时却难于启口，心中非常害怕。

正在万分无奈的时候，杨忠平提督衙门中有个师爷庞孝梅进来，看见二人正在为难。

庞师爷问明了所以，便提议道："我听得北京有个鸳鸯女侠，她虽然是个十八九岁的年轻姑娘，却有擒妖捉怪的本领。不如请她来助天师一臂之力如何？"

庞师爷又说出鸳鸯女侠如何去到阴间救她二嫂，又至清风山救她哥哥，而且和桂花仙子结成姊妹，说得个有声有色。杨忠平一听大喜，张天师也颇赞成，决意派人去请鸳鸯女侠来此帮助捉妖。立时写了个大红帖子，由杨忠平太太出名，遣派一个最为可靠的老管家前去北京。

张天师只得在衙门中住了数日，一筹莫展地也无意到各处游览。

那日早晨，鸳鸯女侠先打发老管家走后，自己待至下午，禀明了双亲，要得南京提督衙门去帮同张天师捉妖。太太不肯放鸳鸯女侠前去，擒妖捉怪，是件多么可怕的事。

老爷却大不赞成地道："太太之话错矣，此乃是为世除害，这事可以去干的。"

鸳鸯女侠道："爸爸说得不错，此乃是老师令我下山之本意，遇到妖精，怎可畏而不前呢？"

太太细细想想，倒有道理，凡大丈夫不可怀着私心。

鸳鸯女侠便装束妥当，叩别双亲和哥哥、嫂嫂，出门而去。

太太还再三叮咛："万事须要格外小心，待事了之后，速速回家，免得全家盼望。"说着，不由得又掉下几点老泪。因为女侠十载未归，今回家不到旬日，又要出门而去，禁不住一阵伤心起来。

鸳鸯女侠只得将心一狠，头也不回地向前去了。不到片刻之久，早已腾云驾雾地到了南京，已在那管家先前而至。来到提督衙门前，早有门差通报进去。

杨忠平一听得鸳鸯女侠已到，觉得好生奇怪，派去的管家尚未回来，她来得何以如此之速呀？心中暗自欢喜，连忙奔进内宅，叫他的太太快快出去迎接鸳鸯女侠。杨太太听了，也是喜之不胜。鸳鸯女侠已经请到，便可解女儿之危，忙不迭地出去迎接鸳鸯女侠。来至大厅，与杨忠平、张天师等相见了，各自寒暄客套了一会儿，自有书童送上香茗。

鸳鸯女侠道："天师如此法道，擒住妖精，尚能被他逃去，可见其邪法十分厉害。"

杨忠平接口道："正是为此之故，所以特请女侠帮同天师除这妖精。"

张天师也道："务祈女侠助我一臂之力。"

鸳鸯女侠连忙谦逊道："哪里有此能力帮助天师呢？"

杨忠平和张天师同声道："女侠不必客气。"

鸳鸯女侠暗想："我既已到此，怎可见难而退？即此妖精有何等法力，我也得要勇敢上前才对。而且妖精伤人害理，即上天也不相容，必能佑我，一鼓而擒之，也是意中之事。"想到这里，便一口允诺，再不推诿了。

杨忠平和张天师等见鸳鸯女侠当面答应，十分大喜。尤其欢喜得杨太太忘其所以。

鸳鸯女侠道："这妖精不知住在何处，我们到哪里去找他呢？倒是一个问题。"

张天师道："要找此妖精，却不为难，我可召他，那时我们便可将他擒住的了。"

杨太太虽然一心忙于要为女儿解除困难，但看天色行将傍晚，要捉此妖，未免诸多不便，也就插口道："今日天已晚，而且女侠才从北京赶来，一定是很辛苦了。不如待至明日，最多只差一晚，没甚关系。"

杨忠平道："言之有理，女侠休息一宵之后，再作道理吧！"

鸳鸯女侠和张天师二人也不反对。这晚，鸳鸯女侠由杨太太招待，十分殷勤周到。待至第二天早晨，鸳鸯女侠起身未久，用过早膳不多一刻，尚在杨太太房中随便谈天，哪知嘉兴派人赶来。

原来黑鱼精那晚逃出之后，心中好不十分大怒，便在半空之中，向嘉兴而去，一瞬已到目的地。至衙门中一看，不见苏太太全家的人，心中颇觉奇怪，故意来此为难，哪肯就此甘心恕她？便至四处一寻，被他居然找到。因为衙门中没了知府，便委了新官上任。苏太太便在角里街租了一宅，早已迁移到那里去了。黑鱼精故意和她为难了两夜，虽仗着灵符、宝印的法力，还被弄得日夜不安，特遣一个家人，再来禀告父亲。

杨忠平一听，心中忽又忧愁起来，便请鸳鸯女侠和张天师二人出来商议，应该如何对付那妖精才是。

鸳鸯女侠道："莫不如赶到嘉兴去拿捉。"

张天师思索了一会儿，显得很迟疑不决的样子，便道："赶至嘉兴去捉此妖精虽好，但是从这里到那边的路程，也颇不少，需要二三天，还算是很快的了。不如在此作法。"

鸳鸯女侠接口道："天师在此作法，万一那黑鱼精你召他不到，怎么办呢？甚或被他暂时逃去，而他再常去和苏太太为难，岂不多费手脚？倒不若我独自先去，和那妖见个高低。假使我不能取胜，将他引至此地，天师再来助我可好？"

张天师一听鸳鸯女侠的话，她既说出这般豪语，捉此妖精，必有把握。否则，绝不会这等夸口。便道点头道："女侠主张颇可。"

杨忠平听说鸳鸯女侠立时去到他女儿处，即不能擒住此妖，最低的限度，女儿一定有人保护了，哪有不赞成之理？

143

鸳鸯女侠见二人都无异议，便道："决定如此行事吧！现在我就要赶去，早早结束之后，大家都可安心。"

　　杨忠平见得鸳鸯女侠这等侠义热心，世间少有像这样的好人，告知太太，把个杨太太感激得反而说不出话来，口中只不住地念着佛号。

　　鸳鸯女侠无论到什么地方，除了双剑之外，从未带过一件行李，所以说走便走，十分便利。即将双剑佩妥，辞别众人。张天师和杨忠平夫妇把鸳鸯女侠直送出大门，眼望着她走得远远的不见影踪之后才回。

　　却说那鸳鸯女侠出了提督衙门，来到东门郊外，看看四野并没来往的行人，即从袖中取出一方红绸手帕，铺在地上，踏在脚底之下，口中念动真言，便变成一朵红色彩云，向空升至半天。一望，只见嘉兴府城，并不很远，尚能遥遥望见。在半空中飞行了不及一刻，按下云端，落在北门之外。进得城来，弯弯曲曲地经过了几条大街小巷，已到角里街，一问便知苏太太的住宅。

　　鸳鸯女侠便上前叩门，出来一位老苍头，开门出来，向鸳鸯女侠的上下身打量了好多一会儿，知是个上等人物，便很和气地问道："姑娘，你找哪家？从哪里来的？"

　　鸳鸯女侠道："这里可是杨忠平提督小姐的住宅吗？我乃是鸳鸯女侠。因知那鱼精又来作祟，可有此事吗？故特来见你家主母。"

　　那老苍头料知她来除此鱼精，便通报进去。

　　苏太太一听有个鸳鸯女侠来此，便亲自出门迎接，直请至上房坐下。鸳鸯女侠便把来意说明，更问那鱼精现在何处。

　　苏太太满面显得很忧愁地答道："问起这个鱼精，十分可恶得很，二三天中，又来与我为难。日间不知住在哪儿，只要一到晚上，便来胡闹。我全仗着天师的宝印，总算不能侵害于我，但是已被他吵闹得不亦乐乎了。"

　　鸳鸯女侠问苏太太的问题，仍旧得不到一些圆满的答复。再思

144

一想："这妖精既是个黑鱼，定然是喜欢住在水中无疑。只要依着这条线索去找寻，比较容易得多。如果依然全没影踪，只要待等到晚上，他必来无疑。"便又问道："此处有后花园吗？"

苏太太应声答道："这里非但也有个后园，而且在后园之中，还有一个小小的花池。女侠，你问它则甚？可要与你同去看看？"

鸳鸯女侠听了，心中想道："对了，对了，这个鱼精，必然是在那后园的池中。"便道："苏太太，我正想要去看看府上后园的花池，也许那鱼精躲在里面，也说不定。只要我一到，便能知道。"说着，苏太太就和鸳鸯女侠二人轻移莲步慢慢走去。那位苏太太佩戴着的这颗宝印，东一撞西一撞地，令人见了，可怜也复可笑。

二人走到后园一看，果然有个很大的花池。鸳鸯女侠到底是练习剑术的人，她的眼光比众不同，有人所看不到的，她能够看到。再加她是个绝顶聪明的人，脑筋十分灵动活泼，只见那荷花池中时常有一个一个如斗大的旋涡从水底下冒起来，还有一个个的大水泡。

鸳鸯女侠见了，十分惊喜地大呼道："有了有了！"

苏太太在旁边，还是莫名其妙，忙问道："女侠，你大叫有了有了，有了些什么东西？何以这般惊喜？"

鸳鸯女侠便再和苏太太走近一些池边，站立在一支柳树的底下，用手指着旋涡和水泡，反问道："你没有看见这些吗？"

苏太太不假思索地随口答道："看见了，这些我都看得清清楚楚，那有什么关系呢？"

鸳鸯女侠笑道："这些现象，便能断定那黑鱼精便在这池中。"

苏太太显得不甚相信的样子，便问道："这是什么解释呢？"

鸳鸯女侠微微地笑着道："这旋涡便是那黑鱼的尾巴在水中扇动而发出的，水泡明明是他的呼吸，这便可证明鱼精在池中了。"

苏太太一听解释得如此明白，而且确有道理，事实也是如此的。便也十分欢喜地问道："那么用什么方法擒他呢？"

鸳鸯女侠笑着道："我们只要把池中的水抽干，便可擒住这黑鱼精了。"

苏太太一听，连忙称赞道："女侠说得有理，而且此计也极妙。"

便立即吩咐，雇人将池水抽干。

欲知后事如何，且看下回分解。

# 第二十回

## 施法术剪纸为人
## 惧报仇求师助战

却说苏太太吩咐雇了许多工人，把荷花池中的水统统抽干，自有工人排好了水车。不到两个钟头，把水抽得个一干二净，一点儿不存。

鸳鸯女侠待水将要抽干的时候，便对苏太太道："你快快进去，我擒捉那鱼精的时候，免得使你受惊。"

苏太太点首称是，便自回她的房中而去。关着门，不敢出来偷望一眼。

鸳鸯女侠看着将池水抽干之后，只见一尾大黑鱼，正在池底下的污泥中一阵跳跃。鸳鸯女侠见了，待要放出一支袖箭，将他打死。哪知说时迟，那时快，只见这鱼精一跃跳上岸来。又在地上一滚，立时变了个浓眉大眼的凶汉。抽水的工人见了，一哄而散。

那妖精一见鸳鸯女侠长得这等花容月貌，便笑道："你这个姑娘，倒生得好不美丽，随我快快回山，去做个夫人！"

鸳鸯女侠一听这话，怎不动怒呢？便出口骂道："你这个害人性命、夺人妻室的万恶妖精，还知有天理吗？我今日特来提你，胆敢说出这等好不中听的话，休要多言多语。快来受我一剑，送你到极乐世界去吧！"

那黑鱼精听了此话，毫不生气地仍笑道："姑娘，你何必这等骂

147

我？我爱上了你，还是你的幸福呢！像这种良好的机会，莫要交臂失之，是千载难逢的。人家平凡的女子，我尚不要她呢！"说着，嬉皮笑脸地，甚是不三不四。令人见了，心中安得不要火冒？

鸳鸯女侠是个何等女子？便怒道："你这妖精，说话须得要小心一点儿，你死就在旦夕之间，还不觉得悲伤吗？"

鸳鸯女侠不待说毕，便举动双剑，直取那黑鱼精。

黑鱼精将身一闪，笑道："你小小年纪，要来和我见个高低吗？这个玩意儿倒也觉得十分有趣。古语说得真好，不骂不相识，不打不知己，不过我预先对你说了，我若打败，被你取了性命，那也不必说了，就算罢了。但是假使你被我打败了，你得要给我做妻子。"

鸳鸯女侠听了，心中虽然动怒，但也并不和他搭话，又是一剑望着他的头颅砍去。黑鱼精不慌不忙地将大刀一格，鸳鸯女侠的剑却打在大刀的铁柄之上，只得射出万颗金星，望空飞去，转瞬而灭。要知黑鱼精的这柄大刀，足足有二百八十三斤重，是用纯钢锻炼而成，能吹毛断发、削铁如泥，平凡的刀剑碰到了这柄钢刀，好像嫩得如豆腐一般。幸亏鸳鸯女侠的这对儿鸳鸯双剑不是凡品，故而未损分毫。但是鸳鸯女侠因为用力过猛，如今被挡了转来，只觉得虎口处微微有些震痛，便知这鱼精的两臂确有万斤之力，否则绝不会如此厉害。而今和他对敌，不可不小心，莫要轻视。便用出平生绝技，和黑鱼在后花园中战了有一百多个回合。那妖精使着大刀，好像儿戏一般地全不费力，鸳鸯女侠哪里能够伤他？又和他战了五六十个回合之后，仍旧看不出他一个破绽，没有取胜的把握。看他的刀，愈使愈觉有劲，丝毫不乱，而鸳鸯女侠却觉得有些吃力，一身香汗淋漓，心中暗自想道："我和他就是如此，战了三天三晚，也难胜他。不如将他引至南京，和张天师二人协力将他擒住，岂不容易？"想罢，自己认为不错，依此计而办吧。便虚晃了一剑，故意露个破绽，跳出圈外，双脚一蹬，将身子跳在半空之中，站在一朵白云之上，望着南京逃去。

黑鱼精眼看着鸳鸯女侠腾在白云上，以为是她已败，哪里肯就此放她过去？便大叫道："如今你败了，不要逃，须要言而有信，快快随我回去吧！"说着，也驾着一朵乌云，升空追去。

　　鸳鸯女侠在白云上疾驰而去。黑鱼精驾着乌云拼命追赶。鸳鸯女侠回转头去一看，只见那黑鱼精离她不及二丈多远，眼看得要被他追到。好在鸳鸯女侠并不是真的战不过他，见了他要害怕，便回转云头，又和黑鱼精在半空中战将起来。不到三个回合，鸳鸯女侠又逃。如是且战且退地一直到了南京的上空，在提督府门后园的空中站住，再力战黑鱼精。

　　却说那管园的突然看见一个标致的姑娘和一个黑面的大汉在半空之中大斗大战，急忙奔将进去禀告提督。杨忠平和张天师二人正在书房中议论鸳鸯女侠到了嘉兴如何擒捉妖怪的时候，只听得管园的园公进来禀告，说在后园的半空中有一男一女，却在相争。

　　杨忠平便道："莫不是鸳鸯女侠和那黑鱼精在空中相争，也说不定吧！"

　　张天师道："亦未可知，待我们前去看个明白如何？"说着，二人便来至后园。望空一看，果然有一男一女正在那里力战，却看不出男的是谁、女的是谁了，打得好不十分厉害。一分钟后，二人各显身手，半空之中却不见人，只见两团银光雪球，滚来滚去地不见人影，哪里会看得清楚呢？

　　杨忠平见了，弄得一时不能决定女的是鸳鸯女侠，便问道："这两团白光，是不是一个是鸳鸯女侠，一个是妖精呢？"

　　到底张天师有些法道，聚精会神地将眼细细一看，便连连说道："对了对了，确然是鸳鸯女侠和那妖精。"

　　张天师一面托开着手，继续说道："大人，现在你且进去，不要在此受惊，不是我和鸳鸯女侠约定的吗？要作法相助她，现在是时候了。"说着，不住地催促杨忠平快快进去。

　　杨忠平一意要早早擒住鱼精，也不要再看在空中打仗的奇观了，自己受惊事小，不要在此碍手碍脚，害得他们捉妖不便。于是就奔了进去，专等着胜利的捷报传来。

张天师便爬上将台，仗着宝剑，披散了头发，咬破舌尖，口中念念有词，召请天神天将。

转瞬之间，只见二十多个神将，一字儿地站立在张天师的面前，各自躬身问道："天师何事呼唤小神等来此？"

张天师道："无事不敢呼唤，今恭请尊神等来此相助那女侠擒捉妖精。"说着，就指向鸳鸯女侠和妖精。

二十多名天神天将便听着张天师的指挥，上前助着鸳鸯女侠，将黑鱼精团团围住。鸳鸯女侠见有天神前来援助，精神不觉大为兴奋起来，双剑舞得愈有精神。

那黑鱼精见四面受了包围，他虽不畏惧，确有能力抵敌。但恐他们设计，唯怕忙中有失，再被他们擒住，那便决然没有性命的了。所以暗中步步留心，免得中计。

鸳鸯女侠和天将把黑鱼精围得水泄不通，却不能将他擒住。只见一柄大刀舞得如同一团银光，一点儿不乱。张天师便在将台上剪了许多纸人纸虎，口中念词作法，立时变了许多神兵猛虎，直扑过去。哪知碰到了鱼精刀风，纷纷都掉下地来，仍旧还了原状，变为纸人纸虎。张天师一看自己的法术无用，心中暗自吃惊，忽又想道："这是个黑鱼妖精。"便再用纸剪成一只只捉鱼鸟的模样，咬破舌尖，念动真言，纸鸟便变成真的，一只只飞将过去，张开着嘴巴，都要来捉鱼精。

黑鱼精一见大惊，他和鸳鸯女侠二人相敌尚可，又添二十多名神将，已觉得难以应付，只有守势，却没有还攻的能力了。如今又有一群捉鱼鸟来相助他们，心中好不受惊，把柄大刀四面拦挡，立即变换一个格式，将大刀使得好像蝴蝶一般，保护着自己的身体。一面也是口中念念有词，吐口唾沫，变成了一只大鹰，把一群捉鱼鸟统统咬死。

鸳鸯女侠及天将，和鱼精足足战了有一个多时辰，虽害得他浑身臭汗淋淋，但是却总捉他不住。

那张天师在台上作法，总是失败，便又召请了十名天神天将，因为上次设下了天罗地网，才将他捉住。今天又是依计而行，即请十名神将，再设罗网，预备一鼓而擒。哪知黑鱼精早已小心留意，一见四面又设了天罗地网，自知难敌，心中只一慌乱，臂上早已着了鸳鸯女侠的一剑，鲜血直淋，几乎痛倒在地。不由得大叫一声，反身便逃。

鸳鸯女侠见他已受了伤，作战能力一定薄弱，哪里肯就此放他逃去？便在后边追，一直追到长江的上空。黑鱼精眼看要被鸳鸯女侠追到，便立时变了一尾小鱼，掉落在长江水中，瞬霎之间，便被他逃得不知去向了。

鸳鸯女侠眼看又被他逃去，再到哪里去捉他呢？心中好生不乐，只得仍回南京提督衙门。那时的天神天将，因为久等鸳鸯女侠没有回来，又不能在此久待，张天师便请他们各自回天而去了。鸳鸯女侠进得门来，见了杨忠平和张天师二人。

杨忠平急忙问道："女侠，你可曾将鱼精捉住，还是在半途中便斩了？没有被他逃去吧？"

鸳鸯女侠叹了一口气。

杨忠平和张天师看见鸳鸯女侠叹气，便都急忙地问道："如何如何？"

鸳鸯女侠用手帕拭去了粉腮上的汗珠子，显得异常扫兴地说道："没有将他捉住，也没有把他斩了，却被他生生逃去。"又将一切，细细地说了一遍。

杨忠平听说捉不住此妖，很觉失望，满怀的高兴立时化为乌有，也不住地频频叹息，一时也说不出话来，不知如何是好。三人只得在书房中闷闷坐下，各自不言不语地寂然无声。

张天师却在一角，掐指而算。突然大叫起来，连声不断地只说："不好不好！"

吓得鸳鸯女侠和杨忠平二人各自一惊，便问张天师道："天师，你知有何事不好？"

张天师还是跌足叹道："大事去矣，大事去矣！"

弄得三人莫名其妙，不知究竟为了何事，值得这等大惊失色。

杨忠平被他吓得脸色惨白地问道："天师，究竟为着何事，快快说出。"

张天师又显得十分忧虑地对着杨忠平道："这鱼精伤了臂部，如今仍被他逃走。四五天之后，我方才掐指算得，他一定要带领同伴，前来大大报仇。来者都有了不得飞天本领，非但令爱没了性命，连你我三人，都要被他们所害，这岂不是大事不妙吗？"

杨忠平听了，急得几乎不省人事，连连说道："这如何是好呢？我们须得想个方法对付他们才可，不要坐以待毙。不过求哪个来相救我们呢？"

鸳鸯女侠看得杨忠平十分可怜，便安慰他道："杨大人，他既要在四五天之后才来报仇，你尽可放心。他既会去求同类相助，难道我们不会也去求人相助吗？"

杨忠平和张天师都道："女侠，你的这句话虽然说得不错，但是我们请谁人来此相助呢？"

鸳鸯女侠慨然答道："此事归我去办理，自有比他们本领更觉高强的人来。"

杨忠平听了此话，倒也觉得安心不少，暗想："鸳鸯女侠便有这等惊人的本领，她的师父，本领当然更高于她。"便谢道："这事要拜托女侠的了，我们的性命，全在你一人手中。"

鸳鸯女侠道："知道知道，不过这鱼精需要在四五天之后才来，这几天之中，他必定东求西请地十分忙碌。依我的意思，不如赶快派人到嘉兴，将苏太太接来南京同住，比较起来，彼此都有了照应，不必一心挂念两头。就是船来，我也可保险，不会发生意外，只要在此期中赶到便是。不知杨大人以为然否？"

杨忠平一听，大赞道："女侠说得极是。"

便当日再派可靠家人赶到嘉兴，将苏太太接到南京衙门中同住。居然一路平安，这是后话，也不必细叙。

那日鸳鸯女侠便要出提督衙门去求人相助捉妖。杨忠平和张天师都知道鸳鸯女侠来去如风似电，十分迅速，因为这日她从南京赶到嘉兴，又从嘉兴赶到南京，虽然来去都是腾云驾雾，未免总觉辛劳，而且和黑鱼精足足又战了二三个时辰之久，虽有本领，到底是个血肉之躯，又不是个铜铸铁打的人会不觉辛劳，便留她在杨太太房中住了一宵。因为杨忠平已是个年老之人，和太太分室而居已久了。

这晚，杨太太特别地优待鸳鸯女侠，爱护好像是自己亲生的女儿一般。鸳鸯女侠也非常地敬爱她，二人一夜之间，谈得十分投机，并时常安慰杨太太请她安心。到了第二天早晨，便出了提督衙门，一路走去，心中想道："此次鱼精请人相助报仇，必然成群结队而来，我也得要恳请几位，才能抵敌。这次乃是决战，真是生死关头，切不可儿戏从事。那么去请谁呢？"

鸳鸯女侠想了一会儿，忽然暗自叫道："有了有了，桂花仙子和我结成了姊妹，她一定能来助我，不成问题。听师父说，我师伯有个徒弟，是嫁给一个自奇公子的，而且还有几个姊妹，我都可将她们请来。还有恳求师父下山相助，不过相离颇远，若都由我亲自去请，不免太觉疲劳过度，我须要留着精神，和黑鱼精见个高低。"再一思想，忽然得了一计，便走进一家商店，借了一副笔墨，写了两张条子，一张是给桂花仙子的，一张是给峨眉女侠的，大意说：请她们在三天之中，务请到南京提督衙门捉妖，如有姊妹同来，愈多愈妙。

　　鸳鸯女侠写好条子，谢了店主，出得门来，到荒野处，便召请了两名天神，叫他们拿着条子，分头送去。

　　欲知后事如何，且看下回分解。

## 第二十一回

## 动凡心道人恋男色
## 戏穷鬼秀士卖贤妻

　　却说鸳鸯女侠召请了两位天神天将，把两张条子递与他们各个一张，叫他们一张送至清风山的神仙洞，恭请桂花仙子；一张送至苏州自奇公子的府上，请李峨眉女侠。二神听得分明，便又向鸳鸯女侠鞠了一躬，隐身不见了。不说两名天神天将分头各自前去送达。

　　鸳鸯女侠心想："还要请求师父下山相助，但是须要亲自前去恭请。然而此至大公山，相距颇遥，假使步行而去，非十天来回不可，时间上已成了问题，而且这事十分重大，有好几个人性命的关系，不得不特别重视。虽然当我下山时师父千叮万嘱，叫我不能常施神术，但是这次是比众不同，很可以随机应变。"鸳鸯女侠一面走，一面想，不觉已到荒凉之处。四顾无人，便又施展了腾云驾雾之术，立时将身升在半天空中，往下一望，只见田亩小得不满一方寸，行人大道细得好像条丝线一般。鸳鸯女侠在半空云中，瞬霎千里地往大公山飞驰而去，不到十分钟的光景，迎面有两座大山，遥遥相对。只见东边一座山的上空，乌云四布，电光闪闪，雷声隆隆地打着霹雳，形势十分紧张的样子。那西边一座山的上空，却显得满山彩霞，透露出一道祥瑞之气。二者相比起来，愈觉飘逸如仙。鸳鸯女侠见了，感到非常奇怪，何以二者相差如是之巨呀？

　　正在这个当儿，忽然看见电光闪闪，随着便听一声霹雳，有天崩地裂价响。只见从下喷出一股黑气，把个霹雳冲得老远。鸳鸯女侠见此光景，越是不得明白，不知何故，连雷公见了这股黑气，也觉害怕。

原来此二山叫作凤凰岭，是一对儿雌雄山，东边的是雌山，西边的是雄山，形势都生得十分险恶，危岩奇崖，峭壁千丈。东边雌山上住着的是个松道人，西边雄山上住着的是个竹道人，二人是师兄弟，分住在东西二山。

一天，竹道人忽然大发雅兴，便下山至四野闲游散步。这时正是在秋天，天气十分明朗，秋风吹来，令人觉得非常舒适爽快。竹道人来到一个爱儒村，这虽是个小小的村落，四周的树木却种植得颇合诗意，全村的居民大多是饱学的书生，虽也有几个目不识丁的农夫，不到五分之一，真是寥若明星可数。也许是因为山灵水秀的缘故，村中的居民都长得十分俊秀，尤其聪明伶俐。

竹道人来至村中，看看风景，颇觉爱慕，雅而不俗。沿着一条用碎石砌成的村道，一路上走去，随目赏览，赞叹不已。忽然不知不觉地走近村口，只见一个十六七岁的少年，是个书生的打扮，却在一条小溪边钓鱼，好不显得有趣。

竹道人一看那少年书生长得齿白唇红，万般俊秀，微微一笑，口角边显出两颗深深的酒窝儿，活泼的双目，令人见了可爱。竹道人见此美丽少年，不觉心中为之一动，暗赞："天下怎有如是美人，竟是少见！"立时心猿意马起来，甚至心不由主，不能镇定，暗想："如若交臂失此机会，那是千载难逢的了。"便暗暗口中念念有词，把那少年书生用法术摄至凤凰岭的西山，在自己的住所，将少年放在床上，上下的衣裤剥得赤条条的，一丝不挂，露出一身白肉，细腻得好像羊脂般的。竹道人见了，哪有不动淫心之理？正也要解衣上床的时候，忽然心中一惊，想道："我苦苦地修炼了有四五百年，才有今日之功。如若我今天就将功行全部丧失在这个少年的身上，岂不可惜？此事决不可做。"

竹道人才想到这里，回头一眼又看见少年全身如白玉般的肌肤和美貌，陡然又动心起来，将要爬上床去。又想到自己的前程远大："要是一旦破身，我五百年的苦功修炼，岂非化为乌有吗？我不可因着一个少年，莫要后悔莫及。但他又这般俊俏美秀，像这样的美貌少年，错过了这个机会，再到哪里去找得出像这般的第二个人呢？当然是再也不会有的了。我若和他弄一出《后庭花》的玩意儿，我便要牺牲一生功行。如若再修炼，这五百年的苦楚，一言难尽。"

竹道人这样地思来想去，足足考虑了有个把多时辰，一时却难于决定。道行是前程远大之事，但在美貌少年，又是可爱，苦于二者不能兼有，如之奈何？弄得他一筹莫展。最后竹道人顿了一顿双脚，叹了口气，便很坚决地道："唉，大不了我再苦苦修炼五百年吧！"说着，便将自己上下衣裤脱去，趴在少年身上，待要干事。

正在此千钧一发之际，心中一个转念，忽又想道："我怎么可以做此禽兽行为的事呢？而且还要牺牲自己五百多年的苦功修炼，未免太不合算，更其是又要破人名节，这是何必呢？"便急忙跳下床来，奔将前去，在壁上取了一柄宝剑，就在自己的臂上，深深地刺了一剑，鲜血流了满地。

竹道人突然受到了痛，胸中立刻清醒过来，欲火完全消灭得一些也都没有，便对那少年道："现在你也好了，我也可好了，否则几乎我害了你，你也害了我呢！而今你我两相都不受害，好不十分危险。"说着，便将法术解除，还了那少年的自由，当即亲自送他下山而去。

如此看来，可见得一个"色"字，最为厉害。像竹道人这等五百年的苦功修炼，为着色欲，险些全功一旦抛弃，岂不畏哉？好在竹道人因为转善得快，尚没有牺牲五百年的苦功，所以凤凰岭西边的雄山上，笼罩着祥云瑞气，否则哪里还有什么彩霞呢？

至于东边雌山上住着的那个松道人，他却是个爱色之徒。

在此爱儒村中，有个王尚庵，却是一个饱学的秀才，但他十分穷苦，家徒四壁，一贫如洗。已娶李氏为妻，长得有西施般的娇美，三年以来，彼此从未发生过一次口角争论之事，夫妻二人，你恩我爱。这年，王尚庵要想赴省去赶考功名，苦于没有川资路费，便终日出外奔波，向各亲友处去告贷一些银两，不是说没有，便是遭拒绝不见。奔走了有好多天，非但借不到一文银子，反而横遭人家的白眼，气得他终日只是闷闷不乐。又过了几天，仍是一无所得。屈指一算，试期倒快要将近。

一日，王尚庵忽然对李氏道："贤妻，现在我有一件不情之请，不知道你贤妻能够答应我吗？"

李氏本也是个数代书香的女儿，而且极其贤惠，很懂所谓三从四德，更其是夫妻如此恩爱，今听丈夫有事要求，便答道："郎君，你有何事，尽可说来，只要为妻的能力所及，无有不允之理。"

王尚庵叹了一口气说道："你我相处已有三年之久，但我一贫如洗，每日常有断炊之虑，往往吃了午饭，便要愁没有晚饭。"

李氏答道："这也许是我的命中注定，决不敢怨恨丈夫。"

王尚庵听了李氏说出这等贤惠的话，心中十分难过，禁不住掉下泪来，道："这承贤妻不怪，可是我有一句不中听的话，实在是个不情的要求，真的难于启齿，说不出来。"

李氏听了王尚庵的话，很有些吞吞吐吐，便很着急地追问道："到底为着何事，你但说不妨。"

王尚庵又深深地叹了口气地道："我看看考期将要近了，可是我赴省去的路费还不知道在哪里。四处去向友人亲戚告贷，都横遭拒绝，分文没有借到。但是我要想去应试，假使错过了这个考期，须要再待三年，如何能够等得及呢？这是我的前程，要想将你卖给有钱的富翁为妾，你也可不愁吃着的了。而我得了些身价银子，便可赴省去入场应考了。不知贤妻能答应我的要求吗？"

李氏听了这话，非但并不动怒，也不说丈夫无情，慨然地答道："郎君，要赴省前去应试，这是你的前程大事，没有川资，尽可将为妻的卖去，得些银子作为一切零用路费。"

王尚庵听得李氏说得这等慷慨，又知大义，感激得他握住了李氏的手，忍不住一阵心酸，只是流泪，反而说不出一句话来了，抽抽噎噎地哭了个不住。倒是李氏反去安慰丈夫，叫他不必如此："待至考中之后，若能得到一官半职，你不难再娶个比我更贤惠的妻子。"李氏的语气说得非常慷慨，却不忸怩，全没儿女的情态和依恋不舍的样子。这并不是李氏的无情，其中不知含有多少苦衷呢。她若然做出一些旖旎多情的形态，恐怕丈夫见了，要于心不忍。

王尚庵见自己的妻子说得如此坚决，便道："贤妻，倘若我果然如你所说，一定将你赎回，再度百年偕老。"

第二天，王尚庵出门，托了一个洪媒婆，请她代为作伐。

过了不多几天之久，洪媒婆果然来了，进得门来，在堂分宾主坐下，便含笑着说道："王相公，你的事我办妥了，现在找到了一个户头，是个有钱的人家，本人不到三十岁，还是轻轻的年纪。就是嫁这等一个人，非但不是去做小妾，而且是大呢。因为他新近断弦，娶去是做续弦的。拥有十多万家产，如果嫁了过去，可以一生吃着不愁，而且丫鬟使女成群，听你随时使唤。"

王尚庵听了洪媒婆说得这等好，心中反而有些疑惑起来，便问道："洪妈妈，你说的话，可是句句是真，没有骗我吧？假使那份人家亏待了她，或是给她吃苦，那我是不能答应的。"

洪媒婆笑道："王相公，亏你说得出，那家娶去，保不吃苦，真宝贝得如掌中的珍珠般的呢，哪里会亏待她呢？你放心吧！我怎会来骗你？说句不怕动气的话，真要比你胜过万倍呢！"

王尚庵听了洪媒婆的话，说得天花乱坠，便信为真地道："既然如此优待于她，我就是少取几两身份银子，也是可以。"

洪媒婆满脸堆着笑容地道："这事全在我的身上，你可放心，那家只肯出三百两银子，还是我不肯答应，才又添了五十两，一共三百五十两上好的银子，不知王相公肯答应吗？"

王尚庵道："只要好待了她，此数未为不可。"

王尚庵一口便答应了。哪知洪媒婆足足揸了有六百五十两银子。

洪媒婆听得王尚庵满口应允，心中有说不出的欢喜，便道："既然如此，那么就在明日，人财两交如何？"

王尚庵也答应了。

洪媒婆看见诸事说妥，再也没有事了，便告辞出门。

王尚庵待洪媒婆走后，说与李氏知道。李氏也无反对。

这夜，夫妻二人格外地恩爱了一番，待至明日，便要分离了。

到了第二天的中午，洪媒婆带来了一辆小轿，拱着三百五十两银子，交与王尚庵，便要带领李氏出门上轿而去。夫妻二人免不得要抱头痛哭了一回，李氏知不能单哭便可不离，就是哭死，也是徒然，只得狠一狠心，便上轿去了。

不说王尚庵得了三百五十两银子，将一个贤惠的妻子卖掉，不知痛哭了有好多次数，连饭也不吃，足足有几日之久。后来去赴省应试，也不在话下。

那李氏坐着小轿，洪媒婆却在轿前引导，走了有许多时候，尚不见到。看看一路上两旁的景色十分荒凉，不见那份大户人家，心中好不生疑，便问可要到了，洪媒婆只说，再过去不远，便要到了。如此不知问了有多少次数，总不见到。后来果然又过不多时，便将李氏抬到一座山上。

原来那山就是凤凰岭的东山，哪里有什么大户人家？把李氏就卖给松道人。

李氏到了山上之后，一看便知有异，但是事已至此，就是要违抗，也是没用的了。心中虽然十分不愿，然而也是无法可想，只有静待后事如何的了。

洪媒婆走后，便有一个面目丑恶的道人，生得好不可怕得很，满腮都是狗毛般的胡须，肤色倒如儿童一般，看上去他的年纪不过只有四十岁的光景，走来向李氏问长问短地问个不了。李氏见了他，显得非常厌恶。松道人心中明白，向她微笑着走了。

隔不多时，便有六七个年轻少妇，都长得异常苗条美艳，没有一个平凡的，个个万分娇丽，走来告诉李氏：松道人的法道无疆，假使有人反抗了他，便可立时置于死命；要是依顺了他，在此都很享乐，而且待人也极好，一生有吃不尽的山珍奇味，着不尽的绫罗绸缎，帝王公卿的家中，也不过如此而已。不过一月之中，便要吃一些小小的苦头，这是谁都不能避免的。

松道人在这山上，一共有三十多个年轻的美妇，终日供他淫乐，每天在宫中的大殿上，设着一桌很丰盛的酒席，松道人独自坐在上面饮酒，斟酒服侍他的，不用说，当然是这班美女，非但左拥右抱地陪他饮酒，而且还要叫那三十多个少妇，将上上下下的衣服脱得连一丝都不挂，赤条条地要露着一身白肉，在酒席的四围，一面唱歌，一面跳舞给他听、给他看。遇到酒醉高兴，或者兴趣勃发的时候，便不论拉了任何一个少妇，供他寻欢淫乐。每天都是如此，他在肉屏风中。

欲知后事如何，且看下回分解。

# 第二十二回

## 借裸体几胜雷公
## 好良心携妇乞丐

却说松道人每天在肉屏风中饮酒取乐，遇到他酒后奋发的时候，随便择个美妇供他宣淫取乐，其余的三十多个，都在四面赤身露体地，眼看着他们二人干此风流的事儿，李氏当然也不能例外，也是活动肉屏风中的一个了。松道人的淫威十分厉害，哪个敢违抗他的命令？

李氏自从上了凤凰岭的东山，在两个月之中，只被松道人蹂躏了二三次。并不是松道人看不上李氏而不爱她，也不是李氏胆敢违抗松道人的命令。实在山上有这许多美女，一个月之中，每个妇女只不过轮到一次罢了，李氏倒也可以忍耻偷生。

使她最为惊奇的事，有一天，李氏忽然轮到经期，便有个少妇前去报告给松道人知道，现在李氏的月经业已有潮了。

松道人听了，带了一切器械，去到李氏的房中，令她脱去衣裤。

李氏一听，不觉惊异地道："我现在经期之中，怎可干此风月之事呢？"

松道人哈哈笑道："正因为是在你的经期之中，故而我特地来此。"

李氏真被弄得莫名其妙，不知是什么道理："他要待我在这期间，来此胡乱，怎么一些都没有生理学识，如何可以呢？"但是松道

162

人的淫威，谁不怕他，哪个敢不依从他呢？心中虽不明所以，只得将衣裤脱得个干净。

松道人便将制就的一枚银针，这枚银针，虽很细小，却也是空心的，弯弯的，约有一尺多长，便把这枚空心的银针，用尖锐的那一端，刺入李氏的臂上。松道人便在另一端用力吸吮，血便从空心的细银针中，灌将过去，松道人便吃这血。这时的李氏，觉得万般苦痛，隔一相当时候，料知血已吸枯，就停止不吃。以后即将李氏好好调养，使她复原。这也是松道人采补的一种，所以他功行的进步甚速，身体比众特别地强壮。他采补妇女在月经期中的血液，不止李氏一人，只要在他山上的各个女子，都要如此。只有这一件事，最为痛苦，除此而外，倒也觉得平安无事。

这天，也是松道人的作恶多端、恶贯满盈之故，连宽宏大量的天都不能相容，便颁下玉旨，令雷公、雷母同去除此松道人，免得他再在世伤害妇女。雷公、雷母二神接了玉旨，便一同来到凤凰岭的东山。四面布着乌云，雷母照着镜子，便变成一道道的电光，不住地闪闪烁烁；雷公便举着铁锥，但听得轰隆一声巨响，便打下一个霹雳。哪里知道松道人的法力十分广大，只微微把口一张，便吐出一股黑气，将霹雳不知冲到哪里去了，连雷公见了都害怕、畏惧，而致退避三舍，并没有把松道人打死。雷公因受天命，怎可惧而违旨？又举锥打下一个霹雳。松道人仍又将口一张，吐出一股黑气，依然把霹雳冲得不知去向。

如是者不知经过了有多少次数，可巧鸳鸯女侠在半空中路过，看得非常清楚，见了觉得好生奇怪："这究竟是什么妖精，邪术倒有这般厉害？我要看个明白。"鸳鸯女侠便在离东山约三丈之遥的半空中，按住云头细看。

那松道人到底是个邪道，不入正轨，他虽有这等邪术，终究难敌雷公，口吐了几股黑气之后，雷公也大怒，而且所限定的时间将要过了。假使差过了限定的时间，便不能再雷击松道人了，雷公如何回复天旨呢？必要受责，心中万分着急，便拼命地打了几个霹雳，向下打将下去。

松道人眼看不能抵敌，急忙令三十多个妇女，把衣裤脱个干净，个个都是赤条条地露着上下身，把松道人四面团团围住，好像肉墙一般。他便躲在里面，利用着妇女的污秽之气，冲上云霄。雷公见了，也远而避之。连打几个，都没有打中。

鸳鸯女侠在半空中看得一个明白，想道："这个道人，必然不是一个善类，要是不然，他怎么会遭此雷劫呢？我却要一助雷公。"便随手放出一支袖箭，对准着松道人的咽喉之处打去。

松道人是何等样的人物？当然是眼明手快，见得袖箭飞来，便随手接住。古语说得不错，一心不能二用。松道人一心注意着鸳鸯女侠的来箭，把雷击一时忘了。雷公乘此机会，只听得霹雳一声，把个松道人打得好像一段焦木一般。那三十多个妇女都被震倒在地。

雷公和雷母自去上天复命，无事可叙。

鸳鸯女侠眼见松道人已被打死，落下云端，将三十多个妇女统统救醒，一看有几个已经憔悴得骨瘦如柴的了，都成为干血痨。原来那几个妇女的血液，都被松道人所吸枯了，假使再被吸二三次，便可致于死命。

鸳鸯女侠令她们穿好衣裤，在各室之中一搜，抄得许多金银珠宝，平均分赠了众妇女。各得了有几千两银子，便带领她们下山，各人自回家中。

李氏下山之后，走了有一二日才到家。

那王尚庵也已考中了举人。李氏回家，王尚庵当然喜出望外，居然人财两得，破镜重圆。

鸳鸯女侠自从送了众妇女下山，又驾云往大公山而去。不多一刻，已到目的地了。只见菁华真人正在山上四处观览风景，显得悠然自得，完全没有见她。

鸳鸯女侠便上前施礼道："师父，你老人家倒也在此享乐。"

菁华真人一听后面有人唤他师父，声音却是鸳鸯女侠，回头一看，不是她是谁呢？便道："徒儿，你下山去替天行道，因何来此，可有什么事情？"

鸳鸯女侠道："自从在杭州拜别师父之后，便回家营救哥哥，并和桂花仙子结为姊妹，又救了二嫂性命，以至徒儿的名字，传布得附近各个县城，无不知道。哪知嘉兴府为妖精所害，到了龙虎山，请张天师来都不能除此妖精，又请徒儿前去相助拿捉。虽然战败，却被他逃遁而去。徒儿知他此去三五日后，必请人前来报仇，故而特来恳求师父下山去助着徒儿，前去擒妖捉怪，除此大害。"

师徒二人一面说着，一面走进洞府。鸳鸯女侠便站立一旁，菁华真人即坐上蒲团道："我不问世事者已久，怎可下山去再开杀戒，大动干戈呢？"说着，便紧闭着双目，却坐在蒲团上静养精神。

鸳鸯女侠听得菁华真人不肯下山去相助她，心中哪有不急之理？便走上一步，跪在地上道："师父的话虽然说得不差，但是你若不肯下山相助，岂止徒儿，恐怕不知要伤了多少人的性命。万望你老人家大发慈悲，此回不得不去。"

菁华真人只当没有听见的样子，脑筋中却在思索了良久，仍见他的爱徒鸳鸯女侠直挺挺地跪着，不肯起来，便叹了一口气地道："罢了罢了，你且起来吧！"

鸳鸯女侠听得菁华真人业已露了一些口风，心中先自觉得一乐。但她师父仍没有说出下山的话来，她便故意要逼他说出，依然跪在地上，不肯起来，道："你老人家不肯下去，我是一辈子跪着，都不肯起来的。"

菁华真人不觉笑道："你这顽徒，我叫你起身，岂有不答应你的要求呢？如今我便依你下山，这可便是了。"

鸳鸯女侠一听师父说出这句话，真是求之不得，哪有不喜出望外之理？便连忙跳起身来，喜形于色地道："那么请你老人家可和我一同去了。"

菁华真人又笑着道："你真是像个性急的猴儿，他既要在四五日之后才去报仇，何必急急于要去呢？你且先行可也，待至第四日，我自然会到。"

鸳鸯女侠一听她的师父说得有理，想想自己也实在性急得可笑，便道："既是如此也好，不过你老人家可莫要失信，不要将我骗走，你却不来了。"

菁华真人只有鸳鸯女侠一个徒弟，所以平日十分宠爱，听了鸳鸯女侠的话，非但毫不动怒，反而笑骂道："你真是一个顽徒，我几时曾失信于你呢？"

鸳鸯女侠也不强辩，只说得一声"请你老人家自去南京提督衙门相会便了"，向菁华真人又施了一礼，出了洞府。

一看天色将晚，但是菁华真人却没有留她暂住一宵。鸳鸯女侠仗着自己的飞行功夫甚妙，预料还可赶到南京，省得再进洞府。便驾起祥云，往原路回去。不料行不到三分之一，天色大晚，真可说伸手不见五指，黑得似漆一般。虽然鸳鸯女侠的双目曾经锻炼过的，在黑暗之中，如同白昼仿佛，但她来来往往地辛苦了一天，到底不是个铜筋铁骨的人，也是个血肉之躯，哪里会不疲劳的呢？在半空中的云端里往下一看，有座关帝庙，盖造得很是宏伟。鸳鸯女侠想："我不如在此庙中，住宿一宵，再作计较。"便落下云来，走将进去。一看，这庙显得十分荒凉，必然是没有香火已久。

鸳鸯女侠进得山门，天井中有一棵梧桐树，高可数丈，地上的野草有半人多高，见路阔一条的野草，都倒卧在地上，显而易见是有人走过。鸳鸯女侠经过天井，走上大殿，上面蛛网四布。忽然看见地上血肉淋漓的两颗人头，却是一男一女，再一看，又见两副白骨，肉一点儿都没有了。

鸳鸯女侠想道："这两副尸骨，倒很可疑，要是谋财害命，那么死尸身上的肉到哪里去了呢？如此看来，一定是被妖怪所害，将肉吃了。真是一怪未平，一怪又起，我倒又要除妖捉怪了。待到半夜，妖精要来，也未可知。"想到这里，便在一个拜坛上睡下身来，闭目休养精神，专等那个妖精到来，和他作一场血战。

这一男一女，却是夫妻二人，确是被妖精所害。可是妖精并没有错，害得颇合天理。究竟是怎么一回事？待作者慢慢写出。

离这关帝庙不远，有个小小的村庄，村中的赵大，是个卖油郎。这赵大是个非常忠实可靠的人，平日做生意，很是公平交易，从来不喜欢贪一些小便宜，所以他的买卖做得很发达。每日的早晨，他挑一副油担，出门到各个村中去兜个圈子卖油。因为他的价目很公道，人家都爱买他的油，不到天晚，早已把一担油都卖空了。这是他的工作，每天都是如此，从来没有间断过。

有一天，赵大在一个村中卖油，看见一个十一二岁的小乞丐，比他大约只小得四五岁，见了觉得很可怜，便问他可有父母。那小乞丐说，父母早已去世了。赵大便动了恻隐之心，叫那小乞丐不要再做讨饭了，可随他回家，并且还认他做兄弟。从此以后，人家都叫他作赵二。

赵大仍每天自己挑着担子出去卖油，叫赵二随着他一同去。有时赵大到人家家中去兜揽生意，便令赵二在门口看守着担子，这样一来，生意便愈做愈大，愈做愈发达了。不到几时，居然多了几十两银子。

一天，有个人来，劝赵大不如买只船，一则可以省些力，不必再挑来挑去了；二则生意做得可更广大，假使需要的话，是个很好的机会，有人要将自己的一只种田船卖去，只需十两银子便可以了。赵大一听，倒很有道理，便兑足了十两银子，交与那人，买进了一只船。以后，赵大和赵二出门卖油，再也不要步行肩挑了，可以摇着船，到各处去兜售。而且各村各镇都能去了，生意愈做得广大，不到三四年工夫，居然多了不少的银子。便在村中，将那所住的破旧屋子拆去，重盖一所新宅。兄弟二人倒也十分亲爱，每天仍是早出晚归地做他们的营业。

167

那年赵二已经十六七岁了，帮着赵大出去卖油，每人便可各挑一担，家中虽不能说富有，却也是小康了。一日，有个人来说，有一份渔家，贫穷得很，母女三人只靠一个老头儿捕鱼，才能养家活口。不料运道真正不佳，不死个老太婆，却死了这个老头儿。死了之后，家无分文，哪里有钱去葬送这副老骨头呢？东借西贷，仍旧是借不到一文。

便有邻居劝那老婆子说："你的女儿，长得真够美丽，虽不像嫦娥下凡，一定可以说是西施转世了，很可以将她卖了，把得到的银子作为埋葬她爸爸的费用。"

老婆子一听，倒也说得不差，便和女儿翠娥商量，女儿也一口应允了。老婆子便出外托人，只要五十两银子，便可买得她的女儿了，不论做婢做妾都可以。

这个消息传了出来，自有人来说给赵大听，便对他道："赵大哥，捉鱼老头儿的那个女孩子生得真漂亮，今年才只十六岁呢，现在卖了的银子要葬她的爸爸，只要五十两便可以了。赵大哥，你今年也有二十一二岁的人了，还没有老婆，很可以娶来。"

赵大道："我并不想娶亲，既然有这样好看的女孩儿，不如给了我兄弟赵二吧！"

那人道："那是一样的，他家只要得五十两银子葬父亲，不论你赵大也好，赵二也好。"

赵大听了大喜，便不得赵二的同意，称了银子，交给来人，并对他说："五十两先取去葬送了她父亲，待过几天再去娶。"

这天，到了晚上，兄弟二人吃过了夜饭，把两副油担揩抹了个干净，再把明天要卖的油都装好。一切舒齐，赵大便对赵二道……

欲知后事如何，且看下回分解。

# 第二十三回

## 让弟妇大伯有仁心
## 谋家财夫妻设毒计

却说赵大和赵二兄弟二人，吃过了晚饭，把油担揩抹干净，明日卖的油，也预备妥当。

赵大便对赵二道："今晚我要和你商议一件事情。"

赵二问道："哥哥，你有什么事，尽可和我说便是了。"

赵大道："你今年也有十八九岁，说大不大，说小也不小了，很应该成家立业，娶一房媳妇，现在为兄的已代你留意到一门亲事。你似乎也应该知道，那个打鱼的朱老头儿，昨夜不知生了什么疾病，突然死了，那家一门三口，只专靠老头儿一人生活。死了之后，家无分文，连葬送之费都没有着落。他家有个女儿倒生得异常动人怜爱，名字叫作翠娥，今年也和你年纪相仿。那么老儿的老婆，如今征得她女儿的同意，将她卖了，得些银子去葬送她的父亲。我已花了五十两银子，预备娶回家来给弟弟做媳妇，你们二人，倒很是一对儿。"

赵二一听，赵大要代他娶媳妇，便道："哥哥，你自己尚没有娶亲，做兄弟的怎么可以先哥而娶呢？应该哥哥先娶，遇有机会的时候，为弟再娶不迟。"

赵大一听赵二的话，也便道："此言差矣，就是你先娶，有何关系？为兄的比你年纪稍长，有了合意的人，随时可娶，容易得很，不比弟弟那么繁难，不是年纪相差太远，便是相貌长得不对。现在那翠娥正配我弟，怎么可以错过这个机会呢？"

赵二道："哥哥未娶，兄弟怎么可以呢？"

赵大和赵二兄弟二人推来让去的，一个要哥哥先娶，一个要弟弟先娶。二人推让了许多时候，结果赵二阻不住赵大的相劝，只得答应下来。赵大听得赵二业已答应，很是欢喜。兄弟二人又谈说了一会儿，才各自安寝。

第二天早晨，兄弟二人吃过早饭，又一同出门卖油。待至下午，早已将油卖得一干二净。回来的时候，便买了许多应用的东西，在数日之中，将一间房收拾得清清楚楚，作为新房。又办妥了一应物件，择了一个上好的吉日，将翠娥娶过门来。夫妻二人倒十分恩爱。

赵大便买进了好几亩良田，叫赵二和翠娥夫妻二人在家种田，把那只船也给他们使用，自己仍旧挑着担子出去卖油。这样地又过了两个年头，倒也显得相安无事，家道也变成了小康。因着勤俭，除田地房屋之外，又多了几百两银子，一家人也不忧吃不忧着了，而且弟兄亦很亲爱。

有一天，赵大仍挑着担子出去卖油，翠娥便对她的丈夫赵二道："你我二人在家辛辛苦苦地种田，你哥哥虽挑担出去卖油，赚不得几个钱回家，倒吃着安逸的饭，我们终日却在田里做得要命。现在他没娶亲，倒也罢了，假使有一日他也娶了房媳妇，岂不是要平分我们的家财吗？那真太不平均，而且太便宜了他了。不如趁他未娶之前，将他逐出门外，由他死活，我们都可不管。而我们却可坐享这份小小的家产，岂不为妙？"

赵二一听他老婆的话，颇不中听，要吞没家产，逐他哥哥出门，哪有此理？又想到自己从前是个小叫花子，今则吃着不忧，哪有恩将仇报之理？心中便大怒地骂翠娥道："你这贱人，好没良心，我哥哥将你娶回家，许配给我。自从你进门之后，他没亏待了你，何以你要将他逐出门外？要知道我从前流浪在外，和乞丐为伍，若不是哥哥带我回家，哪有今日？我也不能和你成为夫妇。而且这份家产，都是哥哥一人辛劳所得，假使他娶了嫂嫂，要平分家产，也是千万个应该。就是把所有的家产由他一人独得，也不为甚，我如何可以吞没他的家产，将他赶出门外呢？亏你说得出这句话，良心到什么地方去了呢？以后你不准再如此放屁，莫要惹动了我的气，将你逐出门外。"

妇人见丈夫不赞成她的提议，非但不能如愿，反而将她痛骂了一番，暗暗地在心中便和赵大结下了深仇大恨，时常要想尽各种方法，要害赵大。也不和丈夫争论，只在心中暗自打算。

这天，赵大卖完油回家，赵二早已在半途上迎接他哥哥，这已成了老例。赵二因他哥哥在外卖油，奔走了一天，必定辛苦，所以到一定的时间，迎上去代他哥哥挑担。赵二接了哥哥赵大的担子，挑在自己的肩上，妇人和他说的话，一句都不提起，恐怕哥哥听见了要动气。兄弟二人回家，仍旧十分和睦。

妇人翠娥见他们感情如故，亲爱异常，不能达到她的目的，岂肯就此甘休？一心一意要害赵大，终日想尽心机。

又过了两三个月，并无事故发生。妇人在表面上不露一丝形迹，赵大对于此事，始终全不知道。妇人对赵二格外地要好。

又有一天，赵大仍旧挑着担子出去卖油，妇人眼见得赵大出门之后，便打了一盆面水，在房中把张脸洗得干干净净，面上敷了些香粉，又略搽了点儿胭脂，将头发梳得光光的，绾了个新式的髻，换了一身新衣服，在镜子中照了照，的是打扮得美丽，把才从市上买回来的鱼肉荤腥，烹调得法，十分可口。又暖了一壶酒，把一样样菜端将出来，预备得整整齐齐，便请赵二饮酒，自己在一旁相陪。斟了一杯酒，敬给丈夫。

赵二将酒接在手中，向翠娥一望，只见她打扮得油头粉脸的，十分标致，一张粉脸，红里泛白，白里又泛红，的是动人怜爱。却在盈盈地向他微笑，显得万般温柔，不愧是个农村中的美人。那妇人又用秋波向赵二一瞟，这一瞟的效力可不得了，把赵二的魂灵勾去了，心房不住地摇荡，恨不得把她搂在怀中，一口吞下肚去，又不舍得，真是吞在口中怕溶，托在手中怕凉，害得他反觉得坐立不安起来了，不知如何是好。

妇人见了这样情形，便知道赵二已上了套，正是时候，便用只手架在赵二的肩上，把双目一眯，立时送了一个媚眼过去，又很妖媚地微微一笑，便叫一声"我的哥哥"，声音好不清脆美妙，好像黄莺般的婉转动听。

这时的赵二，魂灵早已飞到九霄云外去了，哪里经得起翠娥的引诱呢？又听得老婆唤得那么亲爱，便也柔声和气地问道："好妹妹，你有什么话要说呀？"说着，心中禁不住一阵火辣辣的，不由自主地将妇人搂在怀中，脸贴着脸，只手按在妇人的胸前，只手抚摸着妇人的云发，自己的心房，只是怦怦地乱跳，一阵一阵地涌起来，说不出是什么所以然。

妇人乘势投在赵二的怀中，任他丈夫抚摸，便又微微地一笑道："不说了，不说了。"

赵二见她老婆突然中断，不肯往下再说，便很急地追问道："你说呀，尽管说！"

低首在妇人的颈间，深深地印了一个吻，把黄汤一杯杯地灌下去。两眼不住地望着他老婆，他面部的表情是难以用笔墨所能形容描写出来的。

妇人见得是时机了，又向赵二很妖媚地一笑道："我说出来，你也是不会相信的，就是相信，也是料你做不到的事。而且我知道你绝没有这个勇气。"妇人说着，双手捧住了赵二的头，在脸上亲亲热热地接了个吻。

赵二是被妇人迷住了，见她吞吞吐吐地不肯直说出来，心中好生着急，便又追问道："哎哟！你真是我心中的好妹妹，你说的话，我哪有不答应的道理？在我能力之内，一定给你办到，如何？"

妇人知道时机已经成熟，心中不胜暗暗欢喜，立即将笑容敛住，显得满面凄然，将头低垂在赵二的胸前，一言不发地默然无声，暗暗地却在那儿垂泪，抽抽噎噎地哭个不住，好像十分伤心的样子。

赵二见了这种情形，弄得莫名其妙，真是丈二和尚，一时摸不着头绪。看见妇人垂泪哭泣，觉得非常心痛，便把妇人抱得紧紧的，连连问道："我的好妹妹，我的心肝宝贝，你为什么要这样哭呀？你快说给我听，有什么人来欺侮你，我代你做主。"

赵二一面说，一面用手抚摸着妇人的靥儿，愈看她，愈觉得动人怜爱。尤其是在哭的时候，好像是雨后的海棠般的娇艳美丽。

妇人便娇声慢气地、带哭带诉地说道："我不说你又要追问，如果说出来，也是办不到的事，说来也是徒然。"妇人说到这里，突然又停住了，把双水汪汪的秋波，又向赵二望了一眼，露出满面含羞的样子，叹了一口气，继续说道，"唉！我要是说出来，恐怕伤了你们弟兄二人的感情；倘然瞒着不说，又觉对你不起，而且怕你怀疑我做了什么不端之事，不放心我。现在便说给你听了吧！"

不待妇人说完，赵二急不待缓地说道："你说，你说，你快说给我听，到底是怎么一回事？"

妇人便止住了哭声，先冷笑一声道："哼！你还以为你哥哥是个好人，哪知他有禽兽般的行为呢！"

赵二一听他老婆说哥哥的不好，不觉一惊，跳起身来道："什么？你说我哥哥怎么是禽兽的行为？倒要你说一个明白。"

妇人将赵二按在椅上，仍旧叫他坐下，又冷笑了几声道："我早知你不相信，现在你既然查问我，那便要说个明白，但是信不信却由你自己做主。你的那个好哥哥，他时常来调戏我，你我如此要好恩爱，哪里会答应他呢？都被我拒绝了。哪知昨日早晨，当我在河桥畔淘米的时候，他又说出不三不四的话来勾引我。我便板着脸，很严厉地对他说：'伯伯，请你说话要尊重些，我是你的弟妇，你怎可对我说此油言滑语？若给旁人看见，颇不雅观。'谁知他又嬉皮笑脸地对我说：'我看中你已多时了，你怎么忍心给我看脸面呢？真太无情了。'说着，他伸出双臂来要搂抱我。我吓得只是躲避，便抖凛凛地道：'你不要这等轻狂，我是要告诉你兄弟的，看你有何面目见他？'哪知他怎么对我说：'难道我会怕他吗？他还是我领回家来的小叫花，要他长便长，要他短便短，哪敢说个不字？如果他要三言两语，便请他吃我的钢刀！'当时吓得我不敢和你说，恐怕真的触怒他，伤了你的性命。"

赵二听了妇人的话，心中觉得十分疑惑，便淡淡地说道："没有这么一回事吧！他既然看上了你，那么他尽可堂而皇之地娶你，为什么他反而把你给我做媳妇呢？"

妇人见得丈夫不信她的话，便用出苦肉计来了，立时双眉紧蹙，掉下几点伤心之泪，将头倒在赵二的胸前，一抽一噎地哭道："我早知道你是不会相信的，实在我这话是多说了的。要知道他为何将我配你，这就是他的诡计呀！像这样一来，他自己不娶，反而代弟弟成室，人家便都会说他是个爱护兄弟的好人，而他却多着你这个人，从小帮着他卖油，到大总要分了他一半的家产，表面上所以将我配给了你，他暗中时常来调戏我，而且曾对我说过，一定要结果你的性命，免得分了他的家产。你虽然不一定要，但他总存着这种心。加害了你之后，人家都以为他是个好人，不会疑心你是他所害死的，便可逍遥法外。据语气之中，在这两三天内便要动手。如果你真的有个三长两短，我也只有随你到鬼门关去，再做夫妻的了。我是决计不从他的。"

妇人说着，又很伤心地大哭起来。

赵二一听此话，信以为真，禁不得大怒道："真有此事吗？"

妇人道："我们是夫妻，哪里会来骗你？就是骗了你，有什么好处到手？"

赵二听得妇人说的是句句有理，把桌子用力一拍道："真是画龙画虎难画骨，知人知面不知心，他既会下此毒手，难道我不会的吗？

174

倒不若先下手为强。假使后下手，便要遭殃，我不如先下手害他性命。"

妇人一听赵二之言，正合己意，又恐丈夫无此辣手，便故意道："我看你倒认他为哥哥，现在虽然这么说法，但是到了紧要关头，你一定没这勇气，不敢下手了吧！情愿把自己的老婆给他取乐，做个开眼的乌龟。"

赵二骂道："放你的屁，他既要杀我，难道我还能认他为哥哥吗？我一定先要杀他！"

妇人一听赵二说得万分坚决，心中好不暗喜，便道："既是如此，便可称为是一个天下的好男子了，否则真不值一文。"说着，妇人便故意地放出千般浪漫、万种风流，旖旎有情，把个赵二迷得忘了一切，哪里还顾得到哥哥、弟弟的情义？只待赵大回家，将他一刀杀死。

妇人尚恐怕他临场之间，手脚要软了下来，把个已有七八分酒意的赵二，又连灌了好几大杯，把赵二喝得酩酊大醉，满口只说，专等赵大回来，便要把白刀子进去，红刀子出来，才快他意。妇人在旁劝酒，而且时常说几句引火的话。这时候的赵二，哪里还谈得到什么弟兄间的感情？也完全忘记自己从前是个小叫花子，亏得赵大带回家中的一番义举。

这时天色将晚，赵大已将油统统卖净。赵二听了妇人的话，要将他害死，全不知道，仍挑着担子，走回家来。

欲知后事如何，且看下回分解。

## 第二十四回

## 出深渊贤兄保残喘
## 患妖病小姐遇良医

却说赵大全不知道家中赵二要谋害他的性命，仍挑着担子，一路上口中唱着山歌，走回家来。待至到了半路，不见他兄弟赵二前来接他，赵大以为或者兄弟有事，不能分身，也未可知。而且近日正是在田忙的时期，赵二因着种田，故而不来半路接他，一定是这个缘故，所以也毫不作奇，便依然挑着油担，举起笨重的步履，慢慢地走回家来。

待到将近村口，因为一日的奔走，已觉十分辛苦，然而心中仍很快乐，以为兄弟和弟妇二人，一定也在田中很辛苦地工作着，大门必然锁着，便挑着担子，弯至自己田中，预备向他们取了钥匙，自己开门进去。因自己疲劳，也不再帮着他们工作了。哪知到得田中一看，并不看见一人。赵大又想："一定是他们方才回家，想必也是疲乏万分，故而赵二不来迎接。"心中还暗暗称赞他们也很努力工作，好不喜欢。便又挑着担子回家。到得家来，进门一看，只见赵二搂着翠娥，正在喝酒，而且早已酩酊大醉了，满面绯红地，坐着尚在摇摇摆摆。一双眼睛水汪汪的，好不令人可怕。妇人便从赵二怀中，挣扎出来，站在旁边。

赵大进门之后，即将油担放在一旁，看见赵二喝得如此大醉，便走上前去说道："弟弟，你没有去种田，却在家中喝酒！"

赵二看见赵大回家，早已像老虎般地怒吼道："不去种田便怎么样？在家中喝酒，你便怎么样？干你的事吗？"

赵大一听赵二的话，出口便是伤人，好像是要想和人寻事一般。素知他平日没有这等坏的脾气，今天突然失常，一定是已喝醉酒了，否则绝不会如此暴躁。依旧是很温和地说道："喝些酒有什么关系？哪个来禁止你呢？不过你喝酒要有个分寸，不要喝得如此大醉，恐怕连人都要不认识了。"

赵二一听，便睁圆了两个已发了红的、铜铃般的大眼，怒道："老子喜欢这么，又不喝你的钱，需要你在此多嘴吗？给我滚你妈的王八臭鸭蛋！"

妇人在旁，只是望着他们二人，一声不响。

赵大听得赵二这等骂他，心中哪有不怒之理？便也接口骂道："你这个小叫花子，我救你性命，认为兄弟，也没亏待了你，怎么不想想前后？如今像个人样儿，怎么说得出叫我滚蛋，你此话对哪个说的？你灌了几杯黄汤，便这等胡说乱道，好像放屁一般，莫要惹动了我的气，使我灰心，反将你赶出门外去，滚你的蛋！"

赵二便跳起身来，将桌子用力一拍，只听得砰的一声，指手骂道："你在放着狗屁，哼！要把我逐出门外，难道你想侵占我的老婆吗？真是你的梦想。老子今日不结果你的性命，誓不为人！"

赵大一听这话，便觉路道不对，好像和他认起真来似的，而且所说之话，颇不中听至极，也就指骂道："你这个畜生，莫要含血喷人，难道你今日逢鬼在身上吗？"

赵二道："你才是逢到鬼了！"

便随提起一把酒壶，说时迟，那时快，早把酒壶向他哥哥掷去。

赵大一个措手不及，头上早开了花，鲜血流了个满面。赵大好不大怒，也即拿张凳子，飞将过去。

赵二闪在一旁，躲过凳子，碰在壁上，把张凳子的脚折成两段。赵二一手将桌子推翻，只听得一阵叮叮当当，打得碗满地粉碎，跳过身来，二人扭作一团，你一腿飞来，我一拳送去，好一出全武行的，打得煞是有劲得很。

妇人乘赵大和赵二二人扭作一团的时候，便溜进厨房中去，取了一柄菜刀，仍然奔将出来，将刀递给丈夫。

赵二把刀接在手中，到底人心是肉做的，握着菜刀，不免抖将起来，怎忍心下此毒手？总不敢砍将下去。抖了一阵，仍然把菜刀落在地上，只有用拳打足跌。

妇人见得丈夫将刀掉在地上，冷冷地说道："你这个好没胆气的男子，真要被人耻笑！"说着，便奔将进去，抓了一把石灰出来，向着赵大的双目摔去。

赵大哪里预防得到妇人暗中下此毒手？一双眼睛，因受了石灰，痛得睁不开来，而且因之失明，只痛得他滚在地上。妇人便拾起菜刀，砍断了赵大的两条脚筋。赵大痛得立时晕了过去，躺在地上，一丝也都动弹不得。

赵二和翠娥夫妻二人，以为赵大已死。赵二道："现在赵大已死，我们便积些阴德，不如留他一个全尸吧！"

那妇人眼见得赵大已死，料他活不转来，也不反对丈夫的话，连说："很好很好，做些阴功积德之事。"

夫妻二人便将大门牢牢紧闭，进得房来，暗暗商议。好在四周并没邻舍，是个独家野村，此事做得无人知道。待等到了夜深时分，夫妻二人便把赵大的尸体搬至外面，掷在一条大河之中。回到家中，把地上血迹揩抹干净，油担也秘密藏过。

第二天，只晓赵大失踪，没有回转家中。众人因为他们兄弟之间平日恩情很好，也不疑心为赵二所害。夫妻二人，便可安享这份家产，无人分拆，便很放心。

却说那赵大被抛在河中，并没有死。过了二更之后，忽然醒来，忍着疼痛，便慢慢地爬上岸来。爬了不知有多少路，也不知有多少时候，进得一座古庙。赵大因为又是疼痛，又是疲劳，便躺在大殿上的贡桌底下。

待至到了三更，正是半夜，只听得外面呼呼的一阵狂风，来了两个妖精，一个叫作圣灵大仙，一个叫作赤罗仙师。那两个妖精都坐在贡桌上面，把个赵大吓得只是躲在贡桌底下，簌簌发抖，恐怕被他们知道，将他吃掉，不敢作声。

只听得圣灵大仙道："赤罗仙师！"

说到这里，那赤罗仙师道："不敢不敢，圣灵大仙，你有何话说？"

圣灵大仙道："你也太客气了。"

二妖说着，相对哈哈而笑。

圣灵大仙又继续道："现在真是世风不古，道德沦亡了。"

赤罗仙师道："说得不错，现在还谈得到什么道德不道德呢？你可知道，那个卖油的赵大，救了一个小乞丐，带回家中，又认为兄弟，便都叫他作赵二。而且这赵大还替那个小叫花子娶了一房媳妇，自己却不娶，像这样好良心的人，世间也是少有。哪知这个妇人一心要吞没家产，夫妻二人便用石灰摔瞎了赵大的双目，又砍断了他的脚筋，抛在河中。我见了这等事，心中很觉不平，恨不得将这对狗男女吃在肚中。"

圣灵大仙拍着手，跳起来道："对呀，对呀！我也正为着此事，很是气愤不过。我一心要想救这个可怜的赵大，现在不知他在哪里，如找到了他，我一定要救他的性命。"

赤罗仙师便问道："这个赵大，岂不是被赵二夫妻害瞎了眼睛、砍断了脚筋吗？要救他，用什么方法呢？我们又没有药治他。"

圣灵大师答道："那容易得很，这里天井中的梧桐树，只要用它的落叶，包在伤处，脚筋便可接上，而且可以立时痊愈。这株树被虫蛀了个大洞，因为枝叶多，太阳晒不到，年深月久之后，蛀洞中积下了许多露水，是阴凉得很的，只要用这水把瞎眼睛一洗，便可重得光明。可惜他不知道。"

赵大在贡桌底下，听得个十分明白，得了个医治的方法，满心欢喜得不可开交。

又听得那圣灵大仙道："离此地三十里，有个阳凤镇，镇上张绅士的女儿，现在正害着妖怪病，是被个乌龟精所迷，用着采阴补阳的方法，害得张小姐骨瘦如柴，眼见得将要死了。好在这个乌龟精的功行很浅，而且很大意，每晚在半夜便从张家的后园爬进去。只要有人在它的背后打一铁锥，便可将它打死，把这个乌龟的心煮给张小姐吃了，便可霍然而愈。"

赤罗仙师道："可惜没有人知道，否则倒可以发一笔意外之财。这个张小姐也被害得可怜，我实在是不能前去救她，见得她是要死的了，真可惜！"

两个妖精又谈说了一会儿，天色将要黎明，便又是一阵狂风，都不知去向。

赵大把妖精所说的话都记在心中，待等妖精去了之后，慢慢地爬到天井中来，居然摸到一棵大树，虫蛀的那个大洞也已摸到，真的有水。赵大便用手捧了水，搽在眼睛上，不到三五次，真的眼睛渐渐明亮。又搽了三五次，双目复明了，知道这方法的确十分灵验。看见地上铺着许多落叶，用来包在脚上创处，静坐了约有一个时辰，脚上慢慢地却在作痒，解开一看，果然伤口业已痊愈，而且一些也都不疼痛，已觉完全好了。在地上走了几个圈子，步履倒也觉得十分轻松，和没有受伤一般。

赵大喜之不胜，又忆起妖精所说的阳凤镇张绅士家的小姐为妖精所迷，一心要想前去救她性命。出得山门一看，原来是座关帝庙，一望四野并无村舍，向东步行了约有三十多里，果然有个镇市，商业茂盛，人烟也颇稠密，一问，便是阳凤镇。赵大在衣袋中一摸，昨天卖油所得的还有几两银子，因为昨晚至今，尚没吃饭，腹是十分饥饿，便进了一家酒铺，饱餐了一顿，会了钞，在家茶肆中品茗。同桌的有位年老茶客，似乎是个文人，看上去约有七十多岁年纪，嘴边上留着如银丝般的胡须，鬓发白得像雪一般，慈眉善眼的，十分和霭。

赵大便搭讪着说道："你老人家留得把好胡须，今年高寿几何了？不敢动问高姓大名。"

那老人道："小老尚小，今年只有七十有三，敝姓冯，单名一个'鼎'字。"

赵大便含笑着说道："原来是冯老伯，看你倒愈老愈健，童颜鹤发的，精神尚如此饱满，真正难得。不知有几位世兄？"

冯鼎说："有两个小犬，现在已有四代共聚一堂了。"

赵大接口道："老伯如此好福气，不知你做了些什么阴功积德之事，都是前世修来的。"

冯鼎连连说："好说好说！"

赵大便斟了一盏浓茶，敬与冯鼎，自己也斟了盏，喝了一口，便又笑嘻嘻地问道："斗胆敢问冯老伯，这里阳凤镇中，可有一位张绅士吗？"

冯鼎向赵大先望了一眼道："此地正有一位张绅士，便是我的主人，不知你这位老哥问他做甚？"

赵大听得冯鼎说确有张绅士此人，心中只是一喜。但又转念一想，世间同姓的人正多得很，莫要问错误会。

便又问道："这位张绅士，可有一位千金正在害病？"

冯鼎一听，微微地先叹了口气道："莫要说起，我家小姐正害着妖精怪病，请遍了天下名医大夫，也全都治不好她的病症。后来才知为妖精所迷，药石安得有效？便派人至龙虎山，聘请法师下山除妖，也是徒然，眼见得我家小姐的性命便在旦夕之间了。可怜她被妖精只迷了两月之久，便已害得骨瘦如柴，已不像是个人形了。"说着，连连地又叹了几口气。

赵大一听，正是这家张绅士，丝毫不差，急忙说道："冯老伯，张小姐的妖病，只有我一人会治，而且可以将此妖精擒住。"

冯鼎听得赵大说能治他小姐的病，便一把将他的手臂捉住，两眼望着赵大道："你真的能治我小姐的病吗？你莫要儿戏，来骗老儿上当！我家主人早已说过，如有人能医好我家小姐的病，可赠黄金千两，你可有此本领？"

赵大连连笑道："冯老伯，我哪里会来骗你？"

冯鼎便道："既然如此，便随我回去。"说着，拉了赵大的手，会了茶钱，竟是出得茶肆。

在大街上穿桥过巷地过了几条小街，便见有所大宅，粉白高墙，黑漆大门，有两个狮头铜环，门前两旁一对石狮子，而且还有隔河照墙，盖造得十分气概，的是一份大户人家。

冯鼎把赵大拖将进去，见了主人，却是五十多岁的老绅士，再三讯问那赵大是否确有此除妖捉怪的本领。赵大一口咬定，有此本领。张绅士看他又不像是个除妖怪的人物，但又转念一想："天下之事，绝不可以貌相。"听得他说得如此坚决，也有几分相信，也便十分大喜道："只要救得我小姐性命，可赠黄金千两。但你捉妖，可要搭造将台，需用点儿什么东西，请你一一详细说来，以便开单购买预备。"

赵大连摇其头地道："一概不要，只要请你们预备一个大铁锥子，给我使用。"

张绅士便叫家人取出一个铁锥，交给赵大。当日把个赵大如神佛一般上待，十分殷勤周到，请他吃那大鱼大肉。赵大便和家人去到后园之中，看了一个仔细。只见盖造得非常幽美，这时节百花齐开，满园春色，也有一个荷池，以及楼台亭阁，一应俱全。赵大在四面的围墙一看，但见有一处的墙砖比众特别光滑，料知这里便是那妖精出入之处。

赵大看在眼里，心中暗自留神注意，牢牢记着。待吃过晚饭，等到二更过后时分，便持着铁锥，独自来到后园在日间所见之处，将身躲在一个隐蔽的地方，但求不容易看见的。约守候了有一个时辰，只见从墙外爬进一个美貌少年，是个一身公子的打扮，非常温柔风流，从墙上轻轻爬过。赵大一见，便断定他必然是妖精无疑，举起铁锥，向他劈头打去。

欲知后事如何，且看下回分解。

# 第二十五回

## 一时大运击毙大乌龟
## 万种娇羞存心赘快婿

却说赵大在后花园中的隐蔽之处，待至三更时分，忽然看见一个年轻美貌的少年，是个公子般的打扮，飘然从墙外爬将进来。赵大看得仔细，料知这个少年定是妖精无疑，便暗暗躲在那妖精的背后，乘其不意，双手举起铁锥，向妖精的背上，用力一锥打去。只听得笃的一声大响，虎口震得很痛，手中颇觉沉重。赵大一看，那个少年便不知去向，早已变成一只极大不堪的乌龟，掉在地上。

赵大一见，早已觉得十分惊奇，怎有如此大的乌龟？约有四五尺长，业经死在墙边脚下的地上。赵大料得此妖被他打死，心中好不快乐，要想把它拖将进去，哪里知道，似有千余斤重，休想动弹得分毫，拖不进内宅。没奈何，只得大声唤道："大家快快出来呀，大家快快出来呀！妖精捉住了，妖精捉住了！"

张宅的家人，这时各人睡得正甜，忽然听得赵大如此大声呼唤，而且又听说已将妖精捉住，无不个个非常兴奋，都从睡梦之中跳起身来，下了床，披着衣服。好在天气十分和暖，一切都很简便，齐各奔到后花园中，执了有十多个火把，将黑暗不知赶到哪里去了，照耀得如同白昼一般。

赵大看见众人，连忙招呼道："妖怪在这里，你们快走来呀！"

众人听得赵大在墙边所发出的声音，便一齐奔将过去，围着赵

**184**

大，也见了地上的那只大乌龟，都各惊骇得很。世界上哪里有这样大的乌龟？真是从未见过，谁不会觉奇怪？用了绳索，把这大乌龟绑好。

几个家人正想要抬进内宅，就在这个手忙脚乱时候，只见那位张绅士，手中执着一柄宝剑，从内走将出来，不住地连连问道："妖精在什么地方，妖精在什么地方？"

直望着火炬明亮之处走来，看他的意思，好像也要来参加捉妖的样子。他那么一个文质彬彬、只会念八股文章、手无缚鸡之力的人，哪里会捉什么妖精呢？看他若有其事地执着纯钢宝剑，倒也显得神气十足。要是真来捉妖，恐怕被妖精撒一个屁，也要把他送出数丈之外，连跌几个筋斗吧。

众人连连说："老爷，妖精早已捉住，在这儿了。"

张绅士一听此话，欢喜得他老人家心花怒放，那脸上已有二月之久一筹莫展的愁容，骤然便变得喜形于色，忙不迭地三步减作两步而行。走近园墙，分开众人，拥进围中，一见了那只大乌龟，恍然大悟地道："原来是这个东西，现在已将它除掉，从此以后，我女儿的病，便可好了。"

这时的赵大，得意地仿佛新点了状元一般，尚不及他的荣耀满意，正在指手画脚地演述当时怎样把妖精一铁锥打死的情形。众家人也都听得津津有味。

张绅士看见赵大谈得高兴，便也绝口赞道："除此妖精，全仗你赵大哥一人的鼎力，非但救了我小女的性命，而且又救了我们老夫妻二人的性命。"

因为张绅士夫妇二人均年过半百，并没有生了三男四女，膝下只有这位小姐，夫妇二人都把张小姐爱得好像是掌中的明珠一般，从小便娇宠惯养的，专靠此女以娱残年老景，哪里知道会得此妖症。满请天下有法僧道，都未曾把这妖精除去，眼看那妖精将小姐迷得有死无生，假使一旦小姐有个三长两短，老夫妻二人也灰心得要和

185

小姐同往鬼门关去。今眼看把妖精已除，推测起来，此事绝不至于是假的，因为如此之大的乌龟，有一千多斤沉重，赵大一个人，哪里拿得动它？定不以此骗钱，而且像这般大的东西，世上断无，到哪儿去寻觅呢？可见是真。只要是真的，那么小姐的病即能指日而愈。心中自然一乐，十分感激赵大，不住地向他拱手道谢慰劳，捧得他的本领和天一般高、和地一般大，谁知他有什么真的本领呢？只不过在关帝庙中听得圣灵大仙和赤罗仙师二妖所说，他不过依计而行罢了。

赵大只是含糊点头，也不申明，便对张宅的家人道："众位哥哥，快将这个东西抬将进去，要小姐的病霍然而愈，非常容易，并不为难。但是此物尚有大用。"

张绅士听得说女儿的病旦夕可愈，把个赵大看得如同神仙一般，所说之话，没句不信，就是放了个屁，也是香的，便连连吩咐众家人道："你们听到没有？快把这东西抬进内宅，须要十分小心注意，休要碰坏分毫，还有很大的用处呢。"

众家人不住地连声诺诺，再把这个乌龟用绳索绑得牢牢固固，十二三个年壮有力的家人才把那个东西哎哟哎哟地抬将进去，小心翼翼地安放在地上，并没损坏些微。

这时，老夫人也已知道，前来一看，无不觉得奇异，心中也自欢喜。老夫妻二人上楼，去到小姐房中一看，只见女儿虽仍瘦弱，但已显得略有起气，不若从前令人见之可怕，便知已有救星，再也不会死了，二老安心不少，好似胸前的一块大石落地。而且三日水米不进的张小姐，现在居然觉得肚子饥了，要吃东西。二老这一喜还当了得？女儿想吃东西，便知病已去了有三分，急忙吩咐丫鬟取过一碗桂圆参汤，给小姐吃。眼看得她吃得似乎很有滋味，看她的神气之间，好像感到轻松得多。

太太便坐在床口之上，握着小姐瘦不盈握的纤手问道："女儿，妖精已除，现在你的精神觉得怎么样了？"

186

张小姐答道："我的身心都觉得很好，似乎是没病的人一般。但是只有精神依然尚觉略有疲劳，很想要睡。"

张绅士这时正在房中踱来踱去地踱着方步，听得小姐说一切都好，只有精神尚疲倦，禁不住地笑道："你真是个痴丫头，只要如此就好。要是连疲倦也不觉得，那便是好人，也不是病人了。"

小姐自然也没话说。

太太便对小姐说道："女儿，你可好好地安心睡吧，你爸爸请到了一位好大夫，服了他的药之后，便可以痊愈了。"

太太说着，回头便对张绅士道："老爷，你去问一声，我的女儿可要服些什么药？现在我们可以下楼了，让女儿好好地睡一觉，不要在此吵闹了。"

张绅士自然不会反对，老夫妻便出得小姐的闺房。太太便回头吩咐丫鬟，叫她们把小姐的帐子放下，并须时常要去看看小姐的被头盖好着没有，莫要使她受了凉。走路的脚步声，也须要轻点儿，不可惊醒了小姐，让她好好地睡一觉。

太太叮咛吩咐得仔仔细细之后，才安心出了小姐的房门。

张绅士出了女儿的闺房，下得楼来，看见了赵大，便连连地拱手谢道："亏得老兄，现在我小女的病已大大地有了起色，但不知应服些什么药？"

赵大便想起两个妖怪在庙中所说的话，须要用这乌龟的心煮给小姐吃，便可复原。便对张绅士说道："要你小姐的病好，用不到服什么其他药，只要令人把这只乌龟的心杀出来，煮给小姐吃，便可以病好了。"

张绅士果然听了赵大的话，令人用快刀把这乌龟的心杀了出来，因为这个乌龟实在太大，那个心有人头那么大，用清水洗得十分干净，交给赵大，并问他如何煮法才对。赵大便叫把心切成几片，盛在一个砂锅之中，放了清水，用炭风炉在小姐房中煎煮。他们便听了赵大的话，依法而施，真的把心在小姐的房中烧煮。丫鬟把炭火

187

扇得很旺，过了几许时候，已将锅中的清水煮沸，喷出一阵阵的香味。

张小姐一瞪醒来，嗅到了这阵气味，觉得其香无比，而且嗅了又觉开胃，很想立刻吃它一些。待至煮了有个把时辰，已经烧得烂熟。张小姐把这乌龟的心和汤汤水水一顿吃光，想不到她胃口如此大开，张小姐当晚精神便觉好了许多。

赵大被留在家，过了不到三天，张小姐的病已经渐渐复原，和未病之前一般。那么这个乌龟的心，既不是仙丹，又不是妙药，怎么服了之后，病复原得如此快呢？内中定然有个道理。

原来这乌龟精，所用采阴补阳，把取得的精华全都藏在心房之中。因此张小姐服了，非但把自己被妖精采去的精神全都收回，而且把妖精所采取其他女子的精神也都给张小姐一人服上了，故而能够在最短的时间，病体便可复原，这也是并不难于解释的道理。

自从张小姐的病体复原之后，岂但和未病一般，而且精神格外焕发，面色有红有白，皮肤也既细且嫩，长得比前标致美丽了。张绅士老夫妻二人哪有不喜出望外的？

一日，吩咐厨房，办了一桌上等酒席，务须特别丰盛，以此酬劳赵大。张绅士便请冯鼎作为陪客，因他遇到赵大，才救得小姐性命，未为无功，也得一谢。宾主、主仆三人，同用酒菜。

待至酒过三巡之后，张绅士便道："我女儿若不是赵大哥相救，决然便没性命了。如今已经痊愈，都是赵大哥之功。老夫从前早已说过，只要哪位治愈我女儿的病，便赠黄金千两。现在这一千两黄金，应由赵大哥所得。"

冯鼎也连说："应该，应该！"

赵大听说真的要赠千两黄金，忽然引起他的心事来了。心中暗想："我赵大都是为了此阿堵之物，伤了我们弟兄的感情，又几乎害了我自己的性命。无这福分，我要此物何用？古语说，一两黄金，要有四两福，我是个薄福之人，哪里会有这福运，得此许多黄金呢？

如果我接受了此意外之财，恐怕又要死去，也说不定的。"想到这里，便一口谢绝不要，只要求张绅士将他养老终身，已是心满意足了。

张绅士和冯鼎主仆二人，听说赵大不要此千两黄金，都觉一怔，天下哪有这等的好人？一般人只有嫌少求多，绝无不爱黄金、白银的人，便定要他接受。赵大决意推让，二人你推我让地再而又三，赵大只是不肯收受。

张绅士不明所以，便请赵大要说出不肯接受这千两黄金的理由。莫非是尚嫌此数太少，还要增加一点儿，也未为不可之事。

赵大道："黄金千两，当然不用说已不是一个小数。我不收受，自有我的道理，却并不是嫌此数太少。但求能将我养老终身，便已满意的了。"

张绅士便也不能相强，把赵大留在府中，以上宾之礼相待。但是心中总觉十分过意不去，没有报答他救小姐性命之恩，未免耿耿于心。但是也觉赵大奇怪，便去说给太太知道，和她研究研究，到底是什么缘故。老夫妻二人也想不出这是个什么所以然来，但看赵大面目和善，可断定绝不是个匪类歹人。

这个问题研究了一夜，也不能解决，太太便去和女儿商量讨论。因张小姐年轻聪敏，不论任何困难事情，为着头脑清醒活泼，只要和她商议，无不立即解决，而且毫不错误。太太便把赵大所说的意思，一五一十、详详细细、一字不漏地说给女儿听。张小姐也说他并无恶意歹念，认为赵大的是一个良善的好人。但是他不取分文，只求养老终身而已，总是于情不合，过意不去。须要想个方法，去报答他才是道理。

太太听了女儿的意思，也很以为然，便问张小姐道："你的话虽然说得不错，但是用什么方法去报答他呢？我却想不出来，你可有好的主意，且说来我听。"

张小姐便接口道："妈妈!"

张小姐才唤得妈妈一声，不再说下去了，突然垂下头去，满面绯红地，好像显得十分羞耻。弄得太太不明其所以，因何女儿面含羞容，要报答恩人，却是极正大光明之事，何故有此羞态？其中必然定有缘故，却一时莫名其妙，便连声问道："你要报答恩人的方法，请说将下去，何必如此害羞？"

张小姐听了母亲的话，将头微微抬了起来，双眸望了一眼，仍复低下头去，好像是十分难为情的样子，一时说不出口来。太太看了这种情形，真是越看越是不懂，不知女儿究竟是怀着什么意思，便连连催促了几次，叫她不妨快快说出。

张小姐仍然是红着脸，抬起头来，便轻声地说道："妈妈，我不是那个赵大所救的性命吗？"

张小姐才说到这里，忽又中止不说，将头直低到胸前，面孔是涨得更红了，说话总是吞吞吐吐的，害得太太仍不明白女儿到底是什么意思，全不知道。又连连催促了有好几十遍道："女儿，你快快说出，还是这样不直说，要把你的妈妈闷死了呢！我的乖心肝，快说出来，你如有什么要求，我一定能够答应你呢，莫要像那牛皮糖儿似的，不爽不脆。"

张小姐的话，年轻的女孩子家，真的实在有些难于启齿，要是不说出来，太太又不明白；如果一口直说出来呢，太觉得难为情了。如今被太太逼得没法，一定要她说个明明白白，只羞得她仍低垂着粉颈，手中玩着衣角，卷那一个个圈儿，轻轻地说道："女儿是这赵大救的性命，应该报他的恩。"

太太一听，仍是此话。

欲知后事如何，且看下回分解。

# 第二十六回

## 遇亲兄忘却胸中恨
## 做乞丐犹思意外财

却说张小姐低垂着粉颈，双手玩弄衣角，卷着圈儿，十分娇艳地含羞着道："我不是那赵大所救的性命吗？应该要报答他的大恩才是。"

太太听得小姐说来说去，依然是说这句要报恩的话，却仍未说出如何的方法，便很着急地道："你的这句话，少说些也已有十遍八遍，早已听得熟而又熟，何必再说呢？你到底有什么不能告人的心事，在为娘的跟前，不妨直说，有什么羞耻呢？要是闷着不说出来，我又不是你肚中的蛔虫，哪里会知道呢？"

张小姐被逼不过，不觉又羞得她抬不起头来，绯红着脸轻轻地说道："妈妈，女儿的性命，乃是赵大所救，不如当女儿死了吧！"

张小姐的话里有骨，内中必有缘故。

太太听了，才恍然大悟地道："这话明白了，明白了，莫不是要终身许配于赵大，以报答他的大恩吗？这是你的美意，我虽然并不反对，但总需要和你的爸爸商量一下。依我的眼光看来，你爸爸也是绝不会反对的。"

羞得张小姐哪里还会说得出话来呢？面色好像一朵最美丽的玫瑰。太太便非常满意地下楼而去，见了张绅士，把小姐的意思说明了，要征求她丈夫的同意。

张绅士听得女儿有这种意思，一想闺女也已双十年华，正在待字闺中，一时也没有相当的人物。虽有许多王孙公子前来求婚，但总觉是些放荡的青年。而赵大虽然穷苦了些，却是个十分诚实可靠的忠厚人，年龄也甚相仿，倒也很是配合。今女儿既愿意嫁给赵大，自然也不反对，便一口答应了。

太太哪有不喜的道理？再上楼去告诉小姐。

张绅士是晚在书房中设了一席酒请赵大，二人慢慢地饮酒闲谈。在饮酒之间，张绅士便问起赵大可曾娶妻，和一切家庭之间的状况。赵大便将自己的情形一字不瞒地说个详细。

张绅士听了赵大所说的这一番话，很代他打抱不平，尤其显得他是个好人，探得他是个没有娶妻的男子，很可以和女儿成为夫妇。但他是个没家产的穷人，如果令女儿嫁去，既是无家可归，又没生活之费，是一定负担不起来的。不如招赵大入赘为婿，而且自己也没儿子，入赘之后，倒有半子之靠。张绅士暗自心中打定了主意，便将这个意思很婉转地说给赵大听。

赵大听得张绅士要招他为婿，便连连谦逊道："我是个目不识丁的穷汉，而且是个无家可归的人，哪里敢高攀你家的小姐呢？"

张绅士便道："不必推诿，小女的性命是你所救，我早知你十分清寒，故而招你入赘，就是这个意思。而我老夫，也有半子之靠。"

赵大听得张绅士定要招他为婿，便道："我是个粗汉，哪里能够呢？"

赵大还要竭力推诿，张绅士知他绝不反对，便连连将他阻住道："你不必如此客套，要是你不答应这门亲事，便是瞧不起老夫了。"

赵大听了这话，再也无可推诿的了，而心中哪有不暗自欢喜之理？今入赘张绅士家，做万贯家财的女婿，自己的一生，也有了着落，便一口答应，急忙站立起身道："恭敬不如从命，既承另眼垂青，也只有就此答应了。那么岳父在上，受小婿一拜。"赵大说着，便跪了下去。

张绅士一见，喜得他张大了嘴，哈哈而笑，一时合不拢来，便将赵大一手搀起，口称贤婿，二人均各欢喜。又饮了一会儿酒，才各自就寝。

张绅士便择了一个吉日，从大门前起，一直至内宅止，都挂灯结彩，把赵大打扮得如同一个书生模样，也显得很是温儒，文质彬彬的，哪里会知道他的出身是个卖油郎呢？到了良辰，便和小姐结亲成婚，自有一番热闹，也不必细说。

赵大本也生得五官端正，面清目秀，装扮好了，照样十分风流潇洒。张小姐也是生得有沉鱼落雁之容、闭月羞花之貌，堪称是个美人。二人成婚之后，夫妻恩爱，均孝顺父母，把二老欢喜得终日眉开眼笑。

赵大自从入赘张绅士家，享着这份万贯家财，从此吃着不愁。

过了一年以后，有一天，赵大在门首闲眺，只见两个乞丐，是一男一女，好像是对儿夫妻，衣衫褴褛，十分可怜的样子，前来求乞。赵大一看，十分面善，想了好久，才被他想得是赵二和翠娥夫妻二人，待要给他们一些银两，却已去了。便踱将进去，派一个家人，说明如何模样的一对儿男女乞丐，招他们回来。家人奉主命，自去追寻。

却说那对儿男女乞丐，正是赵二和翠娥夫妻二人。那么他们为何成为乞丐？

原来赵二夫妻二人，将赵大用石灰瞎了双目，砍断脚筋，又抛在河中，以为他必死无疑。夫妻二人，自此便贪吃懒做，不及一年工夫，早已把一份小小的家产，吃得干干净净。将一切变卖用光之后，便流浪在外，成为乞丐。

那日求乞到阳凤镇来，见了赵大，虽也觉面善，但以他已死，而且赵大入赘了张府，自然是衣冠整洁，怎可与从前卖油时所能比呢？见求乞不到，也便走了。

那家人奉令出来找寻两个乞丐，在大街小巷，走了有几个圈子，却不见那二人。最后在东门外的一座城隍庙中，方始找到，便要他们同往。把赵二和翠娥夫妻二人吓得要命，派如是阔气的家人来找他们，不知自己闯下了什么大祸，便死也不肯前去。

家人很和颜悦色地对他们道："我家主人特派我来此找寻，要你等一同前去。"

赵二浑身发抖地哀求道："你家老爷，我和他非亲无故，要我等前去何为？求你老人家说没有找得，我们也可不去了。"

那家人道："这如何可以呢？我家主人既然叫你们前去，无冤无仇的，哪里会难为你们呢？快去快去，不必啰唆！"

哪里知道，他家的主人可巧和这两个乞丐是有冤有仇的。那家人说着，便不由他们自主地拖了回去。

到了家中，赵大早在厅堂等候已久，见此一男一女的两个乞丐，愈看愈像是兄弟赵二和弟妇翠娥，便对赵二道："弟弟，你可还认得我是你的哥哥吗？"

赵二一听这声音，完全是他哥哥赵大，不是他是谁呢？便也不顾三七二十一地问道："你莫不是我的哥哥赵大吗？"

赵大道："我正是你的哥哥。"

赵二一听正是赵大，夫妻二人均各羞形于色地跪在地上。赵二道："想不到哥哥尚在世上，至今果然荣华富贵。那日都是听信了这贱人，要害哥哥的性命，却不是兄弟的本意，不能怪我，都要怪这贱人的不是。如今又因为她贪吃懒做，卖去了一切所有，便弄得倾家荡产地沦为乞丐，吃了她的苦头不少。万望哥哥原谅恕我，莫要见责，你去办这个妇人便是了。"

那妇人听得赵二把所有罪恶都一扫帚推在自己身上，又见赵大如今是有财有势，若要见罪，岂不是没了性命？便也连连地说道："伯伯，你不能信你兄弟的话，他屡次要想害你，都是被我说了，劝他不能相害伯伯，哪知他不纳良言，下此毒手。如今又推在我一人身上，不能听信了他的花言巧语，莫要见责于我。伯伯，你尽办他

194

一人便是了。"

赵二和翠娥夫妻二人都是你推我，我推你地，推来推去。

赵大听得可笑，便将他们搀起道："你们二人不必推诿，我决不见罪你们。如果我没有你们这么一来，我哪里会有今天呢？非但不怪你们，而且还要好好地谢谢你们呢，何必如此害怕呢？"

赵二和翠娥听了赵大的话，反觉一惊，世间怎么会有如此的好人？不但没有和他们结下深仇大恨，反而视同恩人一般，还要酬谢他们，哪有不喜出望外之理？一时反不知对赵大说些什么是好，倒弄得局促不安起来，而且愧形于色。

赵大是一个如此聪敏的人，哪有看不出他们不安的状况？便连忙安慰他们道："你们不必疑心，如今你们既已将田地卖掉，流落在外乡，多么可怜。我可以接济你们一些银子，作为资本，再做一些小的买卖，也可自食其力，不必再做乞丐。"

赵二和翠娥听见赵大说的是真心实话，并没骗了他们，哪有不感谢得涕泪交流的？说道："哥哥如此大恩，我们至死也不会忘记的了。今世虽不能报答哥哥的恩惠，来世愿变成犬马效劳。"说着，连连向赵大打躬作揖。

赵大道："今日我身边银子不多，只有五两，你们且先拿去，洗一个澡，买一件衣服换上身，不要再这等褴褛破旧，惹人瞧不起，来此必不准你们进门，而且又丢了我的脸。现在回去，把身上收拾清洁，明日再来，便可以多多地接济你们一些。"说着，便从怀中取出五两上好纹银。

赵二夫妻二人接了，千恩万谢地出门而去。

赵大待兄弟、弟妇走后，到得晚上，便上楼而去，把日间遇到赵二和翠娥的事告诉妻子，并想要接济他们四五百两银子，作为小本经营，特来征求同意。

张小姐从小也读过了几年诗书，是个知书识字的人，很懂得一些三从四德，听得丈夫找到兄弟，要周济一些银子，哪有不赞成之理？便慨然答应道："既然你兄弟十分贫穷，就是你给他几百两银子，未为不可，因为他正是我们的大恩人。要是他们不将你逐出，你也不能救了我的性命，我也不能和你成为夫妻。"

张小姐一面说，一面便从箱子中取出一个存折，交给赵大。打开一看，却是五百两银子。夫妻二人又闲谈一会儿，知已天色不早，便双双上床安寝。

第二天，赵大一早起身，等待不久，赵二也便来了。夫妻二人果然换得清清楚楚，不若昨天的那般寒酸。这次，弟兄二人又是倍觉亲爱。赵大便将从头至尾的一切情形，都说给他们二人听。赵二和翠娥都觉十分惭愧，仿佛坐针毡般的。赵大看出他们的意思，即将存折递给他们。赵二接在手中，知是五百两银子，真是喜出望外。赵大便再三叮嘱了他们一回，今后绝不可再贪吃懒做，免得把银子胡乱花费。

赵二连声不断地道："哥哥说得不错，哥哥说得不错！苦也吃过了，从今以后，哪里再敢胡乱花费一文呢？"

夫妻二人便千恩万谢地告辞出门。

赵二和翠娥二人出得门来，身边还有买衣服多的一二两银子，便借了一家旅舍，买了许多鸡鱼酒肉。因有多时没吃过美味的好菜，这晚便大吃而特吃一顿。

在饮酒之间，那妇人便骂赵二道："你真是一个死人，我嫁了你做妻子，不料跟着你吃苦做叫花婆，像你哥哥是多么有能力，单枪匹马地出去，而且又被砍断了脚筋、瞎了双目，如今居然会成家立业，面团团如富家翁。我们虽得了他的五百两银子，只是吃不饱、饿不死，哪里有他那么快乐？你真是个死人，难道就靠这五百两银子吗？也不知道再动动脑筋，和他一般地发一批大洋财吗？"

赵二便呷了一口酒，再放下杯子道："你不要埋怨，他是被我们撒瞎了眼睛、砍断了脚筋，在关帝庙中听得两个妖精的谈话，所以得了这意外的大洋财。难道我们不会照他的方法一样办吗？岂不是

196

也可发些大洋财，那不好吗？"

妇人一听，正合己意，便连连赞道："此计大妙，待我们也发了财之后，照样可以和他那么阔绰，而且我一定还要打一把金的锄头银的柄，到田里去工作的时候，拿在手中使用，耀着阳光，一闪一闪、一亮一亮的，多么使人羡慕。"

赵二听了，不觉笑得把嘴里的酒都喷出来，笑骂道："不见世面的女子到底是不见世面的，我们假使也有了赵大那般富，便有良田千亩，只要收租过活，还用得到你再去种田吗？那时你已成了太太。"

妇人听了，也不觉失笑起来。夫妻二人一面吃酒，一面谈得十分有趣，直到半夜三更，方始爬上床去睡觉。

一眈醒来，早已是日高三丈。二人付清房金，本没什么行李，只是光身两个人，出得门来，买了一些干粮，便去找寻那座关帝庙。直至下午，才见一座古庙，抬头一看，正是不错，便到大殿之上。

等了些时候，看看天色将晚，那妇人道："我们不如也依照赵大的方法，一式一样可好？"

赵二已明白了妇人的意思，显出非此不可的神气道："自然我们要和他一般，方始灵验。"

二人便将早已预备了的石灰和刀都取了出来。

妇人道："自己弄自己是难于下手的，不如互相交换吧！"

赵二道："不错不错，先来脚，你先砍我的，而后我再砍你的。"

说时，将刀递了过去。妇人点了点头，接了刀，就是两刀，把赵二的脚筋砍断了。赵二忍着痛，也拿过刀来，顺手一刀砍去，妇人便大叫起来，痛得她要命，再也不肯砍第二刀了。

便骂道："你真是个贱人，难道你不想发财吗？只要忍一些痛苦，过些时候自然会好的，绝不至于痛死你这贱人的狗命。"

妇人一听，也是道理，便忍着痛道："那么再来一刀吧！"

赵二便又是一刀，砍了过去。

欲知后事如何，且看下回分解。

## 第二十七回

# 恶人受报案下遇妖精
# 女侠光临鼓中闻秘密

却说妇人听了赵二的话，很是有理，便忍着痛道："那么再来一刀吧！"

赵二即又是一刀，把妇人的两条脚筋都已砍断，痛得妇人几乎晕了过去，叫喊个不止，两手连连拍着大腿。二人的血流个满地，经了风化的作用，都变成赤色的血块。

妇人忍不住疼痛，禁不住流下泪来说道："真的要把我痛死了，断了两条脚筋便要这么痛，如果弄瞎了双目，更不知要怎样的痛呢！我可不给你再弄瞎双目的了。"

赵二听了妇人的这话，禁不住大怒道："你真是个该死的妇人，难道不想发财吗？如果我们听得了一些秘密，我做了老爷，你便也可以做太太了。到那个时节，丫鬟使女成群，你不要享这福吗？"

妇人想起，到了这个时候，确然是耀武扬威，想来倒是十分羡慕。现在只要暂时忍痛，将来的后福无穷，连说"好好好"。

赵二一听此话，满心只是欢喜，便将一包预备了的石灰取了出来，分作两份，各人拿了一半。

赵二道："我们各人弄瞎自己的双目吧！否则反而不甚便利。不过你先撒瞎给我看，因为不信任你，莫不要待我瞎了眼睛之后，你便怕痛欺骗我，也奈何你不得，故而须要亲眼看你，我才始放心。"

妇人反问道："那么我便弄瞎了眼睛，而你却欺骗我是瞎子，我如何奈何你呢？"

赵二道："我是欺骗你的人吗？你尽放心吧！"

妇人道："你不放心我，我也不放心你，据我说，也不必我先撒瞎给你看，你也不必先撒瞎给我看。现在倒有一个折衷的办法，我们同时把自己的眼睛撒瞎吧！"

赵二也很赞成。二人都觉得肚子有些饥了，便把买来的干粮吃了一个饱。

赵二一看，天色已黑，便对老婆道："时候到了，我们再不可延误，我们各自撒瞎眼睛吧！应该同一个时候，才不至你骗了我，我骗了你的好办法。由我喊一——二——三，你我便可把自己的眼睛撒瞎。"

妇人道："很好很好，由你的主张吧！"

于是两人各把石灰取在手中，赵二也便发口令了："一——二——三！"

喊到"三"字，两人果真各人将自己的眼睛撒瞎了。想想石灰撒在眼睛里，是怎样的疼痛呀！赵二究竟是个男子，比较能够忍痛得多。只有那妇人翠娥，到底是个女流之辈，经不得重的痛苦，不由得痛得在地上滚，不住地狂喊着"痛死我了"。

约又过了一二个钟点，赵二和翠娥夫妻二人的痛苦渐渐地减少了，这并不是不痛，却痛得连神经都麻木了，以致反而少了些痛苦。

夫妻二人东摸西摸地摸在一处，赵二便问妇人道："现在你觉得怎样了？我起初也是真痛得要命，如今却好得多了。"

妇人道："我怎不是这般呢？到现在也觉得可以忍耐了。"

财迷了心窍的赵二，听得妇人这等说，不由得他满心欢喜地道："这样看来，我们真的是要大发其洋财了。像赵大这厮，他被我们撒瞎了眼睛、砍断了脚筋，便痛得他晕了过去，连我们将他抛在河中，他全都不知道。像我们虽然也疼痛了一些时候，到底没有死了过去，人事还能很清醒，这便能证明我们的福命比他更好呢！将来我是老爷，你是太太，那还不是很稳当地到手了吗?"

妇人被赵二说得也是心花怒放，揣想到将来要做太太的那种威严享福，连痛楚都减少了三分。两个财迷便很自慰地爬在一处，也躲在那贡桌的底下，谈谈说说的都是些将来富贵时的享福，已好像身历其境，真的似拥资百万般的一个大富翁，却忘了他们二人还很寒酸地躲在那贡桌的底下。

二人真谈说得十分有味，不觉已到三更时分。在半夜深更的时候，正是妖魔鬼怪出现的辰光，只听得外面一阵狂风，好似飞沙走石一般，好不十分厉害。一阵狂风过后，便觉寂然无声。原来那两个妖怪已驾了狂风，来到关帝庙中。

那个圣灵大神开口便说道："一年前的那个赵大，如今却给他交了好运。那日我们谈的话，全都被他窃听去了。原来他躲在贡桌底下，我们却没有留心注意，铁饭碗也哪里会一时之间想得到呢？这个赵大，被他窃听得了我们的话，第二天居然把自己的眼睛和伤都医好了。而且又依了我们的话，到阳凤镇去，把个乌龟精除了，便入赘在张绅士家，真正是人财两得，岂不是便宜了他吗？只可怜了那个乌龟精，做了他的牺牲品。我早说这个乌龟大意，竟致被一个很平凡的人，举起一铁锥，便把他打死了，这也不能怨恨得谁，全是他自不小心之故，否则也不会遭如此惨死。总而言之，只好了个赵大。如今我又有一件事，假使有人能够办妥了，也可以大大地发一批洋财呢！"

圣灵大仙说到这里，忽然住口不再往下说了。

赵二和翠娥两个财迷，在贡桌底下，听得个详详细细，又听得有个能够发财的机会，怎不欢喜呢？二人都各屏息静气地小心听着，莫要漏掉了一个字，或者对于生财之道，大有关系，岂不是冤枉吗？便各静心细听。

那个赤罗仙师忽然接口参加他的意见道："你又有一件什么事

呢，知道了真的也可以发财不成？但是你现在先不要说，恐怕又有什么人躲在这贡桌的底下，也被他窃听去了，给他发财倒是件很小的事情。莫不要因此而又伤害我们的同道，那便太说不过去了，于我们的同道之情，颇有关系，彼此双方一定要伤了感情，那是何苦呢？先得要看看此地是否有人窃听，而后再说不迟，不知你以为然否？"

圣灵大仙连连称赞道："言之有理，言之有理！所虑也是应该，我且先看看吧！"

赵二和翠娥两个财迷听得他们一时不肯说出生财之道，倒也罢了。如今又要来查看，但不知被这两个妖精看见了如何办法，或者要被他们竟至害了性命，如何是好呢？二人想到这里，不觉都忧愁起来，而且也清醒过来了。要是奔逃出去，一则，已瞎了双目，又断了脚筋，这岂不是咎由自取吗？二则，就是要逃命，也是徒然无益的了。这时他们哪敢再希望发什么大财？只要能够不伤了性命，已觉是上上大吉，哪里再敢有此梦想呢？

谁知那圣灵大仙和赤罗仙师两个妖精，把贡桌的桌围拉起一看，便见赵二和翠娥夫妻二人。

圣灵大仙便说道："果然被你所料到，如今真的有两个要想发财的王八蛋，要不是你提醒了我，几乎又被这两个狗男女窃听去了，害得我们伤了同道的情谊，一定会疑心我们故意告诉他们的，泄露天机。如今我们的肚子正饥着呢，不如把他们当作点心吃了吧，你也一个，我也一个，很可以分而食之。"说着，圣灵大仙和赤罗仙师各自抓了一个，不到须臾工夫，早已把赵二和翠娥两个人撕撕吃吃地当了点心用，吃得只剩上下的衣裤和白骨，以及两个头颅。

两个妖精把赵二和翠娥吃完之后，把两个人头便在大殿上如抛皮球一般地抛来抛去。玩了好多时候，眼见得天色将要明亮，便又是一阵狂风，不知道他们到哪里去了。

鸳鸯女侠看见这两个人头，便是财迷了心窍的赵二和他老婆的头颅。而那个赵大自从给了赵二五百两银子的一个存折之后，叫他兄弟不要再做乞丐了，仍可以回到村中去买几亩田地，自耕自食，一世也可以温饱，总比流浪在外求吃好得多了，而且又曾对赵二说过，如果要买田，短少一些银子的话，可以来取。

谁知过了二三个月之久，却从未见赵二上门来过一次，心中好生奇怪。又疑心："现在的赵二不比从前的赵二来得老实，他曾把一份小小的家产变卖了，吃着了个干净，莫不要他的苦头到现在还吃不够，依然是好吃懒做，本性仍未改去？说不定已把五百两银子又用了个精光，因此没有面目再来见我，也未可知的事。但他若真把我赠他银子用完以后，岂不又要吃苦？倒不如再来和我取几两银子，从此改过自新，也未为不可。"

赵大时常还惦记赵二这人，每天望着他来。哪知又过了二十多天，依然是杳无音讯，心中便好生疑惑。一日，便派了冯鼎的儿子冯杰，骑了匹马到乡下去探个究竟。

那冯杰奉了姑爷的命，果真骑了匹马奔到乡下一问四周附近的邻舍，都说赵二自从去年出门之后，至今从没有回家过一次。冯杰一听赵二并没回乡，便到四近的各个村庄探问，也是杳无音讯，都不知道赵二现在究在何处。冯杰打听不得赵二的消息，没法可想，只得仍骑了马回家，报告姑爷。

赵大一听他兄弟并未回乡，心中很觉奇怪，以为他必不至于如此。因为冯杰也是个十分忠实可靠的人，很可以信任于他，必不说谎，要是换个没有信用的人，赵大一定还要当他根本没有下过乡呢。现在赵大一听没有他兄弟赵二的消息，便很感到难于安心，想他或者因为自己曾经做过乞丐，没有这个面目回到本村，说不定在另一个村庄之中买了几亩田地，重做一个新的家庭，也未可知。转到这个念头，自己觉得很有意思。他一定要想见兄弟赵二一面，便派了许多人到各处去探问，有否赵二其人，并且又出了一份赏格，如果有人知道赵二的踪迹，便可赏银五十两，在各处张贴。

不到几天之久，这张赏格居然发生了效力，有人前来报告说，离此三十里之遥的一座关帝庙中，有两副枯骨，两身的肌肉都已经没有了，认不得是什么人。但是还留着两套衣服，明明是一男一女，看这衣服，认得是赵二所穿。

赵大一听，不顾他到底是与不是，且先去看个明白再说。便亲自带了三四个仆人，各自骑了马去认看。

到得那关帝庙中一看，认得这两套衣服，确是他兄弟赵二和弟妇翠娥拿了他起先五两银子之后买了穿的，他却认得，因为曾见过一次，除此之外，便无可以证明的物件了。那两副枯骨和头颅，如何可以认得出来呢？

赵大见了这两套衣服，虽然很能证明赵二和翠娥已死，但是他还不忍做如此想法，须要得到一个更明显的证据，才能使他深信，在未得此最为明显的证物，他仍希望他的兄弟和弟妇还没有死呢。便提起那件长袍，在衣袋之中一摸，便摸到一件东西，取出一看，正是他给赵二的五百两银子的那个存折，而且所存的那家钱庄，也是相同。这时，赵大才深信赵二和翠娥已死了，禁不住掉下泪来，痛哭个不止。可怜兄弟死得这么凄惨，转念一想，赵二的死，也便明白了。知道兄弟也想和我一样，想窃听妖精所谈，发一笔意外的洋财，哪知被妖精伤了性命，连全身的肉都吃了个干净。

赵大究是个大好人，便自己埋怨自己，不应该说出这么一回事，以致害了兄弟、弟妇二人的性命，于心很觉不安。就把这五百两银子买了两口上好的棺木，将他们好好地埋葬，把银子全都花用在赵二和翠娥夫妻二人的身上。这也是后话了，不必细说。

那晚，鸳鸯女侠便睡在这座关帝庙中，这是赵二和翠娥被妖精吃了的第二天，所以赵大还没有找到，仍在庙中。鸳鸯女侠见了，觉得十分奇怪，万想不到是被妖精所吃，还以为是被人谋财害命，将尸体抛在这里，隔了几许月日，便把血肉全都腐烂了。鸳鸯女侠想到这里，便以为这座古庙是盗匪出没的所在，因为四周都是荒野，没有村庄镇市，必是歹人聚会之处无疑。她一心要想除此匪人，免得害了来往过路的旅客商人，也是件有益于世的好事，便睡在大殿上等候。转念一想："我堂而皇之地睡在大殿之上，又是背着两口宝贝，如此装束，被他们见了，定会知我是个有本领的人物，以致不敢前来，岂非白白地苦守一夜？未免太无价值了。"

鸳鸯女侠想到这里，便要找个隐蔽的所在，能使外人进来不见才好。在四处找了半天，却没有个妥当的地方可以使身体躲避，东瞧西望地，被鸳鸯女侠看见东边有个牛皮制的大鼓，却高高地安放在架上，周围有桌子那么大。鸳鸯女侠见了大喜，如果躲藏在这里，定然是再也不会被人瞧见的了。便在后面，将鼓皮用剑划破，将身躲在鼓中，倒也觉得非常舒服。不知不觉地，在鼓中沉沉睡去。

一觉醒来，已是那妖精鬼魅出现的时候。两个妖精也早已来了，只听他们却在谈天。

鸳鸯女侠一听这声音，便能断定这不是人类，决然是非妖即神无疑。便细心静听他们究竟说些什么话，且从他们的语声之中听听，到底是妖是神，便可有决然断定，而后再下相当的手段未迟。只听得赤罗仙师道……

欲知后事如何，且看下回分解。

# 第二十八回

## 孤掌难鸣唯谨慎
## 一生好胜是英雄

却说鸳鸯女侠躲身在一只大鼓之中，待至半夜深更，两个妖精来到关帝庙中，说起赵大的事，后又将赵二和翠娥夫妻二人吃掉。到了这时，鸳鸯女侠才明白大殿上的两个人头的来历，乃是贪财而没有良心的人物，伤了性命，也不足可惜。

鸳鸯女侠倒很深佩这两个妖精的为事不错。心中正在暗暗称赞的当儿，忽听得赤罗仙师道："哈士格的徒弟，因为敌不得一个什么叫作鸳鸯女侠的，几乎吃了她的亏。如果逃得不快，定被伤了性命。而今要报仇，特求师父，又来请我们同去相助，代出这口冤气。你打算去吗？"

圣灵大神接口答道："怎么可以不去呢？一则是情谊难却；二则又是同道，他们失面子，也就是同我们失面子一般，哪有不去之理？"

赤罗仙师哈哈笑着道："妙极妙极，我们应该如此，才显得我们的义气呢！"

圣灵大仙又接口道："我们倒要去看看这个鸳鸯女侠到底是怎样的一个长着三头六臂的，竟至如此厉害。哈士格的徒弟也有了不得的本领，如何战不过这个婆娘？"

赤罗仙师道："到了那日，只要我们去一看，便知道的了。现在何必去说她呢?"

两个妖精说的话,鸳鸯女侠躲在鼓中,听得明明白白,心中好不十分痛恨。妖精究属是妖精,事情全不知分辨是非的青红皂白,总做不出什么好的事件。鸳鸯女侠想要跳出鼓来,和这两个妖精先战他一场,忽又转念一想:"那个黑鱼精的邪法,可也很是不小,与我不相上下。如今这两个妖精,据语气之中,能知是他师父的朋友,妖术定然很是不错,与我相比,相差太大了吧,我如何敌得过他们?即使我和他们有同样的本领的话,他们有两个,我只有一人,有谁来此相助我呢?就是有天大的本领,也是双拳难敌四手,真是英雄不吃眼前亏,只要他们不知道我躲在鼓中,不来和我为难,我何必要在今夜和他们相敌呢?"

鸳鸯女侠独自一人,打定了主意,躲在大皮鼓中,屏声静气地不则一声,细听那两个妖精的谈话,也听不见他们说话,只听得他们一阵哈哈而笑。笑得鸳鸯女侠莫名其妙,不知他们笑些什么,便把个大皮鼓钻了个眼儿,往外一看,只见那两个妖精,拿大殿上的那个人头当作皮球一般地抛来抛去地在玩耍,好像十分有趣的样子。待至将近四更时分,两个妖精道得一声再会,便各自去了。

鸳鸯女侠待两个妖精去后,胸中的一块石头才始落地。幸亏没被瞧见,否则定须大费周折,而且胜负不定。这时才觉略略安心,便闭目静养了一会儿。也不知睡了有多少时候,一睡醒来,天色已是发出鱼肚之色,业已黎明了。

鸳鸯女侠急忙从鼓中爬出,只见东方早升起一轮旭日,红得可爱,便立即驾起一朵彩云,望南京而去,风驰电掣般地,未及半刻,已到了目的地了。

鸳鸯女侠走进提督衙门,入了内宅。杨提督和张天师忙着下堂迎接,便问鸳鸯女侠,如何昨日未归,住在什么地方,令尊师等肯来此一助否?

鸳鸯女侠道:"一切事都已办妥,无须挂念。"

而且又把昨夜之事说给他们听了，都觉非常害怕得很。

杨提督便道："原来他约了这许多妖精，那么尊师既然答应相助一臂之力，如何不见他老人家来呢？莫要他将你哄下山来，自己便不再来了？"

张天师亦以为然，实在天师的心中，万般焦急。如此次不能除这妖精的话，一定还要和天师大大地为难。

鸳鸯女侠便连连安慰他们道："你们不必心慌，我师父不答应倒也罢了，如果他老人家亲口答应的话，绝不后悔。他是先令我下山，过二三日自会来此，明天不来，后日必到。"

杨提督又问道："还有去请的你的几位姊妹呢，何日才能到此？"

鸳鸯女侠道："这是我派天神天将前去代请，这我可不知道她们几时来此，大约也在这二三日中。你们放心便了。"

这日，鸳鸯女侠也不出门，和杨太太二人谈得十分投机，不知不觉的一日容易过去。因为鸳鸯女侠连日辛劳，用过了晚饭，杨太太定要和鸳鸯女侠一房同住，叫杨提督去到书房中睡。

这夜，鸳鸯女侠睡下床去，觉得十分甜美，一晌直睡至天明。披衣起床，只见桌子上插着一柄寒光四射、雪白如银的尖刀，底下一张字条。鸳鸯女侠一见大惊，不知此条从何而来，看看上下四周，都完好无损。这便觉得奇了，吓得个杨太太只是发抖，哪里还说得出一句话来呢？

鸳鸯女侠将那张字条取在手中一看，只见上面写着几行小字，大约的意思，便是约他们在初五日那天，各自请了能手前来会战，一决雌雄。

鸳鸯女侠看毕，便知道这张字条却是那个黑鱼精所发。屈指一算，今天是初四，初五便是明天。

杨提督和张天师也知道了，都觉得万分害怕，连鸳鸯女侠也觉得有些胆怯，看看师父和所请的几个姊妹都不见来，时间又是如此局促，如果明天尚不来到此地，只有鸳鸯女侠一人和他们抵抗，那是有败无胜，鸳鸯女侠只希望他们立时便来。三个人在一处商议，都没主意，弄得他们唉声叹气地坐立不安。鸳鸯女侠并时常望着天空，这是什么意思呢？是希望不论哪一个从天而降。

正在此十分焦急的时候，鸳鸯女侠只见远远的有一朵如天鹅绒般的白云，从远处疾驰而来。鸳鸯女侠见了，料得必有哪一个来了，心中便稍得慰藉，便道："来了，来了！但不知是哪一位来了。"

杨提督和张天师二人听了这话，便是无限兴奋，便急忙也探出头来，向空望着，只见那朵白云由远而渐近。鸳鸯女侠早已看得明白，不是别人，却是桂花仙子。转瞬之间，那朵白云早已落在后园之中。鸳鸯女侠和杨提督、张天师三人急忙追至后园，只见桂花仙子满面含着笑容地跨下云端，见了鸳鸯女侠，喜得她不知说些何话是好。两人紧紧地握着手，表示出万分亲热。鸳鸯女侠便和他们一一介绍。

张天师听了她是桂花仙子，把她恭维得再也没有的了。杨提督也满心欢喜，料得此次双方冲突，必占优势，那还有何说？

鸳鸯女侠和桂花仙子二人实在分别了没有许多时候，而她们二人似乎已不知有隔了多少年月，今日一旦相聚，便说不尽的分离别后的情况，唧唧哝哝地谈得个十分有味儿。杨提督和张天师二人一时也呆住了，不发一言地，只是静听着她们谈话。

正在这个时候，忽然又有两朵彩云在空中疾驰而来。杨提督第一个看见，欢喜得他大声叫道："你们快看呀，天上又有两朵彩云，想必又是特来相助我们的吧！"

鸳鸯女侠和桂花仙子也各抬头一看，确见有两朵彩云，但一时却认不得是谁。瞬霎之间，便有两个十分标致美丽的女子跳下云端，均含着笑意。鸳鸯女侠是个何等聪明的人？业已料到一个是徐碧霞，一个是李峨眉了，便笑问着她们可是。不是她们二人，还有谁呢？

个个寒暄了一会儿，徐碧霞和李峨眉不认识桂花仙子是谁，鸳鸯女侠又代为介绍。虽然她们都是初次相会，倒也是一见如故，谈得非常投机。四个女子在一处，好像有许多说不完的话，竟把杨提督和张天师二人忘在脑后，丢在一旁，实在没有他们插嘴的余地。

杨提督看见一日之间来了许多人相助捉妖，奇在四个都是一般俊俏的女子，此次必胜无疑。只觉得是满心有说不出的欢喜，便笑着道："各位在此站着谈天，很不妥当，不如请到里面去坐着谈吧！"

鸳鸯女侠听得杨提督说话，也便笑着道："很好很好，我谈得出神，连主人都遗忘了，真是抱歉得很。"

回头又对桂花仙子和徐碧霞、李峨眉等人道："我们到里面去坐坐再谈吧！"

三人也是一笑而答之。一行人便鱼贯而进了内宅坐定，却是间很幽静的房间。杨提督便要去吩咐办一桌酒席款待她们，为之接风。

桂花仙子便开口道："不必如此麻烦，把你这主人忙个不了，于心很是不安。而且我不吃烟火食已久了，你也可去休息了。"

鸳鸯女侠和徐、李两人都说桂花仙子说得不错。

杨提督笑容可掬地道："我全都省得，请你们不必管我的事。"说着，便同张天师退出，到另一间去，让她们四个女子在一处，比较妥当得多。

鸳鸯女侠等四人也不分宾主，各自随便坐定，先向桂花仙子和徐碧霞、李峨眉等三人道歉道："因为这件事十分重大，而且时间又很是局促，为着要恳师父下山相助，未得分身，所以不能亲自前去恭请，要求三位姊姊的原谅。"

桂花仙子道："我们都是自家姊妹，何必要如此客套？反而见得疏远了，难显亲热。"

李峨眉便笑着大赞道："桂花仙子姊姊的话真是说得一些不错，难道像你我等的知交，还用得到这种虚文吗？假使我们要不原谅你的话，难道我们还会来吗？"

鸳鸯女侠被李峨眉说得无言可驳，均哈哈一笑了事。

丫鬟进门来，手中托着一个银盘，盛着四盏茶，在各人的面前，敬了一杯。喝了一口，觉得很是清香可口。

鸳鸯女侠便问道："据我老师说，你们二人都嫁了一位自奇公子，夫妻万般恩爱，他怎肯放你们出来做此危险的事呢？"

徐碧霞便接口道："他也深明大义，不是个平凡的男子自私自利，如何会不放我们出来做这侠义的事呢？而且家中还有一个秋水神妹妹，很可以保护他，也有了不得的本领。"

鸳鸯女侠听了，便又笑着问道："他是谁，谁是他呢？"

说得徐碧霞和李峨眉二人都涨红了脸，羞得说不出一句话来。

桂花仙子便也笑着道："妹妹，你还是这般顽皮地爱说笑话，不要打趣这两位姊姊了。"说着，又是一笑了事。

四人又谈了一会儿武功，谈谈说说，十分投机，不知不觉地已到了掌灯时分。杨提督便来请她们喝酒，厅堂上早点得灯烛辉煌的，中间早已端端整整地预备好了一桌特别上等的酒菜。桂花仙子虽然已不吃烟火食，却有许多各式奇异美味的水果。杨太太也来相陪同吃，一桌男男女女，共有七人，都吃得非常欢喜。只有菁华真人未来，很不安心。

这席酒直饮到二更多时分，才尽欢而散。杨太太早令丫鬟收拾了一间幽静的卧室，请鸳鸯女侠和桂花仙子、徐、李等四人同卧。这晚，她们四人虽然是初次相见，但是各人的性情脾气都很符合，所以谈得非常投机。直至半夜过后，各人才始熄灯上床就寝。

鸳鸯女侠等四人方始蒙眬睡去，只听得咚的一声响，便把鸳鸯女侠从梦中惊醒。将头微微探出帐外，却见桌子上又是一柄尖刀，映着淡淡的月色，显出万道寒光。刀下又是一张字条。

鸳鸯女侠急忙跃身下床，取了双剑。桂花仙子和徐碧霞、李峨眉也各惊醒，便同声问鸳鸯女侠道："你可曾听见有声音吗？"

鸳鸯女侠答道："哪里会不听见呢？我正为此事特地起身。"

桂花仙子和徐、李也各带了武器跳下床来，只见四道白光，都从窗子里纵身上屋。向四野一望，却不见个人影，静悄悄屋瓦不响地连跃过几进屋面，哪里有个人影看见呢？只见几枝桃柳，得意扬扬地怀在月色之中，轻风送来，微微摇动而已，显得非常静寂。

鸳鸯女侠便轻轻地说道："这一定又是那妖精送来的战书，昨夜也曾发生过同样的事件。如今一定是逃去了，又和昨晚同样，是一场虚惊，当他并无其事便了。"

四人便相继跳下，再进寝室，上了灯，四人将字条一看，约她们在明日未时会战。鸳鸯女侠等看了，都觉暗暗惊奇，钦佩这个妖精确然有些邪术，门不破、窗不穿地，这张字条究竟从何而来呢？倒一时研究不出这是个什么道理。

四人又将灯吹熄，再上床睡觉，静看今夜可还有什么动静没有。直至天明，声息杳然，便各起身，梳洗完毕之后，又用了早膳，到后花园中散步谈天。可是鸳鸯女侠一心只盼望菁华真人能早早地到来，故而不时望着天空，只见浮云飘荡。

不觉又到了中午，杨提督又来请她们用午膳。桂花仙子照例是不吃烟火食，仍用水果。待至各人都用过午饭，仍不见菁华真人到来，可把个鸳鸯女侠急得要命，只是闷在心中，却不说出来。唯有那个杨提督，他深信鸳鸯女侠有这一身了不得的本领，他倒处之泰然，以为鸳鸯女侠和桂花仙子、徐、李等人，来去都是腾云驾雾，必能战胜妖精，那还有何说？

鸳鸯女侠眼见得午时将过，快要近未时了，师父不来，如何是好呢？要是畏惧不去，一生的英名就此扫地了。

正在此时，只听得半空中大声叫道："时候已到，快至东校场会战！"

欲知后事如何，且看下回分解。

# 第二十九回

## 厉害妖精收法宝
## 慈悲老祖返青牛

却说鸳鸯女侠眼见得午时将过，快要近未时了，而师父还没来，不知如何是好呢？要是因为师父没有来此相助，以致畏惧不去，那么一生的英名，便要就此扫地；要是去呢，深恐万一有失，不知要伤了多少人的性命，自己倒尚在其次。

正在进退维谷的时候，只听得半空之中，忽然大声叫道："时间是已经到了，快至东校场会战。要是不去，便算不得英雄好汉！"

众人听了，哪有不惊？鸳鸯女侠便抬头望空一望，也没见有个人影。

鸳鸯女侠即对桂花仙子和徐碧霞、李峨眉三人道："他们约我们会战的时候已经到了，而我师父到此时还不来，如何是好呢？他老人家明明答应我在今日来此，但我深知他绝不失信。现在我们不能不去，我以为一人的名誉，比生命尚觉重要，未知你们以为然否？"

桂花仙子和徐、李三人同说道："所言极是，现在我们且先去吧！想令师既然知道这事，他老人家一定会来相助。"

于是鸳鸯女侠领了三人。那杨提督把她们送出门外，只有张天师吓得躲避在衙门中不敢出来。鸳鸯女侠便率领桂花仙子和徐碧霞、李峨眉等一共四人，出了提督衙门，直望东校场而去。

是在东门外的一块大操场，周围有一百多亩大，平日阅兵的时候，也在这块校场上，有杀人和盗案判处死刑，也是在这块校场上，离城有二三里，却已是很荒凉了，而且又很僻静，人迹是难走到的地方。鸳鸯女侠等人出了东城门，本来杨提督要想派二百名兵丁相随同去，鸳鸯女侠知道这些都是没用的东西，就是带去，也是无益，根本不能作为助手，所以便谢绝了，故而只有鸳鸯女侠等四人，各自带了武器，出得东门。

又步行了不到十分钟之久，早已到了目的地东校场。向四面一看，此并不见有一人。鸳鸯女侠看看天中的太阳，已偏西少许，料得是未时了，心中正在奇怪："妖精怎么反而倒不来呢？"

正在这个当儿，只见北面离校场有百丈之处，有条大河，忽然之间，但见巨浪翻天地，从这大浪之中，瞬时钻出五个彪形大汉。鸳鸯女侠认得那黑鱼精也在其内，望着校场阔步走来，与鸳鸯女侠等四人相对站定。

这五个妖精，便是黑鱼精和他的师父哈士格、圣灵大仙、赤罗仙师，以及哈士格的师弟木雪其等五个。见了鸳鸯女侠等四人都是妇女，哈士格便道："我的徒儿与你无冤无仇，为何你要伤他性命？今天特来请教，说个道理，并要和你见个高低。如果你肯低头赔罪，也未始不可马虎了事。"

鸳鸯女侠是个何等人物？哪里容得如此侮辱于她呢？真是跨虎之势，便也大声道："你等妖精，好全不知理，伤了人家的性命，反来和我评理。晓事的，将你徒弟缚了送将过来抵命，免得伤了彼此的感情。否则快来受我一剑，莫怪言之不预，后悔不及。"

哈士格一听，便怒道："你这婆娘，好说得大口，看来定要受我一刀，才知你祖宗的厉害！"说着，双方都各立开了门户。

一面鸳鸯女侠、桂花仙子和徐碧霞、李峨眉等四个侠女，一面是黑鱼精和哈士格、木雪其，以及圣灵大仙、赤罗仙师等五个妖精。混战了一会儿，也不分胜负。又战了有二三百个回合，鸳鸯女侠这方面的四个侠女，一身都是香汗淋漓的了，有些难于抵抗，只有招架之能，没有了还拳之力，只觉得几乎连气都要喘不过来的样子。

鸳鸯女侠且战且自暗想："要是用真本领，其势难于战胜他们，必须要用计，借重法宝取胜才可。"便暗暗丢个眼色。

桂花仙子和徐碧霞、李峨眉等都会意，各人使个破绽，急忙伸手入怀，取出法宝。鸳鸯女侠取出擒妖网，向空撒去，起初小得好像网套一般，待至到了空中，立时变大，周围有十丈多，望哈士格等五个妖精一网打尽。哪知哈士格见了，非但毫不畏惧，反而哈哈大笑了几声，只听得念念有词，从口中飞出一只抓云手，指头有巴斗那么粗，此手之大，也不容再说的了，轻轻地将这擒妖网抓去。

鸳鸯女侠见自己的法宝被这妖精抓去，心中好不十分焦急，然而也是无可奈何。桂花仙子、徐碧霞、李峨眉三人见了，也各吃一惊。桂花仙子的葫芦、徐碧霞的小掌和李峨眉的日月神针同时都祭在空中，预备给他们一个迅雷不及遮掩的方法。哪里知道，非但连一根毫毛都不能损伤他们，反而被这抓云手把三件法宝统统取去。

鸳鸯女侠眼见得不是他们的敌手，暗想："英雄不吃眼前亏。"便再与桂花仙子等丢个眼色，准备逃。哪知这只抓云手，向她们四人的头上照下来。

鸳鸯女侠好不万分焦急，暗暗叹道："性命休矣！想不到我们四人今日要死在这妖精的手中，真是连我自己也梦想不到的事了。连最诚实可靠的师父，今日也失信不来，想不到你老人家今生今世，再也看不到你徒弟的面了。"

正在此时，只听得如山崩地裂一般地在半空中掉下一只大手，原来是被菁华真人斩下来的。真人斩了巨手，便跳下云端，加入战涡，和五个妖精就捉对儿地战了有一千多个回合，仍然是分不出谁胜谁负。

那么鸳鸯女侠、桂花仙子、徐碧霞、李峨眉等四个侠女，不是已战得筋疲力尽了吗？话是不能这等讲的，要知道起初鸳鸯女侠等只有四人，而妖精却有五个，人数已是不能相等。五个妖精之中，有一个随时可以休息，这样地轮流更换，时常便有一个生力军可以加入，这般以逸待劳，便宜了不少。而鸳鸯女侠等四人，没有休息片刻的机会。现在菁华真人来了，是一员虎将，人数也已相等平均，鸳鸯女侠等便又添出了无限的勇气。

待至战了有一千五六百个回合之后，依然难分胜负。一时只见刀光闪闪，好像是万道银蛇在空中飞舞，只打得天昏地暗，日月无光，真是一场好血战。

那哈士格被菁华真人斩了抓云手，心中好不十分大怒。又见一时不能取胜，便将刀在空中一晃，四个妖精都已会意，便散向四野。

鸳鸯女侠等人非但不见一人，只觉得天地皆黑，知道自己却在瞎摸。菁华真人也立时感到头昏脑涨，便识得这是叫作梅花五行阵。此阵最为可恶，将鸳鸯女侠师徒等五人都在这梅花心中，五个妖精按着金、木、水、火、土五行，各守一方，分成五处，所以叫作梅花五行阵。被圈在中间的，可以不见天日之光，在外的，却明亮得如同白昼。他们能够看得见鸳鸯女侠等五人，而他们却不能看见。

菁华真人见了此阵，心中不免也有些焦急起来。原来妖精杀来，他们便无从抵挡，当然一刀便死。假使还手，便杀的是自己人，这完全是借刀杀人的法子。菁华真人恐怕鸳鸯女侠等不知这阵的玄妙，以致误伤了自己人的性命，便急忙忍着痛，将自己的舌尖咬破，含了一口血，望空中喷去。只看见万道金光，照耀得如同白昼，里面的五个人都可以看得清清楚楚。菁华真人的这一口血水喷在空中，便好像下雨一般地落在各人的身上，闪闪烁烁地如同洒金的一般，依然能够发出亮光，各人便可彼此照顾，不致误伤自己人的性命。

五个妖精哪里知道，便站定，按着五行杀来。鸳鸯女侠等应付得十分妥当。

哈士格只觉得很是奇怪，却一时意料不到这个道理。又足足战了有四五百个回合，菁华真人留心细看这个哈士格有些可奇得很，看他的形状态度，好像是太上老君的坐骑那头青牛，故而如此厉害得很，不能将他取胜，便暗暗地把这个意思对徒弟鸳鸯女侠说了。

鸳鸯女侠便轻轻地对菁华真人道："师父，依我的意思，你老人家等四人暂且抵住他们一会儿，待我去查个明白。要真的是那头青牛精，我自有方法处置他；要是不然，那么再作道理如何？"

菁华真人道："此计甚妙，不过你要速去速回。"说着，菁华真人便丢了哈士格，接了和鸳鸯女侠捉对儿的圣灵大仙。

鸳鸯女侠乘便脱身，立时脚下生云，飞向半空中，心里想道："我到哪里去探听呢？"忽又转念暗想，"哈士格的朋友圣灵大仙和赤罗仙师常在那座关帝庙中聚会，想必相离不远，不若到那儿去吧！"打定了主意，便望阳凤镇而去，仍到了那座关帝庙中，口中念动真言，便召请当地城隍。

不到片刻之间，只见城隍穿着大红袍褂而来。见了鸳鸯女侠，便躬身问道："女侠何事呼唤？"

鸳鸯女侠也连忙施礼道："无事不敢相请尊神，今有一事，特来请问。"

城隍又很恭敬地问道："究竟何事？但请吩咐便了。"

鸳鸯女侠道："此地可有叫作圣灵大仙和赤罗仙师的两个妖精吗？"

城隍道："确有这两个妖精，可是他们的神通广大，小神实因能力薄弱，故而奈何他们不得。未知女侠问他们，是何意思？"

鸳鸯女侠道："这里既然确有这两个妖精，那么他们还有个朋友，叫作哈士格的可有？"

城隍好像思索了一会儿的样子，连连答道："有有，不说起，我倒也几乎忘了。说起了他呢，却是个更了不得的妖精，他的邪法，比那两个更强得多了。这个哈士格，从前是没有的，来此只有两年多，小神知他是老君的坐骑那头青牛，来到此地后，便横行不法，收了好几个徒弟。"

鸳鸯女侠听了，心中不觉大喜，便连连道："好了好了，我只要知道这些便够了。现在可请尊神回衙吧！”

城隍便自回衙门不提。

却说那鸳鸯女侠查得哈士格是老君的坐骑青牛精，便又驾着云，进了南天门。两个天神天将便将鸳鸯女侠拦住，不肯放她进去。

鸳鸯女侠道：“请尊神放我进去，我有要事面见太上老君。”

两个天神天将听得鸳鸯女侠说要去面见老君，哪敢怠慢？只得放她进去。鸳鸯女侠便一脚来到八景宫中，有两个童子在宫门前玩耍，鸳鸯女侠便要请两个童子进去通报，要见老君。

两个童子向鸳鸯女侠上下打量了一下，便道：“请你在此稍待一会儿。”便传鸳鸯女侠进去。

鸳鸯女侠进了八景宫中，但见老君坐在蒲团上，闭着双目，鸳鸯女侠急忙紧步上前施礼。

太上老君只微微地将眼睁开，问道：“你为何事来此？”

鸳鸯女侠便又躬身施礼道：“无事不敢进宫，只因世上有一个妖精，专事伤尽天理，无恶不作。据说是老祖的坐骑。”

太上老君听了，不觉地跳起来道：“我的坐骑，不是好好地在棚中吗？难道他逃下人世吗？”回头便对一个童子道，“你去把那牛奴唤来。”

一会儿，那个牛奴哭丧着脸地来了。

太上老君便问那牛奴道：“你管的那牛，可在棚中？快快说来。”

那牛奴吓得连忙跪在地上，不住地叩头道：“奴才真是该死，这个畜生被它逃了。”

太上老君怒骂道：“你这个该死的东西，所管何事，怎么会被它逃走的？快快说来！”

牛奴又连连地叩头道：“那日我在炼丹室中偷喝了一瓶酒，不料醉了，哪知就被这畜生溜了。”

太上老君道：“那瓶酒是王母娘娘送给我的白玫瑰，喝了，至少要醉三天。”原来天上一天，地下的凡人便是一年。那青牛见牛奴醉

217

了半天不醒，便逃下人间。牛奴见逃了牛，吓得一声都不响，直到鸳鸯女侠到八景宫才知道。

太上老君便站起身来，带了鸳鸯女侠和牛奴等一行人，出了南天门，直望南京的东校场而去。不消数分钟之久，已经遥遥望见。

菁华真人、桂花仙子和徐碧霞、李峨眉等四人正与五个妖精战得个不亦乐乎。那个哈士格正显神通，愈战愈有劲，却在十分高兴得意。牛奴见了，不觉勃然大怒，便前去耸身跳上牛背，一把将项颈抓住，一阵拳打脚踢。哈士格哪里会不大怒？正想发作的当儿，回头只见主人却在后面，哪里还敢动弹？

菁华真人见了，好不欢喜。只有其余四个妖精见了哈士格被擒，都也吓得不敢稍动。桂花仙子和徐、李等乘此机会，便手起刀落，把四个妖精都结果了性命，均各跪在地上，迎接老祖。

太上老君立即骑上了牛背，只将手一扬，自回他的八景宫中去了。

鸳鸯女侠等除了妖精，目的已达，将各人的法宝统统收回，自然快乐。一行人得了胜利，再回提督衙门。

杨提督早已得到胜利的消息，已在门前迎接。进了内堂，连忙设宴庆祝。迨至酒过三巡，杨提督道："尚有一事，要劳众位一办。"

欲知后事如何，且看下回分解。

# 第三十回

# 剿贼众女侠显奇能
# 济灾黎歹人思盗宝

却说菁华真人和鸳鸯女侠等把黑鱼精除了，战胜之后，好不十分得意，一行人还回提督衙门。

杨提督知道业已得胜，早在衙门前迎接。进了内堂中来，早备了一桌很丰富的酒席。菁华真人和桂花仙子都不吃烟火食久了，杨提督也预备了许多鲜美水果。

迨至酒过三巡之后，杨提督便又说道："今还有一件事，要劳众位的大驾前去一办，未知能答应否？"

菁华真人便问道："未知杨大人因着何事，如能力所及之处，定当效劳。"

杨提督听了菁华真人很有意思答应自己的请求，哪有不喜之理？便连连道："离此南京不远，有个鸡鸣镇，该镇三里之遥，有座鸡鸣山，山上住着一伙强人，专事打劫来往客商。要是经过那条道路，须要留下买路钱，否则不放你过去，说不定要伤了性命。可是这条要道是来往客商的必经之路，以致来去的客商都感不便，来此请兵往剿。我便派了五百名兵丁和两员猛将前去围攻山寨，哪知盗首刘勇一身好武艺，打得我派去的兵将几乎全军覆没，生回的没有几人，两员猛将也伤了一名。我又多派人马，再去剿灭，依然是大败而回。几次派了大兵去，都是如此，其损失也不言而喻了。区区草寇匪徒，有这等高强的本领，却实际上奈何他不得。从此以后，刘勇那厮更是横行不法，我又无能力去奈何他，倒是件很大的心事。如果被朝廷知道了，定要责我所管何事，我前途的功名就此休矣，故而担心异常。如果真人能够助下官除此草寇，不但下官感激，就是当地的民众，也受惠不浅。"

杨提督说着，两眼便直望了菁华真人，立时显得满面愁容，希望只要能够一答应，立时便有办法的那种可怜的样子。

菁华真人听了杨提督的话，不觉动了慈悲的心肠，很愿意为当地的民众和来往的客商谋安全福利，便也就一口答应了。

杨提督听得菁华真人业已答应，哪有不满心欢喜？便连连打躬道："又要有劳众位的了，为民除害，未尝不是一件好事，而且又保全了下官的功名前程，真是再造之恩，没齿而不忘。"

菁华真人和鸳鸯女侠、桂花仙子，以及徐碧霞、李峨眉等人异口同声地道："杨大人说的哪里话来？我们素以安良锄奸为唯一的宗旨，这正是我们应做的事，何必如此重谢？"

是夕，均各尽欢而散。

杨提督便要代他们另行收拾一间幽静雅室，菁华真人连连摇手阻止道："这可不必，我们只要过此一夜，待至明日便行，无须多事麻烦了。好在我们都是学道之人，男女同居一室，也没甚关系。"

鸳鸯女侠和桂花仙子，以及徐碧霞、李峨眉等都说菁华真人说得不错。

杨提督也只得听命，于是菁华真人等五人便至鸳鸯女侠和徐、李昨晚住过的那间静室，三个侠女同卧一床，唯有菁华真人和桂花仙子二人，要了两个蒲团，静心打坐休息。一夜无话，也很容易过去。

第二天一早起身，杨提督派人伺候，服侍各人梳洗早餐，自然是分外优待周到。

菁华真人便要到鸡鸣山除了刘勇之后，急于回山。杨提督亲自将五人送出大门。

菁华真人道："我等前去除此刘勇，因另有他事，不再来此了。"
杨提督再三请他们务必还要来此小住数日。

菁华真人听得他说得如是恳切，一时不便使其扫兴，便道："既然如此殷勤，到了那时，再做计较吧！假使能来，一定再来便了，但是不必盼望。"说着，也便打了一躬，带着鸳鸯女侠等四个女侠，往鸡鸣山而去。

杨提督在大门前，直望到看不见了他们的影踪之后，才始回了进去，立即再派人至嘉兴，说明妖精已经除掉，接女儿回来，将印还给张天师，又送了几百两银子。天师便欢欢喜喜地自回龙虎山而去，这事杨提督办理得井井有条，也不必细叙。

却说菁华真人、鸳鸯女侠和桂花仙子、徐碧霞、李峨眉等一行五人，出了城，因鸡鸣镇离南京不远，而且时间又早，不需急急赶到，用不到再腾云驾雾，便步行而去。一路上的农村风景倒也不差得很，只见三五个牧童，骑在牛背上，随便唱歌，倒也显得快乐逍遥，而且好鸟在枝头上叽叽喳喳地，犹如是为着牧童奏乐一般。五个人行不到一个时辰，早已过了三四十里，遥遥看见一座镇市，询问路人，此乃何处，原来正是鸡鸣镇。五人听了，好不欢喜，便进了这鸡鸣镇。市面也颇繁盛，两旁开了好几十家商店，街道上来来往往的行人。菁华真人一眼看去，虽有不少良善之辈，却也很遇到几个满面狰狞的恶徒。菁华真人料得他们不是善类，都是恶狠狠地佩着朴刀，路人见了他们，都显得害怕的样子。

菁华真人等在鸡鸣镇也不逗留，便出了该镇。哪需半个钟点，前面有一座大山，菁华真人和鸳鸯女侠等早已料得这便是鸡鸣山无疑。再往前去，行不到数十步，在树木丛中，忽然跳出几个彪形大汉，拦住了菁华真人等的去路，要他们留下买路钱来，才得放他们过去。

鸳鸯女侠听了，便十分大怒地骂道："该死的奴才！难道你祖宗

221

经过此地，也要留下买路钱不成吗？"

其中一个大汉听得鸳鸯女侠的话，便睁圆了两只铜铃似的大眼道："你这婆娘，好不利嘴，难道你还不知道此鸡鸣山上大王的威名吗？要经过这里，谁敢不留下买路钱？要是说个不字，还留得性命吗？你却胆敢这等犟嘴，要不留下买路钱，我肯答应，可是我手中的那柄钢刀却不肯答应，这也是我们山上的规矩。"大汉说时，便指指他手中的钢刀，继续又道，"我看你生得倒也标致，将你留下，给我大王做位压寨夫人，便放其他四人过去。"

气得鸳鸯女侠开不得口，也不和他搭话，便抽出双剑，劈将过去。

菁华真人和桂花仙子也齐动手，徐碧霞、李峨眉二人都没带武器，便各飞起一腿，踢倒两个喽啰，夺过两把钢刀，随手斩了。

五个人一齐动手，一时刀来剑去，枪挑戟刺，好不一场恶战。

鸳鸯女侠把那个侮辱她的大汉恨入骨髓，用尽平生的绝技，把两柄双剑舞得好像蜻蜓点水一般，把那个大汉迫得无路可退。鸳鸯女侠见他手足无措，便使个花式，使他更是窘不堪言，便顺手一剑，将这大汉斩成两段。

还有一个大汉，见他的同伴死了，便率领喽啰，一溜烟地奔上山去，急忙将寨门紧闭。菁华真人见了，也不追赶，却在山中的松荫下坐着休息。

那大汉奔上山去，一脚进了聚义厅。刘勇正坐在中央，大汉便气喘吁吁地道："大事不好，下面有一个老儿和四个女子，有了不得本领，把周头目斩了。如今要杀上山来，现请大王定夺。"

刘勇一听大惊，他自以为是天下无敌的英雄，手下吃了亏，怎肯甘休？便准备点兵下山。

原来这鸡鸣山上有五个大王，刘勇的本领最强，所以做了该山的大大王，坐了第一把交椅。二大王李忠、三大王张义、四大王王仁、五大王方信，自称为鸡鸣山五虎将，平日横行不法，官兵虽来

222

围剿了几次，都被他们打得大败而回，于是更加肆行无忌起来。如今听得伤了一名头目，认为是有失鸡鸣山的威名，五个大王便点齐了五百名喽啰，一时俨然是身临大敌的一样。开了寨门，刘勇为首，直冲下山来。

菁华真人等早已看见，也各准备妥当了。

那刘勇怒气冲冲地，见菁华真人等五人尚在，只是将手一挥，五百名喽啰把五人团团围困。

刘勇便骂道："哪个瞎了眼的东西，胆敢在老虎头上动土不成的吗？"

斜眼见鸳鸯女侠长得美丽，便动了邪心，把一股怒气消了一半，便指着鸳鸯女侠道："晓事的，只要将这女子留下，杀了我一名头目，也不和你们计较。"

把个鸳鸯女侠气得哪里还会说话？挺剑直取刘勇。刘勇将枪一格，各立成门户，便枪来剑往地打了起来。

菁华真人和桂花仙子、徐碧霞、李峨眉各找了一个，捉对儿地战将起来了，真是棋逢对手，将遇良才。鸳鸯女侠和他们一交上了手，便知武艺不凡，的是鸡鸣山上的五虎将，确然受之不愧。

那刘勇见鸳鸯女侠的本领超群，对战了有二三百个回合之久，却不能取胜。看她的剑法，愈舞愈有劲，始终一毫不乱。而刘勇已觉得不能应付，气喘得如同水牛一般，浑身流着冷汗。鸳鸯女侠的双剑愈逼愈紧，把刘勇逼得火冒，爱她的心肝全都没有了，自己的性命要紧，恨不得将鸳鸯女侠一枪刺死。眼见得难胜，即反身便逃。

刘勇转头见鸳鸯女侠在后紧紧追赶，乘空在腰间取出一支箭，搭上了弦，向鸳鸯女侠的左眼射去。刘勇非但枪法精明，就是他的箭，也可百步取人，万无虚发，这一箭射去，料得命中。哪知鸳鸯女侠是何等眼明手快的一个人？早见一箭飞来，便用了内功，轻轻吹出一口冷气，倒说把那支箭飞了回去。刘勇哪里会预防得到？一个措手不及，那箭反而射瞎了自己的左目，痛得他立时滚在地上。

223

鸳鸯女侠便奔上前去，毫不费力地只是举手一剑斩去，立即结果了他的性命。尚有四个大王，眼见大大王刘勇死于非命，心中一个着急，将手一软，都不由自主地露了个破绽。菁华真人和桂花仙子、徐碧霞、李峨眉等，容容易易地又结果了四个大王的性命。

小喽啰们亲眼目睹五个大王都死于非命，一字儿地跪在地上求免。菁华真人见了，便连连地叹了口气道："本来与尔等无涉，你们定然是因为没有饭吃而误入歧途，沦为盗匪。如今不杀你们便了。"

喜得小喽啰欢声震地，请他们上山为大王。

鸳鸯女侠听了，不觉笑道："难道我们要做强盗不成吗？"

便和菁华真人等人上山，四处一搜，搜得了无数金银珠宝，以及各种贵重的物品。菁华真人便将鸡鸣山上所有的喽啰唤至跟前，不分以前职司的大小，每人得五十两银子，并且又劝导了他们一番，叫他们下山去各自做些诚实的买卖。各喽啰便谢恩叩头，全都下山而去。

菁华真人眼见得还有许多金银财宝，便对四个女侠道："现在四川旱灾，人民困苦不堪，都快要饿死了。依我看来，倒不如将这许多金银，前去救济那些难民，倒是一件十分的好事。"

鸳鸯女侠等都很赞成，便将这些金银又足足装了三车，雇了三个马夫，拖下山去。临下山的时候，在这鸡鸣山上的四面，放了一把大火，把座鸡鸣山烧得个干干净净。

桂花仙子和徐碧霞、李峨眉见各事都办妥，便和菁华真人、鸳鸯女侠分别，各自回家不提。

鸳鸯女侠和菁华真人押着三车金银到四川去救济难民，当然是不止一日，一路上朝行晚宿，受尽风霜之苦。

有一日，鸳鸯女侠和菁华真人二人同坐在马车上，看见有三个人在后追随了有半天，却是不三不四的样子。鸳鸯女侠见了，早知他们定是歹人，说与师父知道。

菁华真人道："由他们去吧，我们走我们的路便了。"

又过了一会儿，天色已晚，前面却有一座小镇。菁华真人便叫马夫赶进镇去，找了一家客舍，租了一间。小二来问他们，菁华真人推说他和鸳鸯女侠是父女二人。师徒两人进了房间，恐怕有人盗这三车的金银财宝，便叫马夫将三车的东西统统搬进房中，一切放置舒齐。

菁华真人和鸳鸯女侠二人正在房中洗面喝茶的时候，只见那三个歹人也来此客舍求宿，却租在他们对面的一间空室之中。菁华真人和鸳鸯女侠见了，心中虽然明白他们的来意，当然是看中了这三车之中的许多金银财宝，在表面上仍显得若无其事的一般，好像并没注意他们的样子。小二搬进晚膳，鸳鸯女侠一人胡乱吃了一些。菁华真人却不吃烟火食已久，将饭菜仍叫小二搬出。三个马夫，店家自会以酒肉款待，吃得他们十分快乐，也不需劳心。

鸳鸯女侠和菁华真人，师徒二人又谈了一会儿别后情况，后又说起日间的三个歹人。

菁华真人道："他们定然是瞎了眼睛，要想在我们的手中盗银子，真是在做他的梦了。"

二人又谈了一会儿，便各自解衣就寝。菁华真人却盘膝坐在床中，心中暗想："这三个歹人真是没眼睛的王八，今晚不来，倒也罢了。要是来此偷盗银子，须要给他们知道一些厉害。"便也闭目静养。

却说那三个歹人，原来是张三、李四、赵五三人，见菁华真人是个干姜般的老头儿，鸳鸯女侠是个十七八岁的小姐，带着许多金银，有意半途抢劫，故而他们有意来此借宿。待至半夜，三人一听全店没声音，正是时候，便各出钢刀。

欲知后事如何，且看下回分解。

# 第三十一回

## 匪夷所思色星照女侠
## 莫名其妙剑客遭病魔

却说张三、李四、赵五等三个歹人，在半途中遇见菁华真人和鸳鸯女侠师徒二人，一个是干瘪的老头儿，一个是绝世的美人儿，三个歹人误认他们是父女，预料是全没本领的人。车中满载着贵重珍宝，他们见了，未免引动见财起意之心，便暗中在后紧紧追随。哪知菁华真人和鸳鸯女侠师徒二人见了，早已留心注意，将武器暗自藏好，故意假装出两个全没武艺的人。那三个歹人随着他们师徒二人同住一家旅舍，张、李、赵等三个歹人都是粗鲁武夫，自以为有了不得的本领，拜了个师父，学了三年武功，以为天下无敌手，所以菁华真人和鸳鸯女侠二人都不放在他们的眼中。

是晚，三人早已暗暗地商议，张三、李四二人都看中他们师徒二人的许多金银珍宝，唯有赵五一人，却贪恋美色，爱上了鸳鸯女侠。

张三便和李四道："赵五弟心爱那个美貌的姑娘，这便由他吧！那么把得来的银子，李四弟我们二人均分吧！"

赵五道："我只爱那姑娘，便很心满意足了。银子我却不爱，由你们平分，未为不可。"

李四便直跳起来，十分欢喜地道："一言为定，不要到了那个时候，得了姑娘美色，又要想分我们的银子，那是不可以的，可不要后悔呢!"

赵五便带着微笑答道:"岂有此理! 大丈夫一言为定,哪里会后悔呢?"

张三、李四同声道:"好极,好极,只要这般,便算得是大丈夫。"

三人商议妥当,一看天色不早,已是深更,是时候了,三个歹人各拿了钢刀,来至菁华真人和鸳鸯女侠师徒二人住的那间房门之外,将刀插入门缝,往下一划,把门闩切断,三个歹人便轻轻溜将进去。张三和李四二人忙着在四面一找,只见门角里有一大包东西,谅必是银子无疑,二人便欲抬至自己房中,从此一生便可不愁吃着。二人用力将那大包一拉,讵知哪里动得分毫? 用尽平生之力,连动都不能一动,怎止千斤之重? 要找赵五帮忙。哪知他一心要将鸳鸯女侠归为己有,一溜进门,也不找银子,心中暗想:"我如要得此美貌少女,她尚有这个老头儿,诸多不便。须得将她父亲杀之后,才好安然而得之。"便至菁华真人的床前,把帐子随手拉开。只见菁华真人盘膝坐在床中,闭着双目,动也不动。

赵五火头火冲地,哪里顾得及什么? 双手举起了纯钢的朴刀,对准菁华真人的那个光头上劈去,预料他的身子劈成两片。哪知这一刀用力劈了下去,非但不能伤得他丝毫分厘,只见火星四射,连赵五的虎口都震破了,痛得几乎掉下泪来,又不敢大声叫喊。

张三、李四见了,也是一惊,忙着来助赵五,只要将菁华真人杀了,便可安心得此大财。张三也到床前,举了刀,劈下去,连刀锋都卷了,而看看菁华真人,一动也不动,只慢慢地将眼睁开,只见射出两道金光。张三、李四、赵五三个歹人见而生畏,吓得连忙溜了回去,不敢再去冒昧抢劫了。

菁华真人和鸳鸯女侠,当三个歹人撬门的时候,早已听得,只是不动,看他们如何处置。待他们溜逃之后,才各一笑再寝。一夜无话,容易过去。

到了天明，再将金银珠宝装上马车，仍往四川的大道而去。师徒二人仍均在一车之中，回头再望后面一看，可有人没有。唯有赵五一人，远远地在后追随，张三和李四却不在后了。

原来他们二人一心爱着这三车的金银，昨晚吃了亏，抢劫不到这许多银子，于心颇觉不甘，一心一意地要报仇，得此金银。在三个马夫的口中，探知菁华真人和鸳鸯女侠师徒二人是往四川去的，以此金银，前去救济灾民。张三、李四便叫赵五暗中追随，二人去请师父相助。

原来张三、李四、赵五三人同拜一个道士为师，那道士也颇有一些邪法，很能呼风唤雨、撒豆成兵的法力。张三、李四同去求道士相助，将一切情形说了个详详细细，如果得了银子，愿意分他一半。道士听了，也觉动心贪财，便答应前去，立刻动身追随。

不觉天色已晚，师徒二人又下客店求宿，将金银依然搬下马车，安放在自己的房中。这家客店的生意十分冷落，旅客不多，五十多个房间，只租出了十分之二三。菁华真人和鸳鸯女侠二人租在天井旁的一间厢房，那赵五看得仔细，也便租了一间，在大门前守候。待到上灯时分，张三、李四和道士师徒三人也便到了。赵五连忙迎了上去，拜见了师父。

四人偷偷地溜进了房门，专等夜深，便可动手。听得谯楼敲过了二更之后，又待了个把时辰，师徒四人各执了武器，窜至天井中，一听旅客都已睡静，而菁华真人和鸳鸯女侠租的那间，早已将门闩得紧紧的，很难进去。因为这间造得特别坚固，道士便将舌尖把窗纸舐破，只要道士先自进去，便可放三个徒弟进去。哪知鸳鸯女侠师徒二人早已听见。

菁华真人仍坐在床中，鸳鸯女侠便另从一个窗中轻轻地纵身上屋。张三、李四、赵五和道士等师徒四人究是凡夫俗子，到底没有什么本事，却一些听不出声音，还在用手挖那窗户。鸳鸯女侠在屋面上看得仔细，便随手在屋面上取起一块瓦片，飞将过去。不偏不正地，把道士的头顶削去半个，痛得道士只是抱着头，却不敢大声叫喊。

张三、李四、赵五见师父抱着头，忙来问道："怎么怎么？"

道士道："不知哪里突然飞来一片瓦，把我的头颅削去了半个，这里一定有能人。我要去了，这银子是取不得的，否则恐没了性命。"说着，便头也不回地去了。

张三、李四因利欲熏心，赵五也贪恋女色，都把自己的性命忘了，三人想从窗门中撞将进去。鸳鸯女侠在屋面上默不作声，见他们执迷不悟，取了三片瓦，一人一片，都被结果了性命，只听得哎哟一声，一个个倒卧在地上。可是把客店中的主人惊醒了，带着小二，出来一看，但见天井中倒睡着三个尸体在血泊之中，店主吓得便要大叫起来。

鸳鸯女侠忙从屋面上轻轻跳下，连摇着双手道："不必着慌，不必着慌！这三个是歹人，并不是善类，是我用瓦片将他们打死的。"

店主一看，果然是被瓦片削去了半爿头颅，便哭丧着脸地说道："这如何办法呢？三个尸体在此天井中，明日被旅客见了，你果然要捉将官去办罪。就是我，也要诸多麻烦。"

这时，菁华真人也从房中踱出，捋着须，笑道："我们哪里怕捉将官去办罪？就是被捉去，自有方法很容易地溜出。"

店主和小二都慌了，道："你们逃跑了，那可要害了我们。"

菁华真人又笑道："不要慌，我等决不害人。你们可将三个尸体抬至后园，我自有方法。"

店主只得听命，只要安然无事便了。和小二两人，把三个尸体一一抬至后园。鸳鸯女侠便从怀中取出化尸粉，撒了一些，立时将三个尸体化为一摊清水。店主和小二才安心睡去。好在旅客没一个知道。

至天明，菁华真人和鸳鸯女侠师徒二人仍将金银搬上马车，一路上往四川而去。又过几许时日，方始到达目的地，一路平安无事，再也没人敢抢劫了。

师徒二人到了四川之后，便将金银分散，不知救济了多少灾民的性命，也是一件好事。而那个道士，自从被鸳鸯女侠飞了一瓦，将头颅削去半个，回到观中，静心一想之后，觉得自己以前的所作所为，对于道德和良心，都觉说不过去，于心不安，颇不应该。而且天下有能为的人真多着呢，自己目中无人的观念，也便打破了。从此以后，便改过自新，以后不再做抢劫害人、丧尽天良的事了，索性把道士却改了做和尚。

有一次，鸳鸯女侠路过某处，因为天色已晚，便至一座寺中求宿。吃过了晚餐，有个和尚和鸳鸯女侠二人坐在大殿前的阶石之上，纵谈历代的剑仙侠客。又说了一会儿武功，二人谈得十分投机。

那时正是夏季，天气很是闷热，而那和尚的头上总是戴着帽子，不敢除去。鸳鸯女侠便问他："像这等热的天气，为何还要戴着帽子，这是什么道理？何不除去，岂不是要凉快得多吗？"

那和尚说："这帽子是不能除去的。"但是他总不说出到底是什么缘故。

鸳鸯女侠觉得很是奇怪，便乘和尚不防备的时候，突然伸手过去，将和尚的帽子除去了。一看之下，原来和尚的半爿头颅已没有了，平坦坦的，好不十分难看。可是鸳鸯女侠早已忘了从前在旅店中，是被她用瓦削去的，这也难怪，因为那时是一个道士，而现在已变成一个和尚了，哪里会想得起来呢？便问为何没有了半个头颅。

和尚便觉得十分害羞地，把从前的事很忠实地说了出来。

鸳鸯女侠一听之后，不觉哈哈而笑，也说明是她自己用瓦将他的头颅削去的。二人都各大笑了事。

因为这和尚性格及脾气和从前做道士的时候完全不同了，以前是无恶不作，现在已成为好人，所以也不想报仇，否则又是一场大动干戈。这是后话，也不必细说。

那日，菁华真人和鸳鸯女侠到了四川之后，将带去的许多从鸡鸣山上搜下来的金银珠宝，救济了无数灾民的性命。在四川住了几天，一切救济的工作都办理得异常妥当，一时四川的灾民感激得他们还有何说呢？哪个不说他们师徒二人是天上的神仙，救活了他们的性命？好在那时四川的官府也是个好官儿，是个爱民如子的儒者，如果是个贪财的瘟官，像菁华真人和鸳鸯女侠办理的救济事业，是这等周密妥当，哪里揩得着一文一毫的油呢？定然要将他们师徒二人恨入骨髓。但是也说不定要被鸳鸯女侠结果了性命。这些都是猜想的废话，不必多说，浪费笔墨，不免可惜。

一日，师徒二人已将救济的事情都已办理完毕，菁华真人便要回山，叫鸳鸯女侠再到各处去做些侠义之事。鸳鸯女侠不敢相强，只得放菁华真人独自回大公山而去。

那鸳鸯女侠也便离了四川，仍到北京自己家中，一路也不知除了多少强人贼寇，也不知救了几许良民百姓。在鸳鸯女侠，也觉得平凡无奇，更无记叙的必要。

一日路过天津，已在下午，那时正是暑天，气候好生闷热得很。鸳鸯女侠因为要赶路，所以走得急了一些，跑得一身香汗淋漓，火伞在空中高照，沉闷得好像在油锅中煎的一般苦闷，全没半点儿凉风。突然之间，乌云四布，太阳立即躲在云中，随着便是一阵狂风暴雨，打得鸳鸯女侠一身都是水，湿淋淋的，犹如落汤鸡一般。鸳鸯女侠急忙向前奔跑，在大街上找到一家青云客寓，倒也是十分清洁，连忙进门，租了一间屋子。小二忙着打水，鸳鸯女侠便洗面洗脚，换去了一身湿衣服。哪知她因为骤然一冷一热，加以平日难免受了些风寒，便借此发作出来，害了一场大病，十分沉重。鸳鸯女侠又没心腹之人在身边服侍，就是专靠小二请医煎药，女人总有诸多不便，当然不能周到服帖。好在隔壁房中有兄妹二人，从前也是官家子弟，因被奸臣所害，弄得是满门抄家斩首，只逃出他们兄妹二人，都有一身了不得的好武艺，就是学问，也极有根基，可以称得是文武双全。

231

那个哥哥叫张士杰，妹妹凤姑，约有十七八岁光景，生得好不美丽，一双凤眼，配着一对儿细细的柳叶眉，一笑之时，有两颗深深梨窝儿，护着樱桃小口，露出全行如珍珠般齐整皎白的皓齿，一个鼻梁生得很相配套，不长不短的身材，如柳条般的腰肢，纤细的十指，好似雨后的春笋，一张瓜子脸，白嫩的皮肤，虽然穿着朴素的衣服，却愈显得娇丽动人，谁不见了要可爱？那张士杰要为妹妹找觅相当如愿的夫婿，所以到各处卖艺，一则虽然是糊口，再则是为妹妹选择相当的人物。晚间也住在这青云客寓中，巧与鸳鸯女侠是隔壁。

自从鸳鸯女侠害病之后，全亏他们兄妹二人的殷勤照应，都是侠义之士，所以一谈之下，都觉投机。尤其是鸳鸯女侠和凤姑二人，特别地亲热。日间兄妹二人去卖艺，到晚便一同回来，那凤姑时常和鸳鸯女侠同睡一床。这样地过了有半个多月，鸳鸯女侠的病势渐渐地减轻。自此以后，便似乎一天好一天了，很可以起床行动行动，便想要回家。凤姑知道了，哪里肯放她去呢？一定要鸳鸯女侠待至完全复原之后，才可放她回家，实在是要她多多地相聚数日。鸳鸯女侠只得答应了。

有一天，正是六月十五，那兄妹二人至城外的庆福寺进香。直到傍晚，只有张士杰一人垂头丧气地回来，却不见凤姑。

欲知后事如何，且看下回分解。

# 第三十二回

## 寺有机关凤姑堕地道
## 僧行毒计女侠可强奸

却说六月十五，张士杰和凤姑兄妹二人到城外的福庆寺进香，出得城去，行不到一里，前面有一座大寺院，盖造得十分宏伟壮丽，而且又带着一种威严。山门上是御笔亲书的"庆福禅寺"四个金字，有斗那么大。

这天进香的人很多，山门前停着几辆大轿。张士杰和凤姑二人进了山门，自有小和尚前来迎接进去，代他们兄妹二人焚香点烛，在佛前叩了头，将张士杰引至招待室品茗。

另有一个小和尚前来对凤姑道："女菩萨，后面还有观音殿，可要进去烧香？而且更清静幽雅得多。"

凤姑究是个女流之辈，一心爱佛慈悲，听得后面还有观音殿，很想去见识见识，也未为不可，便也就点头道："在大士之前，我正要去烧一炷香。"

小和尚满面春风地微微笑着，带领了凤姑，转过大殿，过了一个天井，便到了观音大殿。大士的神像是用香木雕刻而成的，约有二丈多高，一手拿了净瓶，一手执着汤枝，赤着双足，踏着一条鱼。两旁都是绿波水浪，几条带儿飘在外面，雕刻得如同生的一般神气。凤姑点了香烛，便跪在蒲团上，拜将下去。

那小和尚躲在殿东角边，眼见得凤姑虔诚地拜倒在蒲团上，即将机关一拨，那蒲团立时翻了一个转身。上面看来，依然是另有一个蒲团，丝毫看不出任何破绽。

那凤姑是无意地，如何防得到有人暗算？忽然只觉得一个翻身，掉在地道下的网中。这网的四面都装着许多银铃，凤姑掉了下去，银铃便叮叮当当地一阵乱响，这是通知又有人掉下来了。便有三四个和尚走近前来，将网放下，把凤姑扶了起来，又有三四个美貌的女子。

凤姑一时身不由主，莫名其妙地随了他们，走进一室。这几个妇女不住地向她上下打量，又轻轻地在一旁低声说笑。凤姑也是个何等聪明的人物？早料到这寺中的住持必然是个匪人，一定是个爱色之徒，便很温和地想要向她们探问一些消息。

那三四个女子只是微笑着道："待一会儿，你自然会明白。"

凤姑不知道这到底是怎么一回事，正在烦闷的当儿，忽然走进一个肥大的和尚，却有五十多岁，可是面色皮肤却很像孩子一般，尚是红光焕发，望去好像三十岁光景，肥头胖脸地配着一对儿蛇眼。背后随着二十多个年轻美丽的女子，一步步慢慢地走了进去。

那胖和尚见了凤姑，双手抱着个大肚子，不由得哈哈大笑起来，睐着对猪眼睛，不住地笑赞道："好一个美丽的姑娘！"说着，便走近跟前，伸出只手，拍着凤姑的肩膀，不住地向上下打量。

凤姑见了，忍不住大怒，便将手一摔，向后倒退了几步，气得她杏眼圆睁地怒道："请放得尊重些，为何在女子的身上摸摸索索的，是何道理？又因何将我弄到此处？快快送我出去！"

那和尚答道："你既来之，则安之，休想再回去。不如好好地随我，一生享不尽人间的幸福，着不尽绫罗绸缎，吃不尽山珍海味。"

凤姑不听则已，一听之下，心中好不大怒，便破口骂道："你这贼秃，莫不是在放屁吗？"

凤姑出和尚的不意，随手便是两记耳光，打得这秃驴的面孔立时绯红起来。四个和尚从背后跳出，一个握着双拳，狠狠地就要打凤姑的样子。那和尚见了，急忙摇着双手阻止。四个和尚没法，只得又退了下去。

胖和尚便和一个三十多岁的妇人交头接耳地说了好多一会儿话，那妇人只连连地点头道："知道了，知道了。"

胖和尚即仍带了这些少妇退去。

原来那妇人柳氏，是那胖和尚的老相好，今年才三十一岁，油头粉脸的，打扮得好不十分妖艳，正是半老佳人，的确长得有几分姿色。和胖和尚结识了也有十年之久，自家开一家茶馆，就在这寺的对门。可是生意并不怎样兴隆，每年总要短少一二百两银子，都是由这胖和尚暗中贴补。柳氏的丈夫，因为感激和尚，无以为报，只得眼开眼闭地做了个死乌龟，由柳氏与和尚摸摸索索地陈仓暗度。柳氏也因贪着和尚的银子，便也甘心愿意地结成一对儿野鸳鸯。

这庆福寺中，装置了许多机关，遇到年轻美貌的女子来进香，便由小和尚引至有机关的地方，设法使她堕入地道之中，便要供那胖和尚寻欢取乐。妇女当然哪里会肯呢？即由柳氏从中百般哄骗解劝，说得自愿的也颇不乏人。有的女子，因怕和尚的淫威而屈就的，也有不少，只得低头下气地供和尚蹂躏。有种女子十分烈性，死也不肯失节，和尚便将她们害死，从来没有一个进去之后，再放出来的。

那柳氏见胖和尚走后，便走近凤姑的跟前，满面堆着笑容，引她到另一间密室中，虽然并不很大，收拾得却十分雅致。请凤姑在一张椅子上坐下，反身出门便走。不到一会儿时候，复又进来，一手托着个茶盘，一手托着盘点心，请凤姑喝茶，自己也是一盏，而且又请她吃些点心，看去都是很精致细腻，尤其是招待得殷勤周到，说一句话，总是满面带着笑容。

这时，凤姑是何等焦急，哪里还吃得下什么点心？眼见得柳氏如此温存体贴，在此举目无亲的时候，很可以和她亲近。

柳氏是何等伶俐的妇人？早已看透了凤姑的心理，怎不欢喜？

以为是很可以只要三言两语之后，便能说得她心甘情愿地服侍和尚，心中暗慕："这秃驴的艳福不浅，怎被他遇到这等绝世的美女？可惜自己是个女子，假使要是个男人的话，只要能够和她一亲肌肤，即死也是甘心。怪不得和尚见了，要心猿意马，所以方才吃了两记耳光，也不动怒。如若我说得她愿意了，他允许我以五百两纹银作为酬劳。看此光景，眼见得这五百两头是我的囊中之物了。"

柳氏想到这里，怎不喜之不胜？便又是满脸笑容地说道："姑娘，你怎长得这般标致动人？怪不得我家当家竟爱上了你。"

凤姑一听此话，不觉大惊，才知道自己已错认了匪人，便杏眼圆睁、柳眉倒竖地道："请你不必往下再说了，就是要说，也是徒然，我劝你还是不必多费唇舌！"

柳氏听了，并不为奇，因为初到这里的女子，哪个肯一口答应的？只要一经她一番哄吓诈骗之后，总是成功者多，失败的少。于是依然笑容可掬地道："姑娘不需如此怒气，要知我家当家，如果是平凡的女子，还看不中他的眼呢！而今只爱上了你，真是你的福运呢！现在莫要说不答应，依从了他，却是你的后福无穷。到了那个时候，切不要忘记了我是你的大媒，还要好好地谢我呢！"

气得凤姑说不出一句话来，一任柳氏唠唠叨叨地独自说了一大番，连理都不理她。

柳氏见了凤姑的这般态度，便知光劝不能收效，只得要用哄吓的手段，立时将笑容敛去，板着脸孔，忽将桌子一拍，倒把凤姑吓了个一跳，便将手一指，破口骂道："你这真是个不识抬举的贱货，老娘如不给你看一些颜色，才知你老娘的厉害。你既已到了这里，休想回去！"

凤姑也将桌子一拍，用力过猛，把桌子上的茶碗、点心都直跳起来，掉在地上，一阵叮叮当当地打了个粉碎。也怒道："难道我会怕你不成吗？你有什么颜色手段，尽可拿出来看看，我倒要领教领教，究竟是什么青黄赤白黑的颜色。"

柳氏一看，又不是路头，恐怕一时弄僵，以致恼羞成怒，反为不妙。忽又是笑容满面地道："姑娘，你何必如此认真起来？我是和你说着玩的，值不得这等动怒。要知道，我是的确好意相劝你，只要你答应了我家当家，自有许多说不尽的好处。当家虽然是个和尚，却是个多情多义的人物，世间一班年轻子弟，哪里有他这等情义？否则这里的许多妇女，哪里会肯答应？到了后来，自然明白，才知道我并没骗你。"

凤姑一任她说，只是呆呆地坐着，连听也不听，当她在放屁一般。

柳氏突又变了脸色，随手执着根皮鞭道："看来你这女子，是不打不成器的贱货！"说着，一鞭子便要打将过去。

凤姑到底是个有武艺的女子，便是一个箭步，跳在柳氏的背后，握住了柳氏的手腕，轻轻将鞭子夺了过来。柳氏才知凤姑厉害，只被她似乎轻轻地一握，已痛得她要命，几乎掉下泪来。深恐被凤姑伤了性命，忙不迭地夺门而出，一路上飞奔，大呼救命。凤姑在后跟踪追来，在半路上撞出四个和尚，各人手中执着钢刀，拦住了凤姑的去路，五个人便不分皂白地打了起来。凤姑只是一人，哪里打得过四个和尚？而且又是手无寸铁，不上几个回合，即被他们轻轻捉住，罩入一个铁钟之中，威逼她屈意相从。

却说那张士杰，一人在接待室中喝茶，等了许多时候，却不见她妹妹凤姑出来。直至天色将晚，还不见走出，心中好生怀疑，便到前后各殿找寻一周，杳无踪迹。看看来进香的许多男男女女都已回家而去，唯不见他妹妹一人，假使向和尚要人，却并未交给他们，如何说得出这话儿？虽然明知被和尚藏过，一时却没有证据，没法可想，只得怏怏地先回客寓。

鸳鸯女侠但见张士杰一人回来，好不十分奇怪，便问凤姑如何不回，哪儿去了。

士杰却将和凤姑去进香，自己在接待室喝茶，凤姑至后殿叩拜观音，直等至日落西山，却不见出来等话说了。

鸳鸯女侠听了，已是明白，便安慰了士杰一番，劝他不必担心，愿意助他找寻凤姑回来。先叫他打听消息，而后再做计较。

士杰也是没法，表示十分感激鸳鸯女侠的美意。用过晚膳，只得睡觉。

第二天一早，张士杰急忙起身，再到庆福寺前，在柳氏开设的茶馆中喝茶，目不转睛地望着庆福寺。但见许多男男女女，不断地出出进进。张士杰便赔笑着问一个同桌的茶客道："老哥，这寺的香客倒不少，可知那当家是谁？"

那茶客是个年轻人，便答道："说来是大来历，当家法名叫慈云长老，是代皇出家的。"说到这里，忽又放低了声音道，"这秃驴是个爱色之徒，寺中有许多机关，见有年轻美貌的女子，便设法弄入地道，供这贼秃淫乱，故而失踪了不知有多少女子。因为官府都见了他害怕，哪个敢告呢？"

士杰听了，心中尤其明白。

正在这时，柳氏从寺中走出，拉开着嘴，嘻嘻哈哈的。士杰见她打扮得油头粉脸的，十分妖冶，断知她不是个良家的女子，便跟她至后堂，却没有几个茶客，忙赔着笑脸地请柳氏坐下。

柳氏见他是个眉清目秀的美男子，也自笑着坐了。

"请问对过庆福寺的住持，大嫂可认识？"

柳氏道："问他何事？那住持是帮我家忙的，所以最为熟识。"

士杰听了，知有一些线索，更料得柳氏与和尚定有瓜葛。如今不住地向着自己瞧望，挨在身旁，好像十分亲热爱慕的样子，不断地将眼色抛过来。

士杰显得格外温柔地道："有一事要相请大嫂，我有一个妹妹，昨日至庆福寺进香，突然失踪了。如果大嫂能知道，救了我妹妹出来，我至今尚未娶亲，一定特别地报答大嫂便是了。"

柳氏一听士杰的话，已知其中意思。柳氏是个淫妇，见士杰生得仪表非凡，早已爱上了，便红着脸，微微地一笑道："这事只有我一人知道，昨日确有一个女子进来，然而我不能救她，还要自己设法。寺中的和尚，非但个个都有本领，而且机关很多。"即将机关一五一十地说了个仔细，最后，柳氏又道，"救了令妹，可不要忘了特别地报答我才是。"说着，红着粉靥，羞得一溜烟地逃跑了。

士杰探听个仔细，当然欢喜。回到旅舍，将这番话详细地说给鸳鸯女侠听了。二人再至庆福寺，直跑到第三大殿，一座天井中果然有个双龙抢珠。士杰将脚在珠上用力一踏，殿上的三个官菩萨立时走开，显出一个地道。士杰一人进去，要救凤姑。

鸳鸯女侠一心要杀那慈云长老，四处一找，见个小和尚，拉出双剑，要他指出慈云的卧室。

小和尚怕死，只得引鸳鸯女侠曲曲折折地走过几条回廊，将手一指道："便在这里。"

鸳鸯女侠依指一望，只见那秃驴拥着一个美妇睡着，不觉大怒，便提着剑，一步闯将进去，预备斩此贼秃。谁知才一脚踏进，触动机关，左右伸出两只铁手，将鸳鸯女侠拦腰翻住，动弹不得。

慈云长老不觉哈哈大笑，见鸳鸯女侠长得美丽，立时动了淫心，便笑道："又是一块天鹅肉来了！你要害我，休想！而今不如供我取乐，饶你性命！"

鸳鸯女侠听了，便大骂不绝。

慈云的淫心大动，真是急不待缓，一声呼唤，来了两个和尚，将鸳鸯女侠的双剑取去，套入机关，拦住四脚，抬上床中睡下。只要剥去上下衣裤，便可实行强奸。

鸳鸯女侠到了这时，真是英雄无用武之地，只得任其摆布。

欲知后事如何，请看下集《鸳鸯女侠续传》。

**图书在版编目（CIP）数据**

鸳鸯女侠传／徐哲身著. -- 北京：中国文史出版
社，2023.3
（徐哲身武侠小说）
ISBN 978-7-5205-3812-1

Ⅰ.①鸳… Ⅱ.①徐… Ⅲ.①侠义小说-中国-现代
Ⅳ.①I246.5

中国版本图书馆 CIP 数据核字（2022）第 185881 号

责任编辑：卢祥秋

出版发行：**中国文史出版社**

社　　址：北京市海淀区西八里庄路 69 号院　　邮编：100142
电　　话：010-81136606　81136602　81136603（发行部）
传　　真：010-81136655
印　　装：北京新华印刷有限公司
经　　销：全国新华书店
开　　本：720×1020　1/16
印　　张：15.75　　　字数：198 千字
版　　次：2023 年 3 月第 1 版
印　　次：2023 年 3 月第 1 次印刷
定　　价：58.00 元